여우야 여우야 뭐 하니

제11회 한겨레문학상 수상작

여우야 여우야 뭐 하니

조영아 장편소설

한겨레출판

차례

나는 여우에게서 쓸쓸함을 배웠다

1

숨이 막혔다. 나는 어느 여자의 품에 안겨 있었다. 여자한테서 감미로운 향기가 났다. 13년을 살면서 이런 향기는 내 주위에서 맡아본 적이 없었다. 당장 우리 집만 살펴봐도 이런 향기를 풍길 만한 생물체나 물건은 존재하지 않았다.

우리 집 화장실에는 두 종류의 비누가 있었다. 물때가 낀 플라스틱 비눗갑은 두 칸으로 나뉘어 있는데, 한쪽에는 재활용 빨랫비누가 다른 한쪽에는 타조알처럼 생긴 알뜨랑 세숫비누가 들었다. 둘 다 제 나름대로 향기를 품고 있긴 했다. 둘 중에 그래도 알뜨랑이 조금 나았다. 하지만 그렇다고 그 냄새를 향기라고 볼 수는 없었다. 그건 향기가 아니라 냄새였다. 엄마는 그 많은 향기로운 세숫비누를 마다하고 오로지 알뜨랑이었다. '무조건 천 냥'인 집에 가면 포장도 안 된 알뜨랑이 박스 안에서 무더기로 뒹굴었다.

"그래도 얘가 제일루 오래 써."

엄마는 세 개에 1000원 하는 알뜨랑을 2000원어치 샀다. 돌처럼 단단한 알뜨랑 한 개를 다 쓰려면 한 달도 더 걸렸다. 나는 알뜨랑을 빨리 닳게 하려고 비누칠을 하고, 또 했다. 알뜨랑은 좀처럼 닳지 않았다. 내가 어른이 돼서 돈을 벌면 당장 우리 집 세숫비누부터 바꿀 것이다. 도브나 살구비누처럼 부드러운 향기가 나는 세숫비누를 써보는 게 내 소원이다. 아무튼 우리 집 비누에서는 이런 향기를 맡을 수 없었다.

비누 말고 향기 나는 것이 하나 있긴 있었다. 엄마 화장품이었다. 존슨즈베이비로션. 분홍색 플라스틱 용기에 담긴 그것은 내용물도 분홍색이었다. 존슨즈베이비, 이름부터 느낌이 달랐다. 하얀 피부에 눈이 파란 금발의 아기가 떠올랐다. 왠지 우리 집이랑 어울리지 않는, 우리 집에서 유일하게 향기다운 향기를 갖고 있는 물건이었다. 존슨즈베이비로션이 언제부터 엄마 화장대에 자리하게 되었는지는 모르겠다. 어느 날 보니까 그런 게 거기 있었다. 엄마는 씻고 나서 존슨즈베이비로션을 콩알만큼 손바닥에 덜어서 얼굴이며 손등에 문질렀다. 은은한 향기가 퍼졌다. 그것은 분명 냄새가 아니라 향기였다.

지금 이 여자한테 나는 향기는 존슨즈베이비로션 향처럼 여리고 부드러운 느낌이 아니라 강렬하고 로맨틱했다. 여자의 가슴팍에 안겨 있기 때문에 고개를 들고 올려다보기 전에는 여자가 누구인지 알 수 없었다. 이런 향기가 나는 여자라면 얼굴도 예쁘겠지. 내 심장 박동이 빨라졌다. 바로 눈앞에 여자의 골 진 가슴이 보였다. 저 골 사이로 손을 쓰윽 디밀면, 생각만 해도 온몸이 짜릿했다. 어깨까지 늘어진 여자의 부드러운 머리카락이 이마를 스쳤다. 이쯤에서 여자의 얼굴을 보지 않고는 도저히 못 배기겠다. 고개를 살짝 들고 여자 얼굴을 훔쳐봤다. 놀랍게도 여자는, 102호 소연이었다. 나는 깜짝 놀라 몸을 일으켰다.

눈을 떴다. 꿈이었다. 소연이도, 향기도 사라졌다. 밑이 축축했다. 썩 좋은 느낌은 아니었다. 이런 느낌은 처음이었다. 손으로 아랫도리를 더듬었다. 알뜨랑처럼 단단해진 고추가 만져졌다. 오줌을 싼 것도 아닌데 팬티가 젖었다. 낭패감과 당혹스러움이 밀려왔다. 얼굴이 화끈거렸다. 주위를 둘러봤다. 옆자리의 형은 코를 골며 자고 있었다. 척척한 팬티가 살갗에 닿지 않도록 잡아당겼다. 눈을 뜸과 동시에 꿈에서 느낀 황홀함이 물거품이 되었다. 도로 눈을 감아봤지만 소용이 없었다. 이럴 줄 알았으면 좀 더 있다가 깨어나는 건데. 다크 초콜릿 한 조각을 입에 문 것처럼 달콤하고 씁쓸했다. 팬티 속으로 손을 디밀었다. 젖은 팬티가 미끌미끌했다. 알뜨랑의 천박한 미끈거림과 비슷했다. 팬티 속에서 빼낸 손을 코끝에 대봤다. 알뜨랑이 그렇듯이 이것은 향기가 아니었다.

냄새였다. 불쾌하지도 유쾌하지도 않은, 그 둘을 반반씩 섞어놓은 기분이었다. 이불에다가 손을 쓱 문질러 닦았다. 나도 이제 어른이 되고 있었다.

형도 이런 기분을 경험했을까. 형은 나보다 네 살이나 더 먹었지만 아직도 혼자서 오줌을 누지 못했다. 엄마가 옆에서 고추를 잡아줘야 했다. 형이 혼자서 할 수 있는 일은 숨을 쉬는 것과 잠을 자는 일 정도였다. 나보다 잘난 구석이라고는 키와 덩치가 큰 것밖에 없는데 왜 형이라고 불러야 하는지 불만이었다. 가만히 따져보면 키 크고 덩치 큰 것도 잘난 것만은 아닌 것 같았다. 엄마는 말끝마다 "이런, 키만 멀대같이 커가지고는" 혹은 "덩칫값도 못 해"라고 토를 달았다. 단지 나보다 일찍 세상에 나왔다는 이유만으로 형 대접을 해줘야 했다. 그렇다고 내가 딱히 형을 형으로 대접하는 것은 아니었다. 그냥 기분이 나쁘지 않을 때 "야"라고 불렀다. 내가 "야"라고 부르는 것은 남들이 "형" 하고 부르는 것과 동급이었다.

형에게 다가갔다. 갑자기 코 고는 소리가 잦아들었다. 손바닥을 펴서 형 눈 가까이 대고 좌우로 흔들었다. 반응이 없었다. 형 다리 위로 가랑이를 벌리고 섰다. 그러고는 허리를 굽혀 내복 바지를 벗기기 시작했다. 형이 두어 번 뒤척였지만 별 탈 없이 성공적으로 내복을 벗겼다. 다음은 삼각팬티다. 어두워서 잘 보이지 않지만, 아마도 무채색의 체크무늬 팬티일 것이다. 엄마는 흰

색 속옷을 사주지 않았다. 오래 입어도 별 티가 나지 않는, 대체로 회색이나 검은색이 섞인 체크무늬를 선호했다. 엄마의 개인적인 취향은 절대 아니었다. 빨랫줄에 걸려 있는 엄마 팬티는 살구비누처럼 고운 살굿빛이나 존슨즈베이비로션 같은 분홍빛이었다. 게다가 화려한 레이스가 달린 것도 있었다. 그렇지만 지금 중요한 건 그게 아니었다. 중요한 것은 형 팬티와 내 팬티를 무사히 바꿔입는 것이다. 형의 삼각팬티를 조심스럽게 내렸다. 희미하게 형의 고추가 보였다. 고추는 탱탱하게 부풀었다. 형도 지금 꿈을 꾸고 있는 중인가. 얼른 젖은 팬티를 벗고 형 팬티를 입었다. 전체적으로 헐렁했다. 형 팬티는 100사이즈고 내 것은 80이었다. 젖은 내 팬티를 형 다리에 끼웠다. 간신히 허리까지 잡아 올렸다. 팬티가 찢어질 듯이 꽉 꼈다. 고추 부분이 유별나게 툭 튀어나왔다. 나는 나오는 웃음을 애써 참았다. 일곱 살 지능을 가진 형은 그래도 알아채지 못할 것이다. 형 꿈에도 소연이가 나타났을까.

2

방 안을 둘러봤다. 창문을 통해 들어온 푸르스름한 기운이 방 안을 감싸고 있었다. 벽에 아무렇게나 걸린 옷가지들이 막 자란 물풀처럼 보였다. 방 안에서 비릿한 냄새가 났다. 오랫동안 청소를 하지 않은 수족관처럼 불결했다. 사실은 방이 아니라 내 마음이 그랬다. 달콤하기도 하고 씁쓸하기도 한 그 경험을 하고 난 뒤의 기분이란 방 안을 더러운 수족관쯤으로 느끼게 했다. 미끌미끌 이끼가 낀 수족관 바닥에 앉아 있는 느낌이었다.

방문을 열고 나왔다. 실내가 불을 켠 것처럼 환했다. 아직 동트기 전인데 눈이 부셨다. 알루미늄 새시로 만든 현관문은 반이 불투명한 유리로 돼 있어서 그리로 희미하지만 빛이 들어왔다. 우리 집은 컨테이너 외벽에 벽돌을 쌓아 만든 집이었다. 엄마는 춥지 않아 다행이라고 했다. 아버지와 엄마가 자고 있는 방을 지나 거실 겸 부엌인 옹색한 통로를 거쳐 현관문으로 갔다. 문짝이 잘 맞지 않는 현관문은 열고 닫을 때마다 소리가 요란했다. 소리가 나지 않도록 두 손으로 문짝을 들다시피 하여 열었다. 찬 바람보다 새하얀 눈이 먼저 들어왔다. 그 속에 찬 기운이 묻어왔다. 문을 한 뼘 정도 남겨놓고 도로 닫았다. 열린 문틈으로 밖을 내다봤다.

눈은 희다 못해 푸른빛이었다. 세상 전체가 푸른 어항 속 같았다. 허공에는 아직 불이 꺼지지 않은 크고 작은 십자가들이 빨갛게 떠 있었다. 나는 이곳이 마음에 들었다. 온 세상이 내 발아래 있었다. 유일하게 올려다봐야 하는 건 교회 첨탑뿐이었다. 이곳으로 이사 온 첫날, 엄마는 뾰족한 교회 첨탑을 올려다보며 중얼거렸다.

"예수님도 별거 아니네. 기껏 이 정도 높이라니."

엄마는 그 뒤로 교회에 나가지 않았다. 옥상에서 내려다본 세상은 하나의 커다란 분화구 같았다. 지저분한 골목과 허름한 집들이 분화구 표면 여기저기에 널렸다. 지금도 분화구에서 하얀 연기가 피어오르고 있었다. 아무도 눈치채지 못하고 있을 뿐이었다. 언제 분화구가 불을 뿜어댈지 모른다. 그러나 이를 걱정하는 사람은 어느 누구도 없었다. 사람들은 애초에 죽고 사는 문제에 그다지 관심이 있어 보이지 않았다. 분화구가 불을 뿜어대면 죽는 거고 그렇지 않으면 사는 거였다. 적어도 내가 옥상에서 내려다보는 이 동네 사람들은 그랬다. 아무 생각 없이 분화구에 널려 있는 구멍 뚫린 돌처럼 이곳에 존재할 뿐이었다. 거대한 폭발이 있을 그날까지. 그날이 은근히 기다려졌다. 이 세상을 지배하는 질서가 마음에 들지 않았다. 거대한 폭발이 아니고서야 이 세상을 뒤집을 만한 그 무엇이 있을까. 티라노사우루스와 시조새가 살아온다 해도 지금 세상보다는 훨씬 괜찮을 것 같았다. 그래서 나는 이곳이 썩 마음에 들었다. 가끔 새벽녘에 깨어서 세상을 굽어보는 이유도 그런 데 있었다. 찬 바람에 코끝이 시렸다. 문을 닫기 위해 손을 뻗었다. 바로 그때 하얀 물체가 눈 위를 가로질렀다. 닫으려던 문을 활짝 열어젖혔다. 날씬한 몸통에 풍성한 꼬리털을 가진 그것은 얼핏 보기에 개나 늑대 같았다. 온몸을 감싸고 있는 하얀 털이 바람에 날렸다. 바로 쳐다보기도 힘들 만큼 눈이 부셨다. 놈은 우리 집인 옥탑방 지붕 위에서 노란 물탱크 위로, 노란 물탱크 위에서 다시 옥상으로 사뿐히 뛰어내렸다. 내가 서 있는 곳에서 열 발짝도 안 되는 거리였다. 놈이 고개를 돌렸다. 놈의 눈과 마주쳤다. 나는 움찔 뒤로 물러났다. 놈이 아주 잠깐 동안 나를 바라보았다. 저 눈빛은? 오래전 그 여우가 떠올랐다. 놈이 다시 고개를 반대로 돌렸다. 놈은 여우였다. 이 도심 한가운데에 여우라니. 그것도 눈 덮인 연립주택 옥상 위에. 손으로 눈을 비볐다. 이런 일이 있을 수 있을까. 가슴이 두근거렸다. 호흡을 가다듬고 눈을 크게 떴다.

여우는 물탱크에서 조금 떨어진 자리에서 교회 쪽을 바라보고 서 있었다. 붉게 빛나는 십자가를 향해 고개를 한껏 치켜든 자세였다. 은빛 털이 바람 따라 간간이 나부꼈다. 여우는 그렇게 한참을 서 있었다. 나는 숨을 죽이고 여우를 바라봤다. 어디서 와서 어디로 가는 걸까. 여우가 출현하게 된 경우의 수는 뻔했다. 동물원을 탈출했거나, 산골 깊이 숨어 살던 여우가 도심까지 내려왔거나. 그렇지만 어쩐지 저 여우는 그런 것과는 거리가 멀어 보였다. 멀리 다른 별에서 우주에 떠도는 수많은 혹성을 징검다리 삼아 이곳에 온 게 아닐까. 그래서 돌아갈 길을 잃어버렸을지도. 고개를 치켜든 여우는 동물원에서 눈을 부릅뜨고 죽어 있던, 오래전 그 여우와 닮아 있었다. 여우는 쓸쓸해 보였다.

멀리서 푸른 여명이 번져왔다. 여우가 치켜든 고개를 아래로 떨어뜨렸다. 주위를 한번 둘러보더니 슬슬 움직이기 시작했다. 옥상 난간 쪽으로 느리게 걸어갔다. 철제 난간은 아슬아슬하게 눈을 이고 있었다. 여우는 단숨에 난간 위로 뛰어올랐다. 곡예를 하듯 교회 첨탑으로 건너뛰었다. 순간 십자가 불빛에 여우가 붉게 물들었다. 십자가 꼭대기까지 올라간 여우는 다시 옆 건물로 가볍게 건너뛰었다. 공중에 떠 있는 십자가들을 사뿐사뿐 딛고 여우는 점점 멀어졌다.

여우가 눈앞에서 완전히 사라졌다. 여우가 사라진 쪽을 멍하니 바라보던 나는 그제야 신발을 신고 바깥으로 나왔다. 눈으로 덮여 있는 옥상은 거대한 카스텔라 같았다. 그런데 아무리 둘러봐도 여우 발자국은 없었다. 눈을 크게 뜨고 사방을 살폈다. 난간 위에도, 첨탑 위에도 여우가 지나간 흔적은커녕 바람이 쓸고 간 자국도 보이지 않았다. 분명히 여우였는데. 하얗고 풍성한 털이 바람에 나부꼈는데. 십자가를 딛고 사라졌는데. 홀린 듯 사방을 둘러봤다. 어느새 동네는 잠에서 깨어나고 있었다. 골목 끝에서 우유를 배달하는 오토바이가 달려왔다. 개 한 마리가 슈퍼 앞을 어슬렁댔다. 형을 깨우지 못한 게 못내 아쉬웠다. 형이라면 나처럼 신기해했을 텐데.

"거기서 뭐 해?"

엄마의 신경질적인 목소리가 아니었다면 몇 시간을 눈밭에 서 있었을 것이다.

"어서 들어오지 못해?"

"여우가……."

나는 엄마를 쳐다보며 중얼거렸다.

"뭐라고?"

"여우가, 하얀 여우가 나타났어."

나는 여우가 사라진 쪽을 가리키며 엄마를 쳐다봤다.

"애가 아침부터 뭔 헛소리야! 잠이 덜 깼나? 여우는 무슨 여우! 고양이 새끼 한 마리도 보이지 않는데. 얼른 들어오지 못해!"

엄마가 눈을 흘겼다. 나는 바지춤에다 양손을 집어넣고 종종걸음으로 집 안으로 들어왔다. 들어오면서도 자꾸 뒤를 흘깃거렸다. 몸이 오슬오슬 떨렸다. 이불 속으로 다시 들어갔다. 부엌에서 칼질 소리가 들렸다. 진짜로 봤는데. 분명 여우였는데. 그때 그 여우처럼 쓸쓸한 눈빛을 하고 있었는데.

어느 초여름 우리 가족은 동물원에 갔다. 무슨 기념일이었던 것도 같았고 누군가의 생일이었던 것도 같았는데, 어쨌든 내 기억 속에 처음이자 마지막으로 남아 있는 가족 나들이였다. 엄마는 아침 일찍부터 김밥을 싸느라고 달그락거렸다. 덩달아 일찍 깬 나는 그 옆에서 길게 잘라놓은 소시지를 주워 먹었다. 김밥에 사과 몇 알까지 준비한 엄마는 장롱 속에서 오렌지색 원피스를 꺼내 입었고 하얀색 구두도 신었다. 형의 손에는 풍선이 쥐어졌다. 형은 손에 무언가를 쥐여주지 않으면 괴성을 질렀다. 집에서도 형의

16

손에는 항상 무언가가 쥐여 있었다. 수건이라든가 부엌에 걸려 있는 나무 주걱, 새로 산 신발이나 엄마가 벗어놓은 브래지어……. 용도와 종류를 가리지 않았다. 딱히 어느 것을 고집하는 것도 아니었다. 그저 손에 쥘 수 있는 것이면 되었다.

엄마는 풍선을 쥔 형의 손을 움켜쥐었다. 지하철을 탈 때까지 형은 얌전했다. 가끔 고개를 젖히고 노란색 풍선을 올려다봤다. 목적지를 얼마 안 남겨놓고 형이 이상한 조짐을 보였다. 괴상한 소리를 내기 시작했다. 짐승의 울음 같기도 한 그 소리가 점점 지하철 안을 울렸다. 사람들의 시선이 우리에게로 쏠렸다. 아버지는 나를 데리고 형 옆에서 두어 발짝 물러났다. 당황한 엄마는 원피스 자락을 형의 손에 쥐여주었다. 그 바람에 원피스 자락이 들렸다. 엄마의 허연 허벅지가 힐끗힐끗 보였다. 엄마는 들린 원피스 자락을 계속 잡아 내리느라고 이마에 땀이 맺혔다. 형은 한 손에 풍선을, 다른 한 손에는 엄마의 오렌지색 원피스 자락을 움켜쥐고 바보처럼 웃었다. 모처럼 차려입은 엄마의 오렌지색 원피스가 금세 구겨졌다.

"저눔 목 좀 봐."

나는 아버지 품에 안겨서 기린을 보고 낙타를 봤다. 코끼리 우리와 사자 우리를 거쳐 여우가 있는 곳으로 갔다. 여우는 다른 동물들에 비해 몸집이 작은 데다 개와 비슷하게 생긴 것이 별로 흥미롭지 않았다. 건너편에서 공작의 꼬리가 펼쳐지고 있었다.

"어머나!"

엄마의 시선이 어느새 화려한 공작 꼬리에 가닿았다. 엄마가 형의 손을 놓친 것도, 형이 들고 있던 풍선을 놓친 것도 바로 그때였다. 풍선을 놓친 형은 반사적으로 바닥을 내려다봤다. 자기 손을 벗어난 모든 것은 아래로 떨어진다고 믿는 형이었다. 형의 눈에 들어온 것은 풍선이 아니라 무지갯빛 막대 사탕이었다. 누군가 우리 안쪽에 떨어뜨린 모양이었다. "와." 공작 우리에서 탄성이 쏟아졌다. 아버지와 나는 환호성이 들리는 쪽으로 고개를 돌렸다. 활짝 핀 공작의 꼬리 위로 형이 놓친 풍선이 날아가고 있었다.

무지갯빛 막대 사탕이 궁금해진 나는 다시 여우 우리를 돌아다봤다. 그런데 밖에 있어야 할 형이 여우 우리 속에 들어가 있는 게 아닌가. 형이 막 몸을 숙여 막대 사탕을 집으려는 순간 여우 한 마리가 형 가까이 다가왔다. 형이 집으려는 막대 사탕을 여우가 낚아챘다. 그와 동시에 나는 아버지 품에서 땅바닥으로 내팽개쳐졌다. 괴성이 이어졌다. 사람들이 여우 우리 쪽으로 몰려들었다. 아버지는 단숨에 형을 구해 왔다. 형의 손에는 무지갯빛 막대 사탕이 들려 있었다. 형이 씩 웃었다. "브라보!" 누군가 박수를 쳤다. 아버지는 개선장군처럼 어깨를 으쓱해 보였다.

여우가 궁금했다. 사람들 틈으로 여우가 보였다. 여우는 머리에 피를 흘리며 쓰러져 있었다. 눈을 동그랗게 뜬 채였다. 단지 막대 사탕을 낚아챘을 뿐인데, 동그랗게 부릅뜬 눈이 그렇게 말하고 있었다. 그 옆에는 피로 얼룩진 어른 주먹만 한 돌이 뒹굴었다. 그런데도 난 아버지가 총으로 여우 머리를 명중시켰다고 생각했다. 하늘을 올려다봤다. 풍선이 까마득히 멀어졌다. 형의 풍선만 아니었어도 여우는 죽지 않았을 것이다. 여우는 그 뒤에도 오랫동안 내 머릿속에 그 모습 그대로 남아 있었다. 그것이 내가 최초로 배운 쓸쓸함의 의미였다.

3

낡은 식탁에 네 식구가 앉았다. 등 뒤에 있는 텔레비전에서 뉴스가 흘러나왔다. 밥숟가락을 입으로 가져가면서도 귀는 온통 아나운서 목소리에 쏠렸다. 폭설로 출근길이 혼잡하니 대중교통을 이용하라는 당부에 이어 눈 피해를 입은 농가 소식이 이어졌다. "다음 뉴스입니다. 간밤에 도심 한가운데서 연쇄 강도 사건이 일어났습니다." 그러나 아무리 귀를 기울여도 여우 이야기는 나오지 않았다. 여우를 본 사람이 아무도 없는 걸까. 여우를 봤다면 방송국에 제보했을 것이고 당연히 뉴스에 나와야 했다. 오로지 나 혼자서만 여우를 본 것인가. 나는 무슨 커다란 비밀이라도 간직한 것처럼 가슴이 벅찼다. 밥 따위가 눈에 들어올 리 없었다.

"너는 뒤꼭지로도 텔레비전을 보니? 밥은 안 처먹고 뭐 허구 있어!"

오늘따라 엄마가 유난히 신경질적이었다. 눈 때문이었다. 눈이 오면 엄마는 일을 할 수가 없었다. 엄마는 눈 위를 마음 놓고 달릴 수 있을 만큼 노련한 트럭 운전사가 아니었다. 게다가 눈 오는 날은 형을 통제하기가 미끄러운 길을 달리는 것보다도 힘들었다. 눈만 보면 달리는 차 안에서도 차를 세우라고 괴성을 지르기 일쑤였다. 형은 막무가내로 눈을 입 안에 쑤셔 넣곤 했다. 지금도 눈 먹을 궁리에 밥 먹을 생각을 안 하고 있는 것이다. 나는 남은 밥을 입 안에 퍼 넣었다. 엄마가 물을 가져오기 위해 일어선 사이 형이 벌떡 일어나 현관문을 박차고 나갔다.

"아니, 저 새끼가 또."

획 돌아선 엄마가 국자로 허공을 찔러댔다. 아버지는 모처럼 식탁에 올라온 생선을 발라 먹느라고 정신이 없었다. 나는 얼른 엄마를 쳐다봤다. 엄마가 턱짓으로 사인을 보냈다. 나는 인상을 찌푸리며 숟가락을 팽개치고 일어났다.

"저눔 새끼 아예 눈 속에다 푹 박아버려라!"

엄마가 등 뒤에서 쇠 긁는 소리를 냈다. 엄마는 형의 완력을 못 당했다. 힘으로는 누구도 이길 사람이 없었다. 어린애 지능을 가진 형이 어디에 그런 괴력을 숨겨두는지 모르겠다. 문을 열고 나갔다. 형은 벌써 눈 속에 주저앉아 열심히 눈을 퍼먹고 있었다.

흔적 하나 없이 고요하던 풍경이 망가졌다. 겨우 몇 시간 전만 해도 여우가 서 있던 곳이다. 그 어딘가에 여우의 자취가 남아 있을지도 모른다. 발꿈치를 잔뜩 치켜들고 형을 향해 걸어갔다. 눈을 밟기가 아까웠다. 어쩐지 그렇게 해야 될 것만 같았다. 새벽에 본 여우 모습이 자꾸 어른거렸다. 여우에 대한 예의, 혹은 그때 내 심장을 관통한 짜릿하면서도 숙연한 그 느낌을 훼손하고 싶지 않았다. 그런데 형은 지금 무슨 짓을 하고 있는가. 나는 마음이 바빠졌다. 형을 막아야 했다. 발이 자꾸 미끄러졌다. 형은 마치 카스텔라를 뜯어 먹고 있는 것 같았다. 양손으로 번갈아가며 입에 눈을 퍼 넣었다. 그 속도가 얼마나 빠른지 어느새 옷이 온통 젖었고 입언저리와 손끝은 벌겋게 얼었다.

"야, 미쳤니?"

형의 젖은 정강이를 힘껏 걷어찼다. 형은 들은 척도 하지 않았다. 더 빠른 속도로 눈을 퍼먹었다. 녹은 눈 사이로 콘크리트 바닥이 드러났다.

"먹지 마!"

다시 한번 정강이를 걷어찼다. 아무 소용이 없었다. 형은 눈을 너무도 맛있게 먹었다.

"먹지 말라구!"

있는 힘껏 형을 밀었다. 형이 눈 속으로 고꾸라졌다. 고꾸라진 채 필사적으로 눈을 퍼서 입으로 가져갔다. 이미 눈밭은 다 망가졌다. 아까 새벽녘의 황홀함 따위는 찾을 수 없었다. 여우가 서 있던 자리에서 느껴지던 신비로운 기운은 흔적도 없이 사라졌다. 한참을 내려다보던 나는 형을 일으켜 세웠다. 옷에 묻은 눈을 털어줬다. 형 옆에 쭈그리고 앉았다. 형이 한 것처럼 손으로 눈을 떠서 입으로 가져갔다. 혀끝을 갖다 댔다. 눈이 이내 녹았다. 힐끔 형을 쳐다봤다. 커다란 덩치의 형이 눈을 퍼먹는 광경은 이상하게 슬펐다. 형과 눈이 마주쳤다. 형이 씩 웃었다. 나도 형을 따라 웃었다. 눈을 입 안에 털어 넣었다. 형이 제 손에 있는 것을 내 입에 넣어줬다. 우리는 내기라도 하듯이 눈을 퍼먹었다. 속이 점점 얼얼해졌다. 그래도 멈추지 않았다. 손에서 감각이 느껴지지 않았다. 눈 먹기를 멈추고 언 손을 비벼댔다. 형은 계속 먹고 있었다. 눈은 아무 맛도 나지 않았다. 아이스크림처럼 달콤하지도 않고 곰보빵처럼 배가 부른 것도 아니었다. 그냥, 차갑고 차가웠다. 형이 미치지 않고는 저럴 수 없었다. 그런데 갑자기 그런 형 모습이 대단해 보였다. 내가 할 수 없는 일을 하고 있었다. 엄마가 방해하지만 않는다면 이까짓 옥상의 눈쯤이야 거뜬히 먹어치울 수 있을 것이다. 얼마나 멋진 일인가. 아무도 할 수 없는 일을 겁 없이 저지른다는 것은.

저 위대한 형을 이제부터 모호면이라 부르기로 했다. 모호면은 모호로비치치면을 줄여서 부르는 말이었다. 모호로비치치면이란 지구를 이루는 성분 가운데 지각도 맨틀도 아닌 그 경계면을 뜻했다. 다시 말해 이도 저도 아닌. 내가 모호로비치치면을 알게 된 것은 집 안에 굴러다니던 과학 잡지를 통해서였다. 모호로비치치. 단어가 주는 어감이 재미있어서 버릇처럼 중얼거렸다. 모호로비치치. 소리 내서 발음하다 보면 괜히 어깨가 으쓱해졌다. 내가 대단한 것을 알고 있는 것처럼 느껴졌다. 동시에 안개가 자욱한 해변이 떠올랐다. 그 속에는 굉장한 일이 도사리고 있었다. 그러나 아무도 그 일을 알지 못했다. 부글부글 끓고 있는 분화구 속을 눈치채지 못하듯이. 경계는 늘 도발적이고 위험했다. 형은 항상 경계에 서 있었다. 딱딱하게 굳은 지표면과 시뻘건 용암이 들끓는 경계 어디쯤 형이 서 있었다. 형 스스로가 원해서든 아니든 어쨌든 형은 용감했다. 그런데 여우는 어떻게 된 것일까. 모호면이라면 여우의 출현을 믿지 않을까.

"여우 알지? 얼굴이 요렇게 세모지고. 있잖아, 옛날에 동물원에서 형이 여우 우리에 들어갔었잖아."

모호면은 들은 척도 안 했다.

"그때 아버지가 여우를 죽이고 형을 구해냈잖아. 기억 안 나?"

"......"

"암튼 여우 있잖아, 그게 나타났었어."

일급비밀이라도 털어놓는 것처럼 비장한 목소리로 속삭였다. 그러나 모호면의 표정은 여전히 무덤덤했다. 놀라거나 흥미로워하는 구석은 손톱만큼도 없었다. 고심 끝에 털어놨는데. 예상하지 않은 바는 아니었지만 실망스러웠다.

"진짜라니까, 내가 이 두 눈으로 똑똑히 봤어."

모호면이 손에 들려 있던 눈 뭉치를 털어버렸다. 나는 모호면에게 바싹 다가앉으며 목소리 톤을 높였다.

"하얀색이었는데, 크기는 한 이 정도였고 바싹 치켜 올라간 꼬리가 진짜 환상적이었어."

모호면이 눈을 반짝였다. 나는 손짓을 해가며 열심히 설명했다.

"저기 지붕 위에서 여기로 뛰어내렸어. 아주 사뿐히."

자리에서 일어나 여우가 처음에 서 있던 자리를 발부리로 가리켰다. 모호면이 진지하게 내 얘기를 들었다.

"그러고는 저기 십자가 꼭대기까지 올라갔어."

손가락으로 첨탑 끝의 십자가를 가리켰다. 모호면이 고개를 들고 쳐다봤다. 믿는 눈치였다. 나는 신이 나서 지붕을 딛고 사라진 여우에 대해 떠들었다. 모호면은 여우가 사라진 허공을 한참 동안 바라봤다. 그렇지만 "정말이니? 여우가 진짜 십자가를 딛고 사라졌어?"라는 말 따위는 꺼내지도 않았다. 형은 정말로 알 수 없는 모호로비치치면이었다. 김이 샜다.

4

아버지가 쉴 새 없이 채널을 돌렸다. 텔레비전 시청은 우리 가족의 유일한 문화생활이었다. 아버지나 엄마 모두 이 문제에 대해서는 이의를 제기하지 않았다. 우리 집에는 그 흔한 컴퓨터 한 대 없었다. 이에 대해 불편함을 느끼는 사람 또한 없었다. 나 역시 컴퓨터가 있으면 좋겠지만 간절히 소망하지는 않았다. 이유는 아버지 때문이었다. 컴퓨터가 있어봤자 아버지 차지가 될 게 뻔했다. 텔레비전 리모컨이 아버지로부터 사방 1미터를 못 벗어나듯이 컴퓨터 또한 그럴 것이다. 그럴 바에야 아예 없는 게 나았다.

뉴스 속보 같은 게 나오지 않을까 하고 잔뜩 긴장한 얼굴로 화면을 쳐다봤다. 지난번 코끼리가 동물원을 탈출했을 때도 뉴스마다 식당으로 돌진하는 코끼리 떼 모습이 나왔다. 하물며 주택가 옥상에 뜬금없이 출현한 여우, 그것도 보통 여우가 아닌 은빛 여우를 뉴스에서 다루지 않는다는 것은 있을 수 없는 일이었다. 그러나 아무리 집중해서 들어도 여우 이야기는 나오지 않았다. 모호면은 이불 속에서 얼굴만 내놓고 있었다. 아직도 추위가 가시지 않은 얼굴이었다.

젖은 신발에 신문지를 쑤셔 넣던 엄마가 잔뜩 찡그린 얼굴로 나와 모호면을 번갈아 쏘아봤다. 모호면은 어쩔 수 없다고 치더라도, 멀쩡한 밥 먹고 그에 동조한 나의 죄는 사하기 어려운 모양이었다. 나는 고개를 숙여 엄마의 따가운 시선을 피했다. 엄마가 뭐라고 하면 여우를 핑계 삼을 작정이었다. 여우를 봤다고. 그러면 아무리 바보 같은 모호면이지만 몇 마디 거들어주지 않을까.

"진짜야. 이만한 여우를 봤어. 여우를 잡으려고 이리저리 뛰어다녔어."

그러나 엄마는 눈으로 쏘아대기만 할 뿐 아무 말도 하지 않았다. 모호면도 잠자코 있었다. 이럴 땐 텔레비전이 구세주였다. 채널이 바뀔 때마다 모두의 시선이 텔레비전으로 쏠렸다. 엄마도 예외는 아니었다. 우리 때문에 불편해진 심기를 텔레비전이 중화해줄지도 모른다. 오락 프로그램이다. 엄마의 눈에 생기가 돌았다. 아버지가 채널을 돌렸다. 요즘 한창 뜨고 있다는 수목드라마다. 엄마는 단박에 얼굴을 찡그렸다. 나는 아버지가 다시 채널을 돌리기를 기대했다. 엄마는 드라마를 별로 좋아하지 않았다. 만날 공주와 왕자만 나오는 드라마에 신물이 난다고 했다. 차라리 웃고 떠드는 오락 프로그램이 낫단다. 지금은 엄마가 좋아하는 오락 프로그램이 적격이었다. 엄마의 불편한 심기를 더 건드리지 않으려면 그래야만 했다. 그러나 아버지는 몇 개의 홈쇼핑 화면을 거쳐 결국 드라마에 채널을 고정시켰다.

아버지는 드라마광이었다. 아버지가 처음부터 드라마광이었던 것은 아니었다. 아버지의 드라마 보기는 아버지 다리에 쇠못이 박히면서 시작됐다. 아버지는 건물을 발파해서 해체하는 일을 했다. 정확히 말하자면 건물을 발파하는 팀을 따라다녔다. 아버지가 처음에 한 일은 발파에 쓸 폭약을 나르거나 원, 투, 쓰리, 포에 맞춰 발파 스위치를 누르는 일 정도였다. 그러면서 어깨너머로 배운 공부가 아버지를 반기술자로 만들었다. 마침내 도면을 보고 폭약을 장전하거나 도화선을 잇는 일에까지 참여하게 되었다. 노란 안전모를 눌러쓰고 곧 폭파될 건물을 배경으로 무슨 무슨 교수니 박사니 하는 사람들과 나란히 사진도 찍었다. 아버지는 아직도 그 사진들을 자랑스럽게 여겼다.

아버지는 신이 나서 건물을 폭파시켰다. 아버지가 발파한 건물만 해도 아파트가 수십 채, 5층 이상 건물이 여럿이었다. 아버지는 이 또한 자랑스럽게 여겼다. 믿기 어려웠지만, 아버지한테서는 이를 증명하기라도 하듯 언제나 화약 냄새가 가시지 않았다. 아버지의 꿈은 우리나라에서 가장 높은 빌딩인 64빌딩을 가장 안전하고 완벽하게 발파 해체하는 것이다. 아버지는 매일 64빌딩 도면을 들여다봤다. 방바닥을 거의 다 차지하는 모눈종이에 복잡하게 그려진 기하학적 도형들의 집합체—그것이 진짜 64빌딩 도면인지 아닌지는 확인할 수 없었지만—를 틈만 나면 펼쳐놓고 연구했다. 그러나 어느 날 아버지의 꿈이 발파되는 낡은 아파트처럼 산산이 부서졌다.

그날 아버지가 속한 발파팀이 해체하기로 되어 있던 곳은 4층 높이의 오래된 중학교 건물 두 채였다. 안전모를 눌러쓴 아버지는 다른 기술자들과 작업을 개시했다. 이미 수차례의 답사로 해체할 대상의 도면까지 작성된 상태라 도면에 따라 시공하기만 하면 되는 상황이었다. 아버지를 포함한 기술자들이 도면에 표시된 대로 콘크리트 벽에 구멍을 뚫었다. 다이너마이트를 장전하기 위한 것이었다. 아버지 말에 의하면 그때 실시한 공법은 구조물의 외벽을 중심부로 끌어당기면서 붕괴시키는 내파공법이었다. 내파공법은 주변의 필요 공간을 최소화할 수 있는 장점 때문에 건물이 밀집한 도심지에서 흔히 쓰이는 공법이었다. 아버지는 내가 학교에서 가져온 가정통신문 뒷장에다 그림까지 그려가며 해체 공법의 종류와 특징을 설명해줬다. 내가 알아들을 수 있는 말은 내파공법과 언젠가 텔레비전에서 본 적이 있는 점진적 붕괴공법 정도였다. 건물 한 동을 붕괴시키는 데는 2분도 채 안 걸린다고 했다.

카운트다운이 시작되고 드디어 누군가 스위치를 눌렀다. 어마어마한 굉음과 함께 순식간에 건물이 무너져 내렸다.

"그 순간 몸속에서 엔도르핀이 갑자기 확 솟구치는 거야."

아버지는 상기된 얼굴로 목소리를 높였다.

"진동이 느껴질 때 그 기분, 야릇해. 이상한 쾌감이 일거든. 한 건 하고 나면 한 5년은 젊어지는 것 같거든. 그 맛 때문에 그 일을 때려치우지 못했지."

아버지는 절대 돈 때문이 아니라는 듯 근엄하게 말했다. 발파 해체 작업을 하는 데 나름대로 사명감 내지 철학을 가지고 있었다.

"건물을 발파해서 해체하는 것은 그곳에 새로운 무엇을 건설하기 위한 거야. 그러니까 때려 부수는 거라고 다 나쁘게 볼 게 아니야. 그건 엄연히 새로운 도약이거든."

아버지는 '도약'에 힘을 주어 말했다.

발파가 끝나고 먼지가 가라앉자 아버지를 비롯한 몇 명의 사람들이 남아 있는 폭약이 없는지 확인하기 위해 작업장으로 들어갔다. 그때 또 한 번의 굉음이 나면서 작은 폭발이 일어났다. 아버지 다리 위로 철근 구조물이 떨어졌다. 아버지의 왼쪽 대퇴부가 폭파된 학교 건물처럼 산산조각이 났다. 세 번의 수술 끝에 다행히 절단은 면할 수 있었다. 그 대신 아버지 대퇴부에는 굵은 쇠못이 여러 개 박혔다. 아버지는 더 이상 일을 할 수 없었다.

집에 들어앉은 아버지는 자연스럽게 드라마를 보기 시작했고, 드라마를 보기 시작한 아버지는 어느덧 드라마 속 삼각관계에 깊숙이 빠져들었다. 아버지는 소주병을 기울이면서 주인공 여자의 배신에 분노했다. 때론 엄마에게 동의를 구하기도 했다. 그럴 때마다 엄마는 이불을 획 뒤집어쓰고 누워버렸다. 평소의 엄마 성격대로라면 텔레비전을 꺼버리고도 남았다. 그러나 그런 일은 일어나지 않았다.

방바닥에 굴러다니던 리모컨이 언제부터인지 아버지 다리 밑에 깔려서 나올 생각을 안 했다. 엄마가 리모컨을 어쩌지 못하는 것도 그때부터인 것 같았다. 그 밑으로 100만 볼트 전류가 흐르는 것도 아니고 올무가 있는 것도 아닌데, 리모컨을 꺼내기 위해 어느 누구도 손을 디밀지 않았다. 아버지는 다리에 쇠못을 박는 대신 심금을 울리는 드라마와 인형같이 예쁜 쇼핑 호스트들을 보고 싶을 때 언제든지 볼 수 있는 자유를 얻었다. 전에는 상상도 할 수 없던 일들이었다. 용납조차 안 되던 것들이 마구 용서되었다. 그 복은 모두 리모컨을 통해 왔다. 리모컨은 아버지를 또 다른 세상으로 인도했다. 리모컨은 아버지에게 복음을 준 전도사였다.

"저런 빙추 같은 놈이 다 있나. 애인이 바람난 줄도 모르고. 쯧쯧."

아버지가 드라마를 보며 혀를 찼다. 나는 엄마를 돌아봤다. 아니나 다를까. 엄마의 표정이 폭발하기 일보 직전이었다. 엄마는 드라마보다 아버지가 더 못마땅한 듯했다. 나는 아버지의 대퇴부 밑을 힐끔거렸다. 노란 리모컨이 보였다. 손을 천천히 대퇴부 밑으로 디밀었다. 리모컨이 잡혔다. 잡은 리모컨을 빼내려는 순간 아버지가 힘을 주어 대퇴부를 내리눌렀다. 대퇴부와 리모컨 사이에 손이 꼈다. 순식간에 벌어진 일이라 손을 뺄 틈도 없었다. 손을 빼내려고 할수록 압박이 더 가해졌다. 앓는 소리를 내며 아버지를 올려다봤다.

"바람을 피워도 저렇게 피우면 안 되지."

아버지는 태연스레 중얼거렸다. 이럴 바에야……. '에라, 모르겠다.' 나는 손바닥으로 있는 힘껏 리모컨을 눌렀다. 치지직거리며 텔레비전 화면이 엉켰다. 동시에 반사적으로 아버지의 대퇴부

가 번쩍 들렸다. 얼른 손을 빼냈다. 얼얼한 게 감각이 없었다. 벌
겋게 눌린 손등을 다른 한 손으로 비벼댔다. 대퇴부의 힘이 이렇
게 강할 줄이야. 순식간에 일어난 이 모든 일을 목격한 엄마가 어
이없는 표정으로 쳐다봤다. 텔레비전 화면이 어느새 본래대로 돌
아와 있었다. 아버지는 아무 일도 없었다는 듯이 여전히 드라마
만 봤다. 아버지 대퇴부의 힘은 역시 만만치 않았다. 아버지의 좌
우명은 '리모컨을 사수하라'가 아닐까. 한심한 눈길을 보내는 엄
마를 이해할 수 있었다. 이런 것까지 이해하는 내가 싫었다. 아무
것도 모르고 히죽대는 모호면처럼 삶의 더 많은 경우를 동물적
으로 살고 싶었다. 가장 동물적인 게 가장 인간적인 것이다. 엄마
에게도 그 진리를 가르쳐줘야 하는데. 아버지는 신통하게도 그 진
리를 깨달은 모양이었다. 아버지를 보고 있으면 아메바나 짚신벌
레 같은 단세포 동물이 떠올랐다. 그렇다고 아버지가 애초부터
단세포적이던 것은 아니었다. 다리를 다친 후 활동하기 어려워지
면서 아버지의 세포도 기이하게 변화하기 시작했다. 왕성한 세포
융합이 이루어졌다. 수억만 개의 세포가 수천 개로 되고 수천 개
의 세포가 다시 수십 개로 합쳐졌다. 마침내 아버지는 단 하나의
거대한 세포를 갖게 되었다. 내 생각이었다. 그렇지 않고서야 저
럴 수 있을까.

　"이거 언제 말려서 신어?"

　엄마가 마른 수건으로 신발을 꾹꾹 누르면서 투덜댔다.

"오늘부터 학교 안 가는데."

나는 엄마 눈치를 보며 중얼거렸다.

"방학이라고 방구석에만 처박혀 있을 거냐?"

엄마가 단박에 쏘아붙였다. 텔레비전을 보던 아버지가 흠흠 하고 헛기침을 했다. 엄마가 '방구석'에 힘을 준 이유를 아버지는 금세 알아챘다. 그만한 눈치가 있는 것을 보니 아직 단세포 단계까지는 가지 않은 모양이었다. 엄마의 말뜻은 '방학 때 놀고먹으면 가만두지 않겠다'는 경고였다. 다시 말하면 엄마 일을 돕든지 하다 못해 새벽에 신문 배달이나 우유 배달이라도 하라는 명령이었다.

"어디 신어봐."

엄마가 신발을 내려놓았다. 나는 엄마가 있는 문간으로 슬금슬금 기어갔다. 별로 유쾌하지 않은 방학이 될 것 같은 예감이었다. 차라리 학교에 다니는 게 나았다. 늦잠은커녕 평소보다도 더 일찍 일어나야 될 것이다. 남들처럼 학원에 다니는 것도 아니고. 하긴 방구석에서 아버지와 리모컨을 두고 신경전을 벌이는 것보다야 훨씬 낫긴 했다. 그래도 초등학교 마지막 방학인데. 영어 공부도 하고 뭔가 의미 있게 보내야 될 것만 같은데. 이렇게 내키지 않는 방학이 싫었다. 신발은 그냥 보기에도 덜 말랐다. 신을까 말까 망설였다.

"얼렁 신어봐. 웬만하면 그냥 신어!"

엄마 말이 떨어지기가 무섭게 신발을 발에 꿰었다. 척척했다.

도로 발을 뺐다. 엄마가 하는 수 없다는 듯 화장대 서랍을 뒤져 헤어드라이기를 꺼냈다. 우리 집 헤어드라이기는 머리 말리는 게 아니라 주로 신발 말리는 데 쓰였다. 엄마는 헤어드라이기로 신발을 말리기 시작했다. 오래된 헤어드라이기는 소리가 요란했다. 헤어드라이기 소리 때문에 텔레비전 소리가 들리지 않았다. 아버지가 볼륨을 높였다. 텔레비전 소리와 헤어드라이기 소리가 섞여 시끄러웠다. 갑자기 헤어드라이기 소리가 뚝 그쳤다.

"난, 당신을 사랑하지 않아요!"

드라마 속의 여배우가 울먹이며 소리쳤다. 바로 그때 신발 한 짝이 방을 대각선으로 가로질러 아버지와 모호면이 있는 쪽을 향해 날아갔다. 아, 못 볼 것을 보고 마는구나. 나는 두 손으로 얼굴을 가렸다. 그러나 목적지가 궁금해서 견딜 수 없었다. 손가락 사이로 상황을 살폈다. 해리 포터가 그려진 만 원짜리 내 운동화가 정말 멋지게 비행하고 있었다. 우주를 향해 쏘아 올려진 챌린저호처럼 위풍당당하게 허공을 갈랐다. 우주의 꿈을 실현시키는 순간이 바로 눈앞에 펼쳐졌다. 카메라가 있다면 저 멋진 순간을 영원히 간직할 수 있을 텐데. 나는 카메라 대신 두 눈으로 순간을 포착하려고 애썼다. 멋지게 비행하던 운동화가 드디어 목표물에 안착했다. 얼굴만 내놓고 텔레비전을 보고 있던 모호면의 머리를 맞히고 바닥으로 떨어졌다. 놀란 모호면이 이불을 뒤집어썼다.

엄마는 어느새 밖으로 나가고 없었다. 운동화의 최종 목적지가 과연 모호면이었을까. 모호면보다 한 뼘 정도 앞에는 아버지가 앉아 있었다. 나는 사정거리를 한참 벗어난 방구석에 앉아 있었다. 그렇다면 아무래도 잘못 날아간 것 같았다. 운동화의 최종 목적지는 바로 아버지였을 것이다. 챌린저호가 발사되자마자 공중에서 폭발한 것처럼 발사 단계에서 뭔가 결정적인 오류가 범해졌음에 틀림없었다. 각도가 0.5도 삐뚤어졌거나, 속도가 급격히 떨어졌거나. 결국 드라마 속의 "난, 당신을 사랑하지 않아요"는 엄마가 말한 꼴이 되었다. 아버지는 아무렇지도 않게 계속 텔레비전을 봤다. 모호면도 이불 속에서 다시 얼굴을 내밀고 텔레비전을 봤다. 나 역시 아무렇지도 않게 방바닥에 떨어진 신발을 주워 들고 방을 나왔다. 아무래도 여우를 본 사람은 아무도 없는가 보다.

5

덜 마른 운동화를 신고 밖으로 나왔다. 옥상의 눈이 녹고 있었다. 옥상 한쪽에 있는 노란 물탱크 위에도 눈이 녹아 물이 흘렀다. 이곳 청운연립은 3층짜리 건물이다. 낡고 오래된 건물은 '청운'이 뜻하는 푸른 구름, 다시 말해 '푸른 꿈'과 거리가 멀어 보였다. 고만고만한 건물이 다닥다닥 붙어 있는데 그중에 제일 빈티 나는 게 청운연립이었다. 옥탑방의 우리 집 빼고 모두 여섯 가구가 살고 있었지만, 누가 누군지 얼굴을 맞대고 인사해본 적이 없었다. 몇 해 전 이곳으로 이사 오던 날도 누구 하나 내다보거나 인사를 건네는 사람이 없었다. 그럴 만도 한 것이 여섯 집 모두 어른들이 아침 일찍 일하러 나가기 때문에 낮에는 빈집이거나 아이들만 있었다. 학교에 갔다 온 아이들은 어른들이 돌아올 때까지 컴퓨터 게임을 하거나 텔레비전을 봤다.

맨 아래층 102호에 같은 학교 동급생 여자아이가 살고 있다는 사실이 내가 알고 있는 가장 확실한 정보였다. 나보다 키가 크고 뚱뚱한 여자애의 이름은 소연이었다. 강소연. 이름과 달리 소연이는 별로 예쁘게 생기지 않았다. 떡 벌어진 어깨와 풍만한 가슴은 나로 하여금 그 애를 똑바로 쳐다보지 못하게 했다. 시도 때도 없이 출렁이는 그 아이 가슴을 보면 괜히 얼굴이 달아올랐다. 소연이는 또 그 덩치에 어울리지 않게 피아노 치기를 좋아했다. 잘 치는 건지 어떤 건지는 모르겠지만 듣기에 부담은 없었다. 소연이 아버지는 소방관이어서 생활이 불규칙했다. 자다가 뛰어나가기도 했고, 몇 날 며칠 집에 들어오지 않을 때도 있었다. 그 아이 아버지 역시 소연이처럼 덩치가 컸다. 반대로 그 아이 엄마는 작고 왜소한 체격에 얼굴도 희고 예뻤다. 그 아이와 마주칠 적마다 '엄마를 닮았으면 좋았을 텐데' 하는 생각이 저절로 들었다. 소연이와 말을 해본 기억은 없었다. 학교나 집 앞에서 가끔 얼굴을 스친 게

다였다.

또 한 가지 특이한 거는 302호에 살고 있는 여자였다. 302호 여자는 혼자 살았다. 키도 크고 날씬한데 얼굴이 곰보였다. 여자의 특징은 자주 바뀌는 머리 스타일이었다. 여자의 머리는 총천연색이었다. 주황색, 초록색, 파란색, 노란색, 보라색까지 없는 색깔이 없었다. 그래서 여자 직업이 광대인 줄 알았다. 여자는 거의 집에 있었다. 여자 집에서는 종일 음악 소리가 흘러나왔다. 주로 트로트였다. 그 집에는 가끔 남자가 찾아왔다. 개인택시를 몰고 오는 남자는 머리가 반쯤 벗겨진 중늙은이였다. 남자는 택시를 골목에 세워두고 잠을 자고 가기도 했다. 택시는 항상 반질반질하게 닦여 있어서 새 차처럼 보였다. 언젠가 그 택시를 만져보다가 남자와 눈이 마주친 적이 있었다. 지나치게 쌍꺼풀이 두껍게 진 남자의 눈은 두 번 다시 보고 싶지 않았다.

다른 사람들에 대해서는 잘 알지 못했다. 가장 큰 이유는 서로 얼굴 부딪칠 일이 별로 없기 때문이었고, 무엇보다 서로에게 관심이 없었다. 공통점은 청운연립이라는 별로 좋지 않은 건물에 살고 있다는 것과 내가 우리 집 마당이라고 부르는 옥상에 버티고 서 있는 노란 물탱크의 물을 식수로 쓴다는 점이었다.

유일하게 우리 집에만 호수가 없었다. 우리 집 식구들은 아래층 사람들을 가리킬 때 예를 들어 202호, 302호, 이런 식으로 불렀다. 그럼, 아래층 사람들이 우리 집을 부를 땐 뭐라고 부를까.

그야 '옥탑방'이라고 하겠지. 우리 집에도 호수를 붙이고 싶었다. 저 아래 사람들하고 뭔가 다르게 느껴지는 게 싫었다. 나는 우리 집을 '하늘호'라고 불렀다. 하늘호. 무슨 전투기 이름 같기도, 푸른 바다를 호령하는 전함 이름 같기도 했다. 특별한 뜻은 없었다. 하늘과 가깝기에 하늘호라 했다.

건물 아래 눈 덮인 트럭이 보였다. 나는 트럭이 그랜저나 벤츠보다 더 좋았다. 트럭은 며칠째 그 자리에 그대로 있었다. 트럭이 움직이지 않는다는 것은 엄마가 돈을 벌지 못하고 있음을 뜻했다. 혼자 오줌도 누지 못하는 모호면을 데리고 엄마가 할 수 있는 일은 짐을 나르는 일밖에 없었다. 힘쓰는 일이라면 모호면이 적격이었다. 엄마는 모호면을 조수석에 태우고 공사장으로, 이삿짐센터로 부지런히 달렸다. 시멘트 더미를 싣고 매립장도 왔다 갔다 했다. 운 좋은 날은 운임의 두 배를 받고 지방으로 이사 가는 짐을 싣기도 했다. 그러고 나면 목돈이 생겼다. 야채나 생선을 파는 것보다 수입이 나았다. 그러나 날씨가 추워지면서 일거리가 점점 줄었다.

하늘호로 집을 줄여 오는 대신 엄마는 중고 트럭을 장만했다. 처음에는 아버지와 생선 장사라도 해볼 생각이었다. 두 다리가 성한 엄마가 운전을 하고 다리가 불편한 아버지는 조수석에 앉혀 "바다의 소고기 꽁치가 왔어요. 생물 오징어가 왔습니다. 비린내가 나지 않는 임연수어가 왔어요"만 외치게 할 마음이었다. 아니

37

그냥 앉아만 있어도 다행이라고 여겼다. 엄마는 쇠못을 박은 아버지의 다리가 두려웠다. 아버지가 영원히 문밖으로 나가지 않을까 염려스러웠다. 그래서 일부러 트럭을 택했다. 바퀴를 보면 어디로든 돌아다니고 싶어지지 않을까. 밖으로 돌아다니다 보면 뭔가 해야겠다는 의욕이 생기지 않을까. 최소한 방구석에서 뒹구는 일은 없을 것이다. 트럭을 장만할 때 엄마 생각은 그랬다.

파란색 중고 트럭을 청운연립 앞에 세워놓고 엄마는 아버지를 부축해서 내려갔다. 아버지는 현관 앞 층계에 앉아서 담배를 피웠다. 우리를 조수석에 태우고 엄마는 웃으며 트럭에 올라타 시동을 걸었다. 담배 연기가 아버지 시야를 가렸다. 드디어 트럭이 서서히 움직였다. 아버지가 점점 멀어졌다. 엄마는 능숙한 운전 솜씨로 골목을 벗어났다. 뒤를 돌아보았다. 아버지가 완전히 보이지 않았다. 골목을 벗어나자 트럭이 속력을 냈다. 엄마는 이대로 어디론가 달아나버릴 듯이 차를 몰았다. 아버지를 다시는 보지 못하겠구나, 불안하기도 하고 속이 시원하기도 했다. 무엇보다 텔레비전을 볼 때 아버지 눈치를 보지 않아도 된다고 생각하니 불안한 마음이 사라졌다. 그래도 두고 온 게 너무 많았다. 이럴 줄 알았으면 미리 챙겨두는 건데. 아쉽지만 어쩔 수 없었다. 다시 마련하면 그만이었다. 그런데 아버지는, 두고 온 아버지는 다시 마련할 수도 없는데. 나는 도로 불안해지기 시작했다. 모호면을 쳐다봤다. 모호면은 창밖을 내다보면서 알 수 없는 소리를 질렀다.

동네를 벗어나 달리던 트럭이 사거리에서 멈춰 섰다.

"어디 가는데요?"

"가긴 어딜 가. 집에 가는 거지."

엄마는 힘차게 핸들을 꺾었다. 온몸이 엄마 쪽으로 쏠렸다. 엄마도 두고 온 게 많은 모양이었다. 트럭이 골목을 거슬러 청운연립 앞에 섰다. 그때까지 아버지는 두고 온 보따리처럼 얌전히 그 자리에 그대로 앉아 있었다. 아버지 발밑에는 담배꽁초가 수북이 쌓였다. 우리가 트럭에서 내리기 전에 아버지가 먼저 자리에서 일어났다. 아버지는 절름거리며 건물 외벽에 붙어 있는 층계로 올라갔다. 엄마는 핸들에 손을 얹은 채로 멀어지는 아버지의 뒷모습을 지켜봤다. 아버지의 옷자락이 옥상 위로 막 사라졌을 때 엄마가 신경질적으로 클랙슨을 눌렀다. 시끄러운 경적이 길게 울렸다. 허술한 청운연립이 한 방에 날아갈 것 같은 소리였다. 나는 손으로 귀를 틀어막았다. 아버지는 끝내 모습을 드러내지 않았다.

그다음 날부터 엄마는 날개라도 단 듯 트럭을 몰고 다녔다. 덩달아 모호면도 신이 났다. 나는 아끼는 물건들을 틈틈이 챙겨놓았다. 언제라도 가져갈 수 있게 만반의 준비를 했다. 그러나 그 뒤로 지금까지 트럭을 탄 적이 없었다.

눈이 녹은 지붕들이 모습을 드러냈다. 아까 여우가 딛고 사라진 십자가들을 올려다봤다. 아무 일도 모른다는 듯 시치미를 떼고 있었다. 꿈이었을까. 환상이었을까. 두 손으로 눈을 비볐다. 분명 몇 시간 전의 일인데 아득하게 먼 이야기처럼 느껴졌다. 꿈속에서 소연이 품 안에 안겨 있을 때처럼 실감이 나지 않았다. 그나마 눈이 녹아 사라지면 그 기억마저 영원히 잊힐 것 같았다. 호주머니를 뒤졌다. 내 호주머니에는 항상 연필이 들어 있었다. 햇볕이 따스한 날이면 나는 노란 물탱크에 낙서를 하며 엄마를 기다렸다. 노란 물탱크는 내 낙서장이었으며 낙서는 내 인생의 기록이었다. 훗날 이 기록을 내 아들딸에게 물려주고 싶을지도 모른다.

그 속에는 세상이 다 들어 있었다. 월드컵 축구 대표팀이 전지훈련을 하고 있다. 그런데 박주영이 정경호에게 밀려 자주 벤치를 지킨다. 백남준 장례식장에서 넥타이를 자르는 퍼포먼스를 했다. 북한 김정일 후계자 김정철이 여성 호르몬 과다 생성으로 후계자 명단에서 제외되었다. 이번 동계 올림픽은 이탈리아의 도시 토리노에서 열린다 등등. 노란 물탱크에는 지구촌이 다 모였다. 호주머니에서 연필을 꺼냈다. 눈이 녹아 흘러내리는 노란 물탱크에다가 '오늘은 뭐든지 처음인 날이다. 처음으로 몽정을 했다. 그리고 여우를 처음 봤다. 오늘은 겨울 방학 첫날이다'라고 깨알같이 썼다. 절대로 잊어버리지 않기. 어쩐지 그래야만 될 것 같았다. 여우를 사랑해야 될 것만 같았다. 그러지 않으면 여우가 다시는 모습을 드러내지 않을지도 모른다. 이 세상 어디에서도 여우의 모습을 볼 수 없게 될 것이다. 무엇이든지 영원히 사라지는 건 슬픈 일이다.

그때 동물원에서 여우에게 쓸쓸함을 배운 이후 나는 여우를 사랑하게 되었다. 그때까지 나에게 쓸쓸함을 가르쳐준 사람은 아무도 없었다. 엄마도 아버지도 가르쳐주지 않은 그것을 여우가 가르쳐주었다. 내가 여우를 사랑하게 된 것은 이상한 일이 아니었다. 나는 점차 여우와 닮아갔다. 여우처럼 자주 쓸쓸해졌다. 밥을 먹다가도, 얼굴에 비누칠을 하다가도, 똥을 누다가도 문득문득 쓸쓸해졌다. 누군가 "너 여우 맞지?" 하고 물어본다면 "그걸 어떻게 알았어" 하고 빙그레 웃을 것처럼. 그러나 아무도 나더러 '여우'라고 부르지 않았다. 여우가 되고 싶은 건 그저 내 희망 사항일 뿐이었다. 왜냐하면 여우는 쓸쓸하니까. 쓸쓸한 여우는 한밤중 깜깜한 숲속을 혼자서 헤매고 다니니까. 마침내 울고 싶은 마음이 자꾸 생기니까. 지붕을 딛고 아무도 모르는 곳으로 사라져버리고 싶으니까.

우리 집 식구들은 저마다 다른 우상을 갖고 있었다. 아버지의 우상은 리모컨, 엄마의 우상은 중고 트럭이었다. 모호면의 우상은 모호했다. 지금부터 내 우상은 여우다. 동물원 울타리 안에 갇힌 여우가 아니라 십자가를 딛고 사라져버린, 은빛 여우다. 여우를 따라가면 뭔가 새로운 세상이 펼쳐질 것만 같았다. 지금 내가 있는 곳과 전혀 다른 곳. 아버지가 리모컨을 사수하지 않는 곳. 엄마가 트럭을 몰지 않는 곳. 모호면이 더는 모호면이지 않은 곳. 이곳이 아닌 다른 곳. 여우는 분명 그런 곳을 알고 있을 것이다. 쓸쓸함이란 비밀을 간직한 그 무엇만이 낼 수 있는 빛깔이었다.

시린 손을 호호 불었다. 발가락에 감각이 무뎌졌다. 언 발을 옥상 바닥에 대고 굴렀다. 눈 때문에 소리가 멀리 퍼져나가지 못했다. 조만간 엄마의 우상이 바뀔지도 모른다. 그래야 우리 가족이 밥을 먹는다. 그래야 내가 중학교 교복을 입을 수 있다. 나는 이다음에 덤프트럭 운전사가 되고 싶었다. 엄마가 지금 몰고 다니는 것보다 훨씬 크고 단단한 트럭을 몰고 전국을 누비고 싶었다. 물론 엄마처럼 조수석에 모호면을 태우지는 않을 것이다. 조수석에 누구를 태울 것인지는 아직 결정하지 못했다. 꿈속에서 나를 안아주던 소연이처럼 좋은 향기가 나는 여자를 태울까. 그건 생각을 더 해봐야겠다. 그나저나 당장은 엄마의 중고 트럭이 움직여야 하는데. 나는 공연히 우울해졌다. 눈을 뭉쳐 트럭을 향해 던졌다. 쌓인 눈 속으로 눈 뭉치가 떨어졌다. 시린 발만큼이나 마음도 시렸다. 시린 마음이 괜찮아질 때까지 골목을 향해 눈 뭉치를 계속 던졌다.

지붕 위의 눈이 녹고 있었다. 동네는 본래 모습을 드러냈다. 전봇대 옆에 쌓인 개똥이며 골목에 뒹구는 과자 봉지들이 눈 속에서 살아났다. 동네는 다시 지저분해지기 시작했다. 여유가 사라진 새벽과는 너무도 다른 모습이었다. 눈을 뭉쳐 골목 아래로 마구 던졌다. 그곳에 누군가 서 있는 것처럼, 그 누군가를 향해 눈 뭉치를 던졌다. 내가 던진 눈 뭉치를 맞은 누군가의 이마에서 피가 나면 좋겠다. 붉은 피가 하얀 눈 위로 뚝뚝 떨어지면 속이 시원하겠

다. 괜히 화가 났다. 누군가를 실컷 패주고 싶을 만큼 심통이 났
다. 아무런 일도 기대할 수 없는 초등학교 마지막 겨울 방학이 나
를 슬프게 했다. 젖은 운동화가 나를 우울하게 했다. 몇 날 며칠
움직이지 않는 엄마의 트럭이 나를 쓸쓸하게 했다. 과연 여우는
어디로 갔을까.

6

빈 페트병이 든 배낭을 메고 나왔다. 전인슈타인이라면 내 말
을 믿어줄지도 모른다. 골목에는 벌써 눈이 녹고 있었다. 청운연
립을 중심으로 큰길로 향하는 아래쪽과 약수터로 향하는 위쪽
길은 눈이 녹은 정도가 달랐다. 바닥이 드러나는 아래쪽 길과 다
르게 위쪽 길은 눈이 거의 녹지 않은 채 덮여 있었다. 큰길에서 청
운연립까지 이르는 길만큼 좁은 골목을 더듬어 올라가면 뒷산이
나왔다. 그곳에는 소나무 숲과 약수터가 있었다. 이 동네 사람들
의 유일한 휴식 공간이었다. 식수로 적합하지 않다고 판정받은 적
있는 약수터에는 사람들의 발길이 드문드문 이어졌다. 오래전부
터 이곳 물을 길어 먹던 사람들에게 그런 판정 따위는 눈에 들어
오지 않았다. 그들에게 약수터는 이미 신성 불가침한 그 무엇이었

다. 그런 곳에 인간의 얕은 잣대를 들이대다니. 사람들은 '식수 부적합'이라는 문구가 쓰인 푯말을 떼어버렸다. 엄마는 하루걸러 한 번씩 약수를 길어 오라고 시켰다. 내가 길어 온 물을 식수로 썼지만 양이 워낙 작아서 수돗물을 끓여 먹을 때가 더 많았다. 엄마가 약수를 길어 오라고 시키는 것은 조금이라도 물값을 아껴보자는 취지였다. 놀고먹는 노동력을 그냥 내버려둘 리 없었다.

골목길을 거슬러 올라갔다. 위로 올라갈수록 골목이 좁고 구불구불했다. 콘크리트 길을 다 올라가면 산으로 이어지는 흙길이 보였다. 쌓인 눈 때문에 어디가 길이고 어디가 길이 아닌지 알 수 없었다. 아무도 밟지 않은 눈 위를 발자국을 내며 걸었다. 눈 냄새가 나는 듯했다. 등 뒤에서 빈 페트병 부딪치는 소리가 규칙적으로 들려왔다. 약수터 못 미처 암자로 향하는 샛길이 있었다. 주로 신도들이나 스님들이 그 길로 다녔다. 그 중턱에서 다시 오른쪽으로 10여 미터 올라가면 커다란 상수리나무 아래 판자로 얼기설기 지은 집이 하나 있었다. 신경 쓰지 않으면 그곳에 집이 있는지 알 수 없었다. 사람들이 그 집을 처음 보게 되는 것은 대부분 숲속에서 들려오는 색소폰 소리 때문이었다. 나도 예외는 아니었다.

처음에는 그것이 색소폰 소리인 줄 몰랐다. 어스름이 지는 늦은 오후였다. 약수터에 가기 위해 그 옆을 지나고 있었다. 숲속에서 무슨 소리가 들려왔다. 나는 무심코 지나쳐 걸었다. 산이 가까워져올수록 그 소리는 더욱 크고 또렷하게 울려 퍼졌다. 우울하고 슬픈 가락이 숲속을 맴돌았다. 소리가 나는 곳으로 발길을 돌렸다. 거대한 상수리나무 아래 누더기 판잣집이 보였다. 사람이 살고 있을 것 같지 않은 그곳에서 소리가 흘러나왔다. 발길을 멈추고 귀를 기울였다. 소리는 오래 이어졌다. 그 앞에 선 채로 연주가 끝날 때까지 기다렸다. 도대체 누가 무엇을 가지고 내는 소리인지 궁금했다. 연주가 끝났다. 안을 엿보기 위해 살금살금 다가갔다. 그때 문이 열리면서 안에서 사람이 나왔다. 머리가 허연 노인이었다.

"꼬마야, 여기서 뭐 하니?"

깜짝 놀란 나는 뒷걸음질 치다가 엉덩방아를 찧었다.

"어이쿠, 다치진 않았니?"

노인이 다가와 손을 내밀었다. 노인의 손을 잡고 일어났다. 크고 두꺼운 손이 따뜻했다. 큰 키에 떡 벌어진 어깨와 아무렇게나 날리는 흰머리가 멋진 노신사였다. 짙은 갈색의 굵은 뿔테 안경이 썩 잘 어울렸다. 차림새는 허름했으나 인상은 푸근했다. 나쁜 사람 같아 보이지 않았다.

"너 색소폰 구경할래?"

"색소폰이 뭔데요?"

"어허, 그 녀석. 그 나이 먹도록 색소폰을 모르다니. 여태껏 헛살았구먼."

나는 그때까지 색소폰이 악기 이름인 줄도 몰랐다. 노인을 따라 안으로 들어갔다. 집 안은 어둡고 썰렁했다. 사방이 어둠 때문에 윤곽만 희미하게 보였다. 조금 있으니까 희미하던 방 안의 모습이 살아났다. 방은 어른 두 사람이 누울 만한 크기였다. 살림살이라고는 중앙에 걸려 있는 커다란 거울과 짝이 맞지 않는 서랍장 두 개, 크고 작은 과자 상자, 그리고 휴대용 가스레인지, 바닥에 널려 있는 솥과 그릇들이 전부인 듯했다. 비닐로 덧붙인 창문에서는 찬 바람이 들어왔다. 방 안을 둘러보던 내 눈이 휘둥그레졌다. 구석에 놓여 있는 황금빛 악기가 보였다. 색소폰이었다. 나팔 같기도 하고 거대한 피리 같기도 한 색소폰은 내가 보아온 악기 중에 가장 덩치가 컸다. 얼른 색소폰 옆으로 다가갔다.

"어때 멋지지?"

"이게 색소폰이에요?"

나는 손으로 색소폰을 어루만졌다.

"이걸로 어떻게 소리를 내요?"

노인이 색소폰을 들어 입에 댔다. 그리고 손가락으로 작은 뚜껑처럼 생긴 곳을 지그시 눌렀다. 손가락을 떼었다가 붙였다가 하면서 연주하기 시작했다. 깊고 웅장한 소리가 울려 나왔다. 소리가 아주 생소해서 마치 다른 세계에 와 있는 듯한 착각이 들 정도였다. 단순히 악기 소리라고 하기에는 감동의 폭이 매우 컸다. 나는 색소폰처럼 멋진 악기가 있는 세상에서 살고 있다는 사실에 감격할 지경이었다. 색소폰도 색소폰이지만, 그것을 연주하는 노인의 모습이 그에 못지않게 인상적이었다. 하얀 머리를 가볍게 날리며 볼이 미어지도록 불었다. 노인의 통통한 몸통이 색소폰과 함께 리듬을 탔다. 환상적이었다. 노인은 오랫동안 밤무대에서 색소폰을 연주했는데 지금은 받아주는 데가 없어서 놀고먹는다고 했다. 아무렇게나 흩날리는 하얀 머리와 굵은 뿔테 안경이 아인슈타인과 전인권을 동시에 떠올리게 했다. 노인의 독특한 외모는 색소폰 소리만큼이나 감동적이었다. 나는 노인을 '전인권'의 '전인'과 '아인슈타인'의 '슈타인'을 합해서 '전인슈타인'이라고 부르기로 했다. 그다음부터 약수터에 가는 목적이 바뀌었다.

골목을 지나 숲길로 접어들었다. 숲길은 눈이 그대로 쌓여 있었다. 아직 지나다닌 사람이 없다는 증거였다. 또한 전인슈타인이 집에 있다는 뜻이기도 했다. 전인슈타인은 가끔 지하철이나 공원에서 즉흥연주회를 열었다. 연주회 반응이 한결같지는 않았다. 휘파람과 "앙코르, 앙코르"가 쏟아지는 날이 있는가 하면, 시끄럽다고 사람들이 자리를 뜨는 날도 있었다. 연주가 끝나면 전인슈타인은 쓰고 있던 모자를 벗어 관객들에게 정중하게 돌렸다. 사람들은 즉석에서 성의를 표시했다. 전인슈타인은 그렇게 번 돈으로 쌀을 사고 빵을 샀으며 소주도 샀다. 물론 어느 때는 빵 한 조각도 사지 못했다. 그래도 그의 연주는 그칠 줄 모른다. 색소폰만 있으면 배가 부르다고 했다. 어떻게 그럴 수 있을까. 먹어도 먹어도 배가 고픈 나로서는 이해할 수 없는 이상한 철학이었다. 더 이해할 수 없는 것은 그런 그에게 자꾸 끌리는 내 마음이었다. 나도 모르게 약수터 근처를 어슬렁거리는 날들이 늘었다. 마침내 나는 전인슈타인의 제멋대로 나부끼는 흰 머리칼과 굵은 뿔테 안경, 그리고 색소폰 소리를 좋아하지 않을 수 없게 됐다. 전인슈타인은 나의 할아버지이기도 하고 어느 땐 절친한 친구이기도 했다.

눈이 쌓인 판잣집은 금방이라도 주저앉을 듯 위태로워 보였다. 비닐로 된 창에 눈을 갖다 대고 안을 살폈다. 전인슈타인이 거울을 보고 있었다. 판자문을 두드렸다. 전인슈타인이 돌아보더니 들어오라고 손짓했다. 문을 열고 안으로 들어갔다.

"무슨 일인데, 그렇게 숨이 다 넘어가?"

"여우가 나타났어요."

거울을 보며 나비넥타이를 매던 전인슈타인이 무슨 뜬금없는 소리냐는 듯 돌아봤다.

"여우요, 진짜 여우를 봤어요."

"어디서?"

"옥상에서요."

전인슈타인은 다시 고개를 돌리고 나비넥타이를 매만졌다. 예상대로 놀라는 기색이 아니었다. 전인슈타인은 웬만한 일로 놀라거나 흥분하지 않았다. 기뻐하거나 슬퍼하지도 않았다. 다만 색소폰 소리로 감정을 드러낼 뿐이었다. 그는 색소폰으로 울고 웃고 노여워했다.

"한 이 정도 크기였어요."

나는 손으로 여우의 크기를 가늠해 보였다. 전인슈타인이 다시 돌아보았다.

"꽤 큰 놈인걸."

"하얀 털이 풍성했어요."

"그래. 그놈이 뭐라던?"

"여우가 무슨 말을 해요?"

"그럼, 이런 도시 한복판에 무슨 여우가 나타나니?"

"진짜라니까요."

나는 거의 울상이 되었다.

"그럼 아무 말도 없이 그냥 휙 사라졌단 말이지?"

나는 고개를 끄덕였다. 내 말을 믿긴 믿는 것 같은데 어째 신통치 않았다. 전인슈타인도 별 수 없는가 보다. 괜히 말했다는 후회가 들었다. 지금이라도 장난이라고 우길까. 하긴 누가 내 말을 믿겠는가. 애초에 무리한 기대를 한 내가 잘못이었다.

"잘 생각해봐. 걔가 거기까지 나타나서 그냥 갔을 리가 없어. 네가 못 알아들은 게지."

빨간색 나비넥타이를 단정하게 맨 전인슈타인이 웃옷을 걸쳤다. 웃옷까지 챙겨 입은 전인슈타인은 금방이라도 무대로 뛰어나갈 듯했다. 전인슈타인 말을 듣고 보니 여우가 정말 무슨 말인가를 한 것도 같았다. 그러나 정확하게 떠오르는 말은 없었다.

"두고두고 생각해봐. 분명히 무슨 말을 했을 거야."

전인슈타인이 빙그레 웃었다. 자꾸 생각하다 보니까 여우를 봤는지 안 봤는지조차 헷갈렸다.

"왜? 모르겠어?"

"모르겠어요."

"그럼 됐어. 그거 가지고 너무 신경 쓸 필요 없어. 나타나면 나타난 거구, 아니면 아닌 거야. 그것 때문에 당장 밥을 못 먹는 것도 아니고 세상이 어떻게 되는 것도 아니고. 너무 심각해질 필요는 없어."

"하지만 자꾸 그 생각만 나는걸요."

"시간이 지나면 괜찮아질 거야. 여우는 분명히 어딘가에 살아 있어. 그러면 됐지?"

갑자기 눈물이 났다. 이 세상에 내 말을 믿어줄 단 한 사람이 필요했는데. 전인슈타인이 그 단 한 사람이기를 기대하고 달려왔는데. 그도 아닌 모양이었다. 거짓말쟁이가 되어도 좋았다. 두려운 것은 그것이 아니라 여우 그 자체였다. 나조차도 여우의 출현을 의심하고 있었다.

"다음에 또 나타나면 그땐 네가 먼저 말을 걸어봐. 분명 녀석도 좋아할 거야."

겉으로는 그렇게 말했지만 전인슈타인도 여우의 출현을 100퍼센트 믿고 있는 눈치가 아니었다. 실망스러웠다. 내 눈치를 살피던 전인슈타인이 색소폰을 집어 들었다. 호흡을 가다듬고 색소폰을 불기 시작했다. 전인슈타인은 내가 오면 항상 색소폰을 불어주었다. 굵은 저음의 그 소리는 매력적이긴 하지만 미치도록 좋은 것은 아니었다. 좋아서 듣기보다는 그냥, 심심하니까 듣는 것이었다. 한 가지 분명한 점은 색소폰 소리를 듣고 있으면 소연이의 피아노 소리를 듣고 있을 때와 달리 마음이 차분해진다는 거였다. 소연이의 피아노 소리는 내 마음을 들뜨게 했다. 색소폰 소리가 숲속으로 퍼져나갔다. 전인슈타인은 색소폰을 불 때 가장 전인슈타인다웠다. 그도 어딘가 모르게 쓸쓸해 보였다.

어른들 호주머니에는 사탕이 하나씩 들었다

1

트럭이 일주일 만에 움직였다. 엄마는 모호면을 데리고 아침 일찍 집을 나섰다. 오후가 한참 지나서야 돌아왔다. 엄마는 트럭 대신 포장마차를 끌고 왔다. 나무 냄새가 나는 새 포장마차였다.

"트럭은?"

"한동안 볼 수 없을 거야. 대신 포장마차를 빌렸거든."

엄마는 모처럼 환하게 웃었다. 트럭을 담보로 포장마차를 빌린 것이다.

"겨울 장사는 이게 나아."

엄마는 겨우내 포장마차를 할 모양이다. 나는 이게 웃을 일인지 아닌지 판단이 서지 않았다. 대신 아버지 얼굴을 살폈다. 아버지는 여느 때와 똑같은 자세로 텔레비전을 보고 있었다. 화면 속에서는 여자 아나운서가 지구촌 소식을 전하고 있다. "오늘 지구 반대편에서 지어진 지 100년이 넘는 박물관이 해체되었습니다. 지구촌 소식 함께 보시죠." 곧이어 무너지는 박물관 모습이 화면에 비쳤다. 건물이 양옆에서 안쪽으로 피아노 건반 누르듯이 순식간에 무너져 내렸다. 나는 텔레비전보다 아버지 얼굴을 더 유심히 들여다봤다. 아버지 얼굴은 한껏 들떠 있었다. 아버지 몸에 엔도르핀이 확 돌고 있는 게 분명했다. 다부지게 움켜쥔 아버지의 양손이 부르르 떨렸다.

"저건 점진적 붕괴공법이야. 저렇게 옆으로 덩치가 큰 건물에 유리하지."

나는 텔레비전을 꺼버리고 싶은 걸 간신히 참았다. 지금 트럭이 사라졌는데, 박물관이 무너지는 게 뭐 그리 대수라고. 아버지가 나서서 트럭을 찾아오면 좋겠지만, 그것은 무너진 박물관을 다시 조립하는 것보다도 불가능한 일이었다. 아버지는 트럭이나 포장마차 따윈 관심도 없었다. 엄마는 그런 아버지를 쳐다보지도 않았다.

"그럼 트럭은?"

"걱정 마. 아주 없어진 게 아니야. 잠깐 바꾼 거야. 다시 바꿔오면 돼."

엄마가 오랜만에 내 머리를 쓰다듬었다. 사실 트럭이 없어진 게

서운한 건 아니었다. 물론 놀랄 만한 일이었지만, 그보다도 엄마가 포장마차를 한다는 사실이 더 믿을 수 없는 일이었다. 아무것도 모르는 나였지만 엄마가 포장마차를 한다는 것은 왠지 꺼림칙했다. 그냥, 그냥 그랬다. 낭떠러지 끝에 간신히 발을 걸치고 서 있는 기분이 들었다. 아버지가 저렇게 텔레비전만 열심히 보지 않는다면 엄마가 포장마차를 안 해도 될 것 같았다. 아버지의 텔레비전 보기와 엄마의 포장마차가 어떤 상관관계에 있는지는 잘 모르겠지만, 아무튼 기분이 그랬다. 그냥, 그냥 아버지가, 텔레비전을 보는 아버지가 미웠다. 그런데 엄마는 왜 웃는 걸까. 나는 잠이 오지 않았다.

다음 날부터 엄마는 바빠졌다. 엄마는 나와 모호면을 데리고 시장에 갔다. 야채 가게에서 대파, 쑥갓, 양파, 무를 샀다. 그리고 생선들이 즐비한 좌판 앞에서 멈춰 섰다. 엄마는 꽁치를 손가락으로 눌러보고 낙지를 길게 들어 올려보기도 했다. 그래도 검은색 비닐 앞치마를 두르고 무릎까지 오는 장화를 신은 주인아저씨는 뭐라고 하지 않았다. 아저씨는 모든 걸 알고 있는 듯했다. "홍합은요?" "장어는요?" 하면서 엄마가 물어보기도 전에 물건들을 알아서 챙겨주었다. 엄마는 대단한 양의 꽁치와 주꾸미와 생전 처음 보는 엄청 큰 조개를 샀다. 그것들 말고도 내가 잘 알지 못하는 것들을 더 샀다.

"또 오십시오. 자알 모시겠습니다요."

아저씨는 허리를 90도로 굽혀 인사했다. 나는 자꾸 뒤를 돌아 봤다. 장바구니를 든 모호면은 성큼성큼 앞으로 나갔다. 엄마는 닭집에 들러 닭똥집과 닭발을 한 보따리 샀다. 나는 허연 닭고기 가 먹고 싶었지만 꾹 참았다. 포장마차에서 허연 닭고기는 필요하지 않은 모양이었다. 엄마는 다른 가게에 들러 이런저런 재료들을 마저 빠짐없이 샀다. 보따리는 우리 셋이 들기에 벅찼다. 엄마는 야채가 든 봉지와 중간 크기의 봉지를, 나는 닭발과 닭똥집이 든 가장 작은 봉지 두 개를, 그리고 그 나머지는 모두 모호면이 들었다. 그 무거운 짐을 들고도 모호면은 콧노래를 흥얼거렸다. 오늘 저녁에 무슨 잔치라도 벌어지는 줄로 생각하는 눈치였다.

"형, 이거 다 우리가 먹을 거 아냐."

모호면이 불쌍했다.

"오늘 내 생일이야. 히히."

"이 바보야, 이거 다 팔 거야."

나는 저만치 앞서가는 엄마를 힐끔거리며 팔꿈치로 모호면 옆 구리를 찔렀다.

"싫어. 내가 다 먹을 거야!"

"어떻게 먹어? 어디 먹어봐?"

나는 작지만 얄미운 소리로 속삭였다. 바보 같은 모호면을 약 올렸다.

"내가 다 먹을 거다! 닭똥집도 먹고 고기도 먹고. 이 씨, 넌 안

줄 거다!"

"어디 먹어봐! 먹어보라구!"

씩씩하게 걷던 모호면이 갑자기 들고 있던 짐 꾸러미를 땅바닥에 내려놓았다. 그러곤 그중 하나를 뒤지기 시작했다. 설마 했는데 모호면은 정말로 일을 벌이고 있었다. 이미 불이 붙은 내 장난기는 거침없이 활활 타올랐다. 문제는 엄마였다. 엄마만 뒤돌아보지 않는다면 문제 될 게 없었다. 다행히 엄마는 열심히 앞만 보며 걷고 있었다. 마구 비닐봉지를 뒤지던 모호면 손에 커다란 주꾸미 한 마리가 딸려 나왔다. 얼음 조각이 붙어 있는 주꾸미에서 물이 흘렀다.

"먹어봐. 빨리!"

나는 속삭이듯 모호면을 부추겼다. 모호면은 주꾸미를 옷에 쓰윽 문질렀다. 옷에 얼음 조각이 달라붙었다. 망설임 없이 주꾸미 머리를 베어 물었다. 사각사각 얼음 씹히는 소리가 났다. 주꾸미 머리통이 점점 모호면 입 속으로 빨려 들어갔다. 모호면 입가로 검은 먹물이 흘렀다. 빨판에 진흙이 묻어 있는 굵은 주꾸미 다리가 모호면 입가에서 대롱거렸다. 모호면이 입을 모으고 국수 가닥을 빨아들이듯 힘을 주었다. 대롱거리던 주꾸미 다리가 순식간에 모호면 입 속으로 빨려 들어갔다. 모호면은 정말 주꾸미를 맛있게 먹었다. 모호면이 소매로 입가를 쓱 닦는데 앞서가던 엄마가 돌아봤다.

"무거워?"

"아, 아니요. 하나도 안 무거워요."

나는 얼른 봉지들을 움켜잡았다. 허리가 휘청 꺾였다.

"힘들면 천천히 와."

엄마는 돌아서서 걸었다. 나는 모호면 양손에 봉지를 들려주었다. 모호면은 아까처럼 봉지를 거뜬히 들어 올리곤 성큼성큼 걸었다.

"맛있어?"

잰걸음으로 모호면을 바싹 따라붙었다.

"맛있냐구."

모호면이 고개를 끄덕였다.

"정말?"

"너두 먹어볼래?"

"아, 아니. 지금 배 아파. 똥 마려."

사실 배가 고팠다. 그러나 모호면처럼 그렇게 터프하게 먹을 자신이 없었다. 나는 모호면이 또 봉지를 뒤져 얼음이 밴 퉁퉁한 주꾸미를 꺼내들까 봐, 주꾸미 머리통을 내 입 속에 쑤셔 넣을까 봐 조마조마했다. 일부러 걸음을 느리게 해서 모호면과 거리를 두고 걸었다. 모호면이 징그러운 주꾸미를 통째로 집어삼키는 장면은 충격적이다 못해 감동적이기까지 했다. 엄마 몰래 그 비싼 주꾸미를 후다닥 해치우다니. 역시 모호면다웠다. 내가 망설이고 몸을 사리는 일을 모호면은 아무렇지도 않게 척척 해치웠다. 그럴 때마다 열등감이 느껴졌다. 난 죽었다 깨어나도 모호면을 따라갈 수 없을 것 같았다. 어쩌면 모호면 아이큐가 내 아이큐보다 더 높을지도 모른다. 나는 집에 다 올 때까지 땅만 내려다봤다.

사방이 어스름해질 무렵 엄마는 포장마차에 준비해둔 재료를 싣고 골목을 나섰다. 엄마가 앞에서 끌고 나와 모호면이 뒤에서 밀었다. 찬 바람에 뺨이 얼얼했다. 골목을 벗어나 큰길까지 나왔다. 큰길에는 도로를 끼고 재래시장과 새로 생긴 마트가 마주 보고 있었다. 엄마가 자리를 잡은 곳은 마트 뒤쪽이었다. 그러니까 큰길에 정면으로 면한 곳이 아니라 큰길에서 살짝 골목길로 접어드는 지점이었다.

"이왕이면 저기서 하지. 하필이면 이런 구석이야."

나는 투덜대면서 턱짓으로 큰길을 가리켰다. 마트 뒤쪽은 지나다니는 사람이 적을 뿐만 아니라 지저분하고 냄새까지 났다.

"인석아, 모르는 소리 말어. 저긴 자릿값이 두 배야. 여기도 감지덕지인 줄 알어."

동여맨 줄을 풀던 엄마가 눈을 흘겼다.

"자릿값? 그건 누구한테 내는 건데?"

"그런 게 있어. 이 세상에 공짜가 어디 있어? 넌 그런 거 몰라도 돼."

사방에 둘둘 말려 있던 주황색 천막이 내려가자 비로소 포장마차 같은 느낌이 들었다. 그런대로 근사했다. 간이 냉장고에 꽁치와 주꾸미가 나란히 자리하고 그 옆으로 시장에서 사 온 나머지 것들이 사이좋게 들어갔다. 시뻘건 양념장을 바른 닭발과 닭똥집도 냉장고로 들어갔다. 엄마는 주꾸미 한 마리가 모호면 배 속으로 사라진 것도 모르고 열심히 장사 준비를 했다. 나는 자꾸 냉장고 속 꽁치에게로 눈이 갔다. 노릇노릇하게 구워진 꽁치가 눈 앞에서 어른거렸다. 가스통이 배달되고 드디어 솥이 걸렸다.

"너희들 이제 그만 들어가라."

엄마가 내게 눈짓을 했다. 모호면을 데리고 가라는 뜻이었다. 모호면은 냉장고 유리에 얼굴을 박고 주꾸미를 노려보고 있었다.

"형, 가자."

모호면 옷자락을 잡아당겼다. 모호면은 들은 척도 하지 않았다. 이를 본 엄마가 오이 하나를 반으로 잘라 모호면과 나에게 내밀었다. 오이를 받아 든 모호면이 얼른 의자에서 엉덩이를 뗐다. 솥에서 김이 피어오르며 맛있는 냄새가 났다. 배가 고팠다. 오이를 베어 먹으면서 모호면 손을 잡고 천천히 걸음을 뗐다.

"어서 가래두."

엄마가 눈을 동그랗게 뜨고 쳐다봤다. 나는 모호면을 천막 밖으로 잡아끌었다. 빨리 나가지 않으면 머리 위로 뭔가가 날아올지도 모른다. 엄마 손에 들려 있는 국자가 제일 유력한 후보였다. 엄마의 던지기 실력은 우리 식구 모두가 인정하는 국가 대표급이었다. 엄마의 꿈은 던지기 선수가 아니었을까. 포환던지기나 창던지기 선수를 했다면 엄마는 지금쯤 포장마차가 아니라 태릉선수촌에서 선수들을 지도하고 있을지도 모른다. 엄마가 무엇인가를 던질 때마다 이런 생각들이 스쳤다. 그리고 알 수 없는 공포감이 들었다. 내가 만약 엄마의 손에 들린다면 어딘가를 향해 거침없는 비행을 할 것이다. 날아가는 동안의, 그 짧디짧은 스릴을 만끽하기 위해 이 한 몸을 바칠 생각은 조금도 없었다. 엄마는 언제나 살벌한 눈빛으로 나를 위협했다. 너 한번 날아볼래? 지금 상황에서는 모호면을 신속하게 끌어내는 게 그에 대한 대답이었다.

우리는 오이를 베어 먹으며 걸었다. 우리의 발걸음은 느리고 더뎠다. '누가 더 느리게 걷나?' 뭐 그런 내기를 하고 있는 것 같았다. 모호면도 집에 가기 싫은 눈치였다. 그보다 포장마차에 두고 온 주꾸미 생각이 간절한 듯했다. 솥에서 풍겨오던 국물 냄새가 아직도 코 주위를 맴돌았다. 당장이라도 뒤돌아 달려가고 싶었다.

"에잇!"

나는 먹던 오이를 힘껏 던졌다. 오이는 얼마 못 가 떨어졌다. 이를 본 모호면이 들고 있던 오이 꼭지를 입에 처넣고 앞으로 달려갔다. 그러고는 내가 던진 오이를 주워 입에다 쑤셔 넣었다.

"벼엉신! 그지 새끼!"

나는 모호면을 지나쳐 달렸다. 24시 편의점과 노래방을 거쳐 백양클리닝을 지났다. 제일슈퍼를 지나 행운부동산을 거쳐 골목길로 들어섰다. 뒤에서 모호면이 쫓아오기라도 하듯 필사적으로 달렸다. "벼엉신!" 나는 큰 소리로 외치며 달렸다. 그런데 기분이 이상해졌다. 달리면 달릴수록 병신 소리가 작아졌다. 내 입에서 나는 소리 같지가 않았다. 누군가 나한테 하는 소리로 들렸다. 병신은 모호면이 아니라 바로 나였다. 엄마한테 배고프다고 말도 못 하고 돌아 나온 내가 병신이었다. 나는 왜 엄마 앞에서는 애가 아닐까. 그게 병신이었다.

한참을 달렸더니 숨이 찼다. 길가 연립주택 앞 층계에 걸터앉았다. 동네는 조용했고 어느 집에선가 피아노 소리가 들렸다. 집까지는 이런 골목을 두 개 더 지나쳐야 했다. 턱을 괴고 앉아서 모호면을 기다렸다. 지금쯤 모호면은 백양클리닝 앞을 지나오고 있을 것이다. 춥고 배도 고프고 졸음이 몰려왔다.

2

눈을 떴다. 엄마가 들어왔을까. 이맘때쯤이면 부엌에서 그릇 부딪치는 소리가 들려왔다. 귀를 기울였지만 아무 소리도 들리지 않았다. 순간 불안한 마음이 들었다. 어젯밤 늦게까지 엄마를 기다리다가 잠이 들었다. 자리에서 후다닥 일어났다. 엄마가 안 들어왔을지도 모른다. 왜 그런 생각이 들었는지 모르겠다. 그냥 그런 생각이 들었다. 방문을 열고 안방으로 향했다. 창밖이 깜깜했다. 몇 시나 됐을까. 어두운 실내를 더듬어 안방 앞에 섰다. 만약 엄마가 들어오지 않았다면. 상상하기조차 싫었다. 만약, 만약 그렇다면, 오늘 당장 포장마차를 때려 부술 것이다. 문고리를 잡는 손이 떨렸다.

숨을 죽이고 방문을 살며시 열었다. 눈을 크게 뜨고 어둠 속을 살폈다. 어둠 속에 희미한 형체가 보였다. 창문 쪽에 하나 그 반대편에 하나, 모두 둘이었다. 누가 누구인지는 잘 모르겠지만, 둘 중에 하나는 엄마임에 틀림없었다. 안도의 한숨이 나왔다. 당장이라도 달려가 엄마 품으로 파고들고 싶었지만 꾹 참았다. 사나이체면에 이까짓 거 가지고 엄마 품으로 파고들 수는 없었다. 방문을 닫고 돌아섰다. 방으로 돌아온 나는 다시 이불 속으로 들어갔다. 따뜻한 이불 속이 엄마 품처럼 느껴졌다.

오후가 훌쩍 넘을 때까지 엄마는 부엌에서 일을 했다. 고소한 음식 냄새가 풍기고 경쾌한 도마 소리가 집 안에 울렸다. 우리 집에서 칼질 소리가 이렇게 오래 난 적은 없었다. 잔칫집 같았다. 아버지는 다리를 쩔룩대며 마루를 왔다 갔다 했다. 가끔씩 멈춰 서서 크윽 하고 가래를 끌어 올렸다간 다시 삼켰다. 그럴 때마다 나는 두 손으로 귀를 틀어막았다. 그러지 않으면 내 목구멍에서 누런 가래가 올라왔다 넘어가는 것 같았다. 모호면은 엄마가 벗어놓은 양말을 만지작거리며 텔레비전을 보고 있었다. 나는 문간에 앉아서 텔레비전과 아버지를 번갈아 쳐다봤다.

마루를 서성이던 아버지가 밖으로 나갔다. 창문으로 밖을 살폈다. 아버지의 뒷모습이 보였다. 아버지는 절룩거리며 난간 있는 데로 걸어갔다. 담배를 꺼내 불을 붙였다. 담배 연기가 허공에서 맴돌았다. 아버지가 손으로 담배 연기를 휘저었다. 아버지는 오래 담배를 피웠다. 아버지의 뒷모습이 쓸쓸해 보였다. 그때 그 여우처럼. 그런 아버지의 모습은 처음이었다. 그런데 왜 저기 저곳에만 서면 쓸쓸해 보이는 걸까. 문득 여우가 그리웠다. 혹시 아버지도 그 여우를 알고 있는 것이 아닐까. 그래서 나처럼 여우를 그리워하는지도 모른다. 아버지에게 여우를 알고 있냐고, 그 은빛 여우를 본 적이 있냐고 물어보고 싶었다. 그러나 아버지와 십자가를 딛고 사라져버린 여우에 대해 이야기하는 것은 불가능한 일이었다.

"안아주세요. 안아주세요."

모호면이 갑자기 텔레비전 볼륨을 크게 하는 바람에 놀라서 뒤를 돌아봤다. 광고가 나오고 있었다. 부부끼리, 부모와 자식끼리, 아이들끼리 만나는 사람마다 서로를 안아주고 있었다. 안아주는 사람도, 안기는 사람도 환한 표정이었다. 누구를 안아본 기억도, 누구에게 안겨본 추억도 가물가물했다. 한마디로 우리 집과는 거리가 먼, 부러운 장면이었다. 모호면이 들고 있는 리모컨을 빼앗아 채널을 돌렸다. 아버지가 피운 담배 연기를 내가 모두 들이마신 것처럼 속이 맵고 답답했다. 아버지는 한참 후에 들어왔다. 아버지한테서 찬 바람 냄새가 났다. 방에 들어온 아버지는 텔레비전도 보지 않고 머리끝까지 이불을 쓰고 누웠다.

날이 어두워지고 있었다. 엄마가 포장마차 지붕에 늘어진 전구를 켰다. 불을 밝힌 포장마차는 오렌지색이었다. 전기난로를 켠 것도 아닌데 갑자기 포장마차 안이 따뜻하게 느껴졌다. 나는 엄마가 내준 파란색 플라스틱 의자에 얌전히 앉아서 어묵 국물을 먹었다. 아직 손님이 없어서인지 엄마는 나한테 신경도 안 쓰는 눈치였다. 내 눈은 주꾸미와 꽁치가 누워 있는 냉장고에서 떨어질 줄 몰랐다. 나는 주꾸미를 어떻게 요리해서 먹는 건지 그것이 궁금했다. 설마 모호면처럼 날것을 그대로 먹는 건 아니겠지.

"얼렁 먹고 가."

"엄마, 이거."

냉장고 속의 주꾸미를 가리켰다.

"안 그럼, 얼씬도 못 하게 한다!"

엄마가 파를 썰면서 소리를 질렀다. 나는 두 손으로 그릇을 받쳐 들고 남은 국물을 마셨다. 그때 포장마차 안으로 남자 둘이 들어섰다.

"어서 오세요."

엄마가 얼른 인사했다.

"여기 주꾸미하고 소주 한 병이요."

"예, 예."

엄마가 웃으며 허리를 굽실거렸다. 내 눈이 반짝였다. 엄마가 웃었다, 엄마가 웃었다. 정말로 오랜만에 웃는 엄마 모습을 봤다. 남자들은 자기들끼리 떠들었다. 엄마가 웃든지 말든지 관심도 없어 보였다. 엄마가 오이와 당근이 담긴 접시와 참이슬 한 병을 남자들 앞에 내려놓았다. 남자들이 술을 따라 마셨다.

"캬, 좋다."

남자들이 오이와 당근을 입에 넣고 씹었다. 엄마가 냉장고에서 주꾸미를 꺼냈다. 내 눈이 다시 커졌다. 드디어 주꾸미 요리를 보게 됐다. 눈을 크게 뜨고 엄마가 요리하는 걸 유심히 살폈다. 엄마는 주꾸미를 물에 한 번 헹구더니 끓는 물에 집어넣었다. 그러곤 금세 건져 올렸다. 엄마 손바닥만 하던 주꾸미가 내 손바닥만 하게 쪼그라들었다. 건져 올린 주꾸미를 접시에 담아 초고추장과 함께 남자들 앞에 놓았다.

"맛있게 드세요."

그게 전부였다. 나는 실망했다. 주꾸미에 대한 환상이 순식간에 깨지는 순간이었다. 남자들은 술을 한 모금 마시고 주꾸미를 한 입 먹었다. 모호면이 먹던 주꾸미와 너무 달라 보였다. 역시 모호면이 주꾸미를 더 멋있게 먹었다. 남자들의 목소리가 점점 커졌다.

"너 빨리 안 가?"

엄마가 주먹으로 머리를 쥐어박았다.

"이따가 엄마하고 같이 가면 안 돼?"

"얘가 미쳤어. 여기가 어디라고 같이 있어! 빨리 일어나!"

엄마가 인상을 쓰면서 윽박질렀다. 엄마 웃는 얼굴 보기는 다 틀렸다. 나는 하는 수 없이 자리에서 일어났다. 앞에 진열돼 있는 당근 조각을 얼른 하나 집어 들고 밖으로 나왔다.

밤바람이 찼다. 당근을 입에 쑤셔 넣고 손을 잠바 호주머니에 찔러 넣었다. 어느새 길가에는 가로등이 켜지고 대형 마트에도 불이 환하게 들어와 있었다. 달리는 차들의 불빛이 길거리에 넘쳐났다. 뒤를 돌아봤다. 큰길에 비해 마트 뒤 골목은 어둡고 침침했다. 포장마차 불빛이 희미하게 새어 나왔다. 포장마차와 그 속에 있는 엄마가 멀게 느껴졌다. 엄마한테는 트럭이 더 잘 어울렸다. 운전대를 잡은 엄마는 씩씩해 보였다. 무엇이든 무서울 게 없어 보였다. 일이 있어 지방에 간 엄마는 깜깜한 고속도로를 밤새 달려 돌아오곤 했다. 그런 날은 엄마한테서 밤 냄새가 났다. 축축하고 눅눅한 밤 냄새. 나는 그 냄새가 좋았다.

"글쎄, 짐승이 뛰어들었지 뭐니. 아무 생각 없이 앞만 보고 달리는데, 녀석이 뛰어든 거야. 순간 머리털이 모두 하늘을 향해 일어서는 것 같았어. 뒤에서 차들이 바싹 쫓아오고 있지 않아서 그나마 다행이었지."

"죽었어?"

"죽긴, 엄마가 죽을 뻔했지. 녀석은 잽싸게 건너편 숲으로 사라졌어."

"그게 뭐였는데?"

"글쎄. 고양이 같기도 한데, 몸집이 고양이보다 훨씬 큰 것으로 봐선 너구리나 오소리 같기도 하고. 아니야. 걔네들이 그렇게 빠르지 않을 텐데. 그럼, 뭘까?"

엄마가 내 얼굴을 빤히 쳐다봤다. 난 그런 엄마 얼굴을 오랫동안 마주 봤다. 엄마의 얼굴 어디에서도 죽을 뻔했다는 표정을 찾을 수 없었다. 재미있고 신기한 구경을 혼자만 하고 와서 미안하다는 표정이었다.

"근데, 걔네들은 왜 위험한 걸 몰라?"

"누가 아니래. 간이 열두 번도 더 떨어졌다 붙었다니까."

엄마는 가늘게 한숨을 내쉬며 손바닥으로 가슴을 쓸어내렸다.

"한밤중에 왜 그리 뛰어들어?"

나는 엄마의 축축한 밤 냄새를 조금이라도 더 맡으려고 계속 말을 시켰다.

"어휴, 모른다니까. 피곤해. 그만 자자."

엄마는 방으로 들어가버렸다. 잠이 오지 않았다. 옆에 누워 있는 모호면을 툭툭 쳤다.

"정말, 너구리였어?"

"……"

"고속도로에서 본 거 말이야."

"몰라."

"잘 생각해봐."

"여우!"

"뭐? 여우?"

나는 벌떡 일어나 앉았다. 모호면은 더 이상 말이 없었다. 금세 코 고는 소리가 들렸다. 늦은 밤 고속도로에 여우가 진짜 나타났을까. 믿을 수 없었지만 나는 믿고 싶었다. 다음 날 일어나자마자 부엌에서 밥하고 있는 엄마에게 달려갔다.

"정말 여우였어?"

"애가 아침부터 뭔 소리야? 가서 얼른 씻기나 해."

엄마는 밤새 달라졌다. 엊저녁의 그 축축하고 눅눅한 기운은 뽀송뽀송 말라 있었다. 다음 일거리가 생길 때까지 엄마는 그 일에 대해서 두 번 다시 얘기하지 않았다. 나는 엄마가 또 밤새 고속도로를 달려 집에 오기를 기다렸다. 장거리 운전을 하고 온 날이면 엄마 숨소리는 예외 없이 축축하게 젖어 있었다. 힘들고 찌들기보다는 어딘가 모르게 씩씩함이 묻어났다. 그런 엄마의 씩씩함이 싫지 않았다. 아마도 엄마는 트럭을 몰고 달릴 때 힘이 나는 모양이었다. 그래서 그런지 엄마가 들려주는 고양이 이야기는 언제 들어도 좋았다. 고양이는 오소리도 되었다가 너구리도 되었다가 여우도 되었다.

68

포장마차를 한참 바라봤다. 이제 엄마한테서 오소리나 너구리 이야기를 기대할 수 없었다. 엄마가 트럭을 몰지 않기 때문이다. 트럭과 함께 재미난 이야기도 멀리 가버렸다. 남자와 여자가 포장 마차 천막을 들치고 안으로 들어갔다. 트럭 앞으로 뛰어드는 너구리 대신 엄마는 무슨 이야기를 해줄까. 찬 바람이 옷깃 속으로 스몄다.

3

전인슈타인은 날마다 색소폰을 닦았다. 닦지 않아도 반질반질 윤이 나는 색소폰을 그는 하루도 거르지 않고 닦았다. 그의 집에서 가장 반짝이는 물건은 당연히 색소폰이었다. 어둑한 방 안에서 색소폰을 닦는 그의 모습은 색소폰을 연주할 때만큼 진지했다.

"그걸 왜 만날 닦아요? 안 닦아도 반짝거리는데."

"이는 안 닦아도 이놈은 닦아줘야 돼. 안 그러면 잠이 안 와."

전인슈타인이 누런 이를 드러내며 웃었다. 이해할 수 없었지만, 그의 삶의 방식이 그런가 보다, 고개를 끄덕했다. 자신이 살아가는 방식은 그 누가 뭐라 해도 그리 가게 마련이었다. 좀처럼 바꾸기 힘든 게 '삶의 방식'이었다. 예를 들어 아침에 눈을 뜨자마자 오줌을 눈다거나, 세수할 때 비누칠을 두 번씩 한다거나 하는 것들. 그런데 엄마는 그것을 아무렇지도 않게 하루아침에 바꾸어버렸다. 트럭에서 포장마차로, 움직임에서 붙박음으로 살아가는 모양새를 확 바꾸어버렸다. 이에 하늘호가 통째로 흔들리는 위기를 맞고 있었다. 아버지나 모호면은 몰라도 적어도 내게는 그랬다. 우울한 날들의 연속이었다.

색소폰 소리가 듣고 싶어졌다. 발길이 저절로 판잣집으로 향했다.

"여우는 잘 있다냐?"

"……."

오늘은 여우 이야기도 하고 싶지 않았다.

"여우가 안녕하지 못한 모양이군."

전인슈타인은 색소폰을 닦으면서 계속 내 눈치를 살폈다. 나는 바닥에 벌렁 드러누웠다. 신문지를 겹쳐 바른 낮은 천장이 눈에 들어왔다. 오래된 신문지는 누렇게 변해 알아볼 수도 없었다.

"왜 무슨 일 있니?"

"엄마가 포장마차를 시작했어요."

"그래서?"

"그래서라니요?"

"왜? 엄마가 포장마차를 하면 안 되는 법이라도 있냐?"

전인슈타인이 색소폰에 광을 내면서 쳐다봤다.

"난 싫어요. 근사한 음식점도 아니고. 하다못해 분식집 정도는 돼야지."

한동안 침묵이 흘렀다. 색소폰을 닦는 전인슈타인의 손길만 바쁘게 움직였다. 일어나 앉아서 색소폰 닦는 모습을 지켜보았다.

"엄마가 포장마차를 해서 시무룩한 거니?"

나는 고개를 끄덕였다. 뭔지 모르겠지만 엄마가 포장마차를 하는 게 별로 내키지 않았다.

"엄마가 돈을 많이 벌어 와도 그럴까?"

대답을 망설였다. 거기까지는 미처 생각해보지 않았다. 돈을 많이 벌어 온다면 나쁠 것까지는 없었다. 그러나 반드시 돈 때문만은 아니었다.

"돈을 많이 벌면 나쁠 거야 없겠지만, 그래도 다른 걸 하면 좋겠어요."

엄마가 가끔씩 들려주던 고속도로 이야기를 전인슈타인이 알리 없었다.

"엄마도 포장마차를 하고 싶어서 하는 게 아닐 거야. 그것만 이해해도 그렇게 골이 나진 않을 텐데."

"아니요. 엄마는 아주 즐거운 표정인걸요. 예전부터 포장마차를 하고 싶었던 게 분명해요. 난 엄마가 다시 트럭을 몰면 좋겠어요."

"트럭을 모는 일도 엄마한테는 포장마차만큼이나 힘든 일이야."

"그래도 트럭이 나아요."

"그건 네 생각이지. 어른들은 적어도 무슨 일을 결정할 때 재미로 하지는 않거든."

"아저씨 같으면 뭘 하겠어요?"

전인슈타인이 손놀림을 잠깐 멈추었다.

"나야 둘 다 못하지. 평생 밥 먹고 한 짓이 이 짓밖에 없는데. 근데, 왜 트럭이 낫다고 생각하는데?"

"그냥요. 그냥."

트럭이 사라져버린 것에 대한 내 감정을 표현할 수 없었다. 포장마차가 싫은 것보다 트럭이 당장 눈앞에 보이지 않는 게 불안했다. 나도 잘 모르는 내 마음을 전인슈타인에게 설명하기는 어려웠다.

"기다려."

전인슈타인이 혼잣말처럼 중얼거렸다. 무엇을 기다리란 말인가. 엄마가 포장마차를 그만두기를? 아니면 트럭이 돌아오기를? 전인슈타인은 마치 내 마음을 다 이해한다는 듯 고개를 끄덕였다. 색소폰을 다 닦은 전인슈타인이 연주를 시작했다. 연주는 언제나 즉흥적이었지만 감동은 늘 준비되어 있었다. 나는 눈을 지그시 감고 연주를 감상했다. 음악의 '음' 자도 모르는 내가 이만한 감동을 느끼기는 쉽지 않을 것이다. 어쩌면 색소폰 소리보다 인간 전인슈타인에게 더 끌리는지도 모른다. 나도 이다음에 늙으면 저만큼 멋있을까. 그런 생각들이 종종 떠올랐다. 연주를 마친 전인슈타인이 옛날이야기를 늘어놓기 시작했다. 그것은 밥을 먹고 물을 마시는 일처럼 필수 코스가 돼버렸다. 그의 이야기는 뻔하고 뻔한 것이었지만, 나는 그 시간이 기다려졌다. 색소폰 연주만큼 설레었다.

"내가 색소폰을 불게 된 건 회충 때문이었어. 어렸을 때 나는 늘 배가 아팠어. 등을 꼿꼿하게 세우고 있던 적이 없었으니까. 우리 어머니 말씀이 뒤에서 본 내 모습은 등을 잔뜩 감아쥔 달팽이 같았대. 게다가 느리고 더딘 행동까지 꼭 영락없는 달팽이였대. 설사가 날 정도로 쑤시고 아픈 배가 아니었어. 늘 언제나 같은 박자로 쿠우쿡 한 번씩 쑤셨다간 물러나고 또 쿠우쿡 찔러대고, 이런 식이었어. 어린 나는 어머니 치맛자락을 잡아당겼지. '엄니, 또 지랄이여.' 아궁이에서 불을 때던 어머니가 냉큼 일어나 뒤란으로 가더니 대숲에서 어린 대나무 한 마디를 꺾어 가지고 왔어. '지랄이 날 때마다 요놈을 입에 대고 힘껏 불거라' 하며 꺾어 온 대나무를 내 손에 쥐여주고는 무심하게 돌아앉아서 시뻘건 아궁이를 쑤셔댔지. 배 속이 또 한 번 뒤틀렸지. 어머니 말대로 대나무를 입에 대고 볼때기가 미어터지도록 불어댔지. 후우후우. 그러자 거짓말처럼 배가 안 아픈 거야."

"정말이요?"

"그렇다니까. 지랄이 없어졌어."

전인슈타인의 얼굴이 흥분한 어린아이처럼 발갛게 상기됐다.

"그래서요?"

나는 점점 이야기 속으로 빨려 들어갔다.

"배가 아플 때마다 대나무를 불어댔으니 얼마나 힘이 들었겠어. 나중에는 눈앞에 별이 보이더군. 그래도 열심히 대나무를 불었어. 그런데 그때뿐이었어. 배는 여전히 쿠우쿡 쑤셔댔지. 어머니는 그때 내게 약을 준 게 아니라 고통을 이기는 법을 일러준 게야. 덕분에 나는 폐활량이 누구보다 발달했지. 색소폰을 불려면 배 힘이 좋아야 하거든."

전인슈타인이 손으로 불룩한 배를 두드려 보였다. 나는 돌아오는 길에 두 손을 나팔처럼 입에 대고 힘껏 부는 시늉을 했다. 뚜뚜따따 나팔 소리가 났다. 엄마의 포장마차에도 내가 부는 손나팔 소리가 울려 퍼지리라. 나는 어느새 사라져버린 트럭을 까맣게 잊고 있었다.

4

아침상에 꽁치 두 마리가 올라왔다. 노릇노릇 구워진 꽁치는 보기만 해도 군침이 돌았다. 엄마는 꽁치 한 마리를 아버지 밥그릇 위에 올려놓았다. 아버지가 흠흠 헛기침을 했다.

"너흰 이거 먹어라."

엄마가 남은 꽁치 한 마리의 가시를 발라주었다. 나는 얼른 큰

살점 한 덩이를 집어 들었다. 부지런히 젓가락질을 했다. 아버지가 밥그릇에 있는 꽁치를 집어 다시 접시 위에 내려놓았다.

"왜 먹지 않구?"

손에 묻은 기름을 핥아 먹던 엄마가 아버지를 쳐다봤다.

"난 꽁치 안 좋아해."

아버지는 밥을 크게 한 술 떠 넣고 총각김치를 한 입 베어 물었다.

"그래? 난 여태껏 당신이 좋아하는 줄 알았는데 잘못 알고 있었네. 니들이나 먹어라."

엄마가 두 손으로 꽁치 배를 갈랐다. 하얀 속살이 보이면서 가시가 드러났다. 모호면과 나는 허연 살을 입에 쑤셔 넣느라고 정신이 없었다. 아버지가 우리를 힐끔거렸다. 나는 일부러 아버지를 쳐다보지 않았다. 아버지는 엄마 눈을 피해 교묘하고 집요하게 우리를 노려봤다. 꽁치를 거의 다 먹어갈 무렵, 그만 아버지와 눈이 마주쳤다. 아버지의 눈은 "그렇게 맛있니?" 또는 "다 먹으면 죽어!"라고 말하고 있는 듯했다. 나는 꽁치로 향하던 젓가락을 천천히 김치로 옮겼다. 그때 모호면이 남은 살점을 냉큼 집어 먹었다. 또 모호면에게 당했다. 아버지가 밥에다 찬물을 부었다. 반찬도 안 먹고 아버지는 밥만 입에다 두 숟가락씩 퍼 넣었다. 아버지는 왜 꽁치를 사양했을까. 내가 알기로 아버지가 좋아하지 않는 반찬은 콩나물과 두부뿐인데. 콩나물과 두부는 우리 집 식탁에 제일 많이 오르는 반찬이었다. 언젠가 아버지가 주식이 밥인지 콩나물인지 모르겠다고 불평하는 소리를 들은 적이 있었다. 콩나물과 두부 빼고는 뭐든지 잘 먹는 아버지였다. 갑자기 아버지의 식성이 바뀐 걸까. 엄마는 그 이유를 알고 있는 듯했다.

엄마가 부엌 바닥에 닭발이 든 그릇을 내려놓았다. 플라스틱 그릇에는 기다란 발톱이 달린 노란 닭발이 담겨 있었다. 엄마가 쭈그리고 앉아서 닭발을 다듬기 시작했다. 이상한 도구로 발톱을 자르고 껍데기를 벗겼다. 노랗고 얇은 껍질이 훌렁 벗겨졌다. 정리가 끝난 닭발은 옆에 있는 다른 그릇으로 던져졌다. 엄마의 손놀림은 더디고 느렸다.

"꽁치를 싫어한다구?"

엄마는 힘을 주어 발톱을 잘랐다. 잘린 발톱이 바닥으로 튀었다. 나는 엄마 등 뒤에서 하얗게 바뀌는 닭발들을 훔쳐봤다. 닭발들은 꼿꼿하게 발가락을 벌리고 있었다. 금방이라도 그릇에서 걸어 나와 온 집 안을 휘젓고 다닐 것처럼 보였다. 엄마 앞에서 얼쩡거렸다간 저 닭발 세례를 받을지도 모른다.

"넌 그러구 있지 말구, 공부를 하든지 나가서 찌라시라도 돌리든지!"

엄마가 소리를 질렀다. 엄마 등 뒤에서 움찔하고 물러나 앉았다. 엄마는 우리가 할 일 없이 빈둥대는 꼴을 절대로 그냥 보지 못했다. 아무 일도 하지 않고 먹기만 하는 것은 참을 수 없는 죄악이라고 했다. 엄마는 원래 상냥하고 부드러운 여자였다. 그런 엄마가 언제부터인가 난폭하고 거칠어졌다. 그것은 말투에서부터 시작됐다. '상호야, 상진아' 하던 것이 '이눔의 자식들'에서 '이 새끼, 저 새끼'로 바뀌었다. 아버지를 대하는 말 빛도 곱지 않았다. 이게 다 아버지의 발파 일 때문이었다. 아버지 다리에 박힌 쇠못 때문이었다. 아버지의 리모컨 때문이었다. 아버지가 일을 나가지 않으면서부터 엄마는 신경질적으로 변했다. 엄마의 얼굴에서 웃음이 사라졌다.

"내 말 안 들려!"

나는 자리에서 일어났다. 지금부터 무엇을 어떻게 해야 하나. 공부를 하라는 건지, 나가서 돈을 벌라는 건지. 엄마가 진짜 원하는 게 무엇인지를 잘 파악해서 결정해야 했다. 일단 공부를 하기로 했다. 엄마는 내가 공부를 열심히 해서 좋은 대학에 들어가고, 이다음에 좋은 직장에 취직해서 엄마한테 돈을 많이 갖다주기를 바랄 것이다. 두 번 생각할 것도 없이 내가 할 일은 공부였다. 방으로 들어갔다. 모호면이 구부정하게 앉아 무언가를 찢고 있었다.

"또 뭐야?"

모호면 손에 들린 종이를 얼른 빼앗았다. 내가 학교에서 가져온 방학 생활 계획표였다. 이미 반도 넘게 찢긴 상태였다. 모호면은 습관처럼 종이를 찢었다. 조용하다 싶으면 구석에 틀어박혀서 종이를 찢고 있었다. 모호면이 찢어대는 종이는 신문지에서 상장까지 다양했다. 해마다 4월이면 과학상상화 그리기 대회가 열렸다. 1학년 때였다. 도무지 생각나는 게 없었다. 생각하다 못해 공책에 그려진 로봇 그림을 똑같이 따라 그렸다. 키가 작고 뚱뚱한 로봇이었다. 머리숱이 별로 없던 여자 담임 선생님은 '어머나'를 연발했다. 나는 그 그림으로 당당히 금상을 받았다. 그때 나는 '상상한다'라는 말의 개념을 정확히 모르고 있었다. 그 후 나는 한동안 '상상한다'와 '보고 그린다'를 구분하지 못했다. 상상하라는 것도 보고 그렸고, 보고 그리라는 것도 보고 그렸다.

"우리 상진이가 미술에 소질이 있나 봐."

엄마는 내가 처음 받아 온 상장 네 귀퉁이에 스카치테이프를 붙여 벽에 대고 꾹꾹 눌렀다. 물론 아주 흐뭇한 미소를 지으면서 말이다. 다음 날 상장은 모호면의 손에 의해 흔적도 없이 사라졌다. 그때 나보다 엄마가 더 화를 냈다.

"얘가 미쳤어! 이게 어떤 건데, 걸레를 만들어놔!"

빗자루로 모호면을 때리는 엄마를 보면서 '저게 내 상장이었나? 엄마 상장이었나?' 하고 헷갈렸다. 다행히 나는 그 뒤로 상장 같은 것을 받아 온 적이 없었다. 하지만 이번은 달랐다. 당장 써야 하는 것이었다.

"이걸 찢으면 어떡해!"

모호면 얼굴을 주먹으로 갈겼다. 모호면이 얼굴을 감싸 쥐었다. 손에 코피가 묻어났다. 겁만 줄 생각이었는데. 내 주먹이 코피를 낼 정도는 아닐 텐데. 찢다 만 방학 생활 계획표를 구겨 모호면 코를 틀어막았다. 어차피 방학 동안 지켜야 할 특별한 생활 계획 같은 건 없었다. 없어져도 상관없는 종이였다. 그러나 이번 방학엔 상관이 있었다. 난 엄마 말을 듣고 싶었다. 왠지 그래야만 될 것 같았다. 나라도 엄마 기분을 맞춰줘야만 될 것 같았다. 안 그러면 엄마는 포장마차를 버리고 멀리 가버릴 것만 같았다. 엄마를 별로 좋아하진 않지만 그렇다고 싫어하지도 않았다. 엄마는 엄마니까 필요했다. 그래서 엄마 말대로 공부를 할 생각이었다. 공부를 하려면 방학 생활 계획표가 필요했다. 일단 계획을 세우고 하나씩 정복해갈 생각이었다. 모호면이 나를 째려봤다. 피로 얼룩진 방학 생활 계획표를 빼고 휴지를 박아주었다.

"벼엉신. 그거 한 대 맞고."

모호면은 학교를 다니지 않았다. 몇 년 전까지 특수학교에 다녔다. 학교는 버스를 두 번이나 갈아타야 하는 곳에 있었다. 아침 일찍 엄마가 데리고 갔다가 데리고 왔다. 그때는 아버지 다리에 쇠못이 박히기 전이었다. 엄마가 트럭을 몰 필요가 없었다. 엄마는 오로지 모호면한테만 매달렸다. 엄마는 모호면을 그림자처럼 따라다녔다. 엄마가 있는 곳에는 모호면이 있었고, 모호면이 있는 데는 어김없이 엄마가 붙어 다녔다. 가끔 성질이 나기도 했다. 정작 내가 필요로 할 때도 엄마는 오로지 모호면 곁에만 있었다.

"형은 아프잖니."

엄마의 첫마디는 늘 그거였다. 나는 그 말을 이해할 수 없었다.

모호면은 나보다 키도 크고 몸무게도 훨씬 더 나갔다. 내가 보기에 그 말은 적절한 표현이 아니었다. 정확히 말한다면 '형은 모자라잖니'라고 했어야 옳았다. 아프다는 말에는 동의할 수 없었지만 모자란다는 말에는 고개가 끄덕여졌다. 모자라는 형은, 빙추 같은 형은 엄마가 돌봐줘야 했다. 그리고 나는 그런 형을 대신해서 뭐든지 열심히 해야 했다. 아침에 이불도 열심히 개고, 식탁에 숟가락도 열심히 놔야 했다. 옥상을 어슬렁거리는 것도, 공부하는 것도, 내가 할 수 있는 일은 뭐든지 열심히 해야 했다.

노려보던 모호면이 방바닥에 흩어진 종잇조각들을 내 머리 위에 뿌려댔다. 이 바보 같은 형을 잘못 건드렸다간 일이 커질 수 있었다. 부엌 쪽을 기웃거리며 엄마를 살폈다. 엄마는 아직도 닭발을 다듬고 있었다. 나는 책상 위에서 안 쓰는 공책을 꺼냈다.

"야, 이거나 찢어."

모호면 앞에다 헌 공책을 던졌다. 모호면 얼굴이 환해졌다. 한쪽 콧구멍을 막은 모호면은 더 바보처럼 보였다. 공부하기는 다 글렀다. 나는 발뒤꿈치를 들고 고양이 걸음으로 집을 빠져나왔다. 지금 엄마가 바라는 것은 방구석에 틀어박혀서 영어 단어나 외우는 게 아니라 찌라시를 돌리는 일일지도 모른다. 엄마는 예전의 엄마가 아니었다. 이제는 밤늦게 들어와 달리는 트럭 앞으로 뛰어든 녀석들에 대해 이야기해주는 그런 엄마가 아니었다. 밖으로 나온 나는 쏜살같이 층계를 내려갔다. 영어 단어를 외우고 싶

80

지도, 찌라시를 돌리고 싶지도 않았다. 내가 하고 싶은 단 한 가지 일은 집을 나오는 것이었다.

5

호주머니 안에서 동전 다섯 개가 만져졌다. 동전을 만지작거리며 골목을 빠져나왔다. 동전 다섯 개로 할 수 있는 일은 그리 많지 않았다. 슈퍼에서 하나에 500원 하는 쌍쌍바를 사 먹거나 오락 다섯 판을 할 수 있는 정도였다. 아니 그 정도면 내게는 최상의 소비 생활이었다. 경사 길을 내려오자 두 갈래 길이 나왔다. 학교로 통하는 큰길과 샛길이었다. 큰길로 가면 아트비전을 지나쳐 엄마의 포장마차가 있는 마트 뒷길로 이어졌다. 마트 건너편이 학교였다. 나는 잠시 망설이다가 샛길로 몸을 틀었다. 포장마차 앞을 지나치고 싶지 않았다. 샛길은 소형차 하나가 간신히 다닐 수 있을 정도로 좁았다. 이 길도 학교로 통하기는 마찬가지였다. 대부분의 아이들은 등하굣길에 큰길을 이용했다. 그곳에는 얼마 전 새로 단장한 대형 문고, 아트비전이 있었다.

아트비전에는 책도 있었고 문구도 팔았다. 그곳에 가면 없는 게 없었다. 새롭고 진기한 물건이 매일 쌓였다. 넓고 환한 매장에는 짧은 치마를 입은 누나들이 곳곳에 서서 방긋방긋 웃었다. 매장 안은 항상 흥겹고 경쾌한 음악으로 넘쳐났다. 그러나 나 같은 초등학생이 살 물건은 그다지 많아 보이지 않았다. 대부분의 손님은 근처 중학교의 형이나 누나들이었다. 그래도 아이들은 그곳으로 몰려갔다. 나도 그 바람에 아트비전에 몇 번 가봤다. 역시 내 호주머니 사정으로 그곳에서 할 수 있는 여가 활동은 아무것도 없었다.

나는 아트비전보다 샛길 끝에 있는 샛별문구가 더 좋았다. 그곳에 가면 내 경제 사정에 딱 맞는 오락기가 있었다. 100원짜리 동전 몇 개만 있으면 '불의 화이터'를 한 시간은 할 수 있었다. 주머니에 동전이 있건 없건 간에 나는 샛별문구 앞을 과감하게 지나치지 못했다. 이상한 힘이 나를 끌어당겼다.

문간에는 다양한 크기의 훌라후프와 탱탱볼이 걸려 있었다. 오랫동안 팔리지 않은 그것들은 햇빛에 색이 바래서 마치 헌것처럼 보였다. 한옆으로는 상자째 뚜껑만 열어놓은 물건들이 즐비하게 쌓여 있었다. 대부분 제값보다 싸게 파는 물건들이었다. 한 봉지에 700원 하는 새우깡이 두 봉지에 1000원 하는 식이었다. 나같이 돈 없는 사람은 700원을 주고 한 봉지를 사는 게 나은 건지, 1000원을 주고 두 봉지를 사는 게 잘하는 건지 아무리 생각해도 헷갈렸다. 어쨌든 1000원으로 한 봉지를 사고 거스름돈 300원을 받으면 그 돈으로 오락을 할 수 있었다. 그러니까 무조건 많이 준다고 이득이 되는 것은 아니었다.

주위를 살폈다. 원래 물건들이 쌓여 있는 한옆에 라면 상자만 한 오락기 두 대가 있었다. 그런데 오락기가 보이지 않았다. 분명 여기에 있었는데. 여기저기 기웃거리자 안에서 여자가 고개를 내밀었다. 가끔 주인아줌마와 냄비를 가운데 두고 수제비를 먹던 여자였다. 여자는 주인아줌마의 딸이었다. 우리가 가면 여자는 먹던 수제비 그릇을 들고 재빨리 안으로 들어가곤 했다. 동작이 얼마나 빠른지 작은 키에 긴 머리를 한 여자의 뒷모습이 커튼 안쪽으로 휙 사라졌다. 그런 여자를 두고 아이들 사이에선 이상한 소문이 돌았다.

"샛별문구 여자가 빨간 마스크를 하고 있대! 그래서 우리가 가면 재빨리 숨는 거래!"

그 무렵 학교 주변에는 빨간 마스크에 대한 괴소문이 떠돌았다. 입이 귀까지 찢어진 여자가 아이들을 보면 잡아먹는데, 그 여자는 성형수술을 하다가 죽은 귀신이라서 찢어진 입을 가리기 위해 빨간 마스크를 하고 다닌다는 소문이었다. 아이들은 모이기만 하면 빨간 마스크 이야기를 했다. 샛별문구 여자가 바로 그 주인공이라는 거였다. 나를 포함한 몇몇 아이들이 여자의 정체를 확인하기로 했다. 우리는 수업이 끝나자마자 샛별문구로 몰려갔다. 적군을 토벌하러 가는 장군처럼 기세가 등등했다. 그러나 막상 그 앞에 가니 다리가 떨리기 시작했다.

"네가 들어가."

"싫어. 네가 앞장서."

서로 등을 떠밀던 아이들을 제치고 내가 앞장을 섰다. 떨리는 마음을 가다듬고 문을 열었다.

"어서 와."

칼국수 냄새가 확 풍기면서 주인아줌마의 무뚝뚝한 목소리가 들려왔다. 나는 얼른 안쪽을 살폈다. 그때 칼국수를 먹던 여자가 일어났다. 유난히 작은 키와 긴 머리가 제일 먼저 눈에 들어왔다. 여자는 빨간 마스크는커녕 하얀 마스크 같은 것도 끼고 있지 않았다. 그런데 급하게 안으로 사라지는 여자의 등이 불룩하게 솟아 있었다. 여자는 꼽추였다.

"오락기 치웠다."

여자가 유리문을 사이에 두고 말했다. 목소리가 가늘고 작았다.

"네?"

"이제 안 해. 자꾸 고장이 나서 치워버렸어."

여자는 내가 이곳에서 오락을 자주 하는 것을 오래전부터 알고 있기라도 하듯 말했다. 그리고 유리문을 소리 나게 닫고 안으로 사라졌다. 여자의 굽은 등 뒤에 대고 침이라도 캭 뱉고 싶었다. 유일한 스트레스 해소법이었는데.

여자가 빨간 마스크의 주인공이 아님을 확인한 아이들은 또 다른 소문을 물고 왔다. 꼽추 여자가 밤마다 갓난애를 잡아먹는

다는 소문이었다. 갓난애 피를 먹어야 흉측한 혹이 더 자라지 않는다는 거였다. 아이들은 점점 더 샛별문구에 가지 않았다. 길 건너 병아리문구에 가거나 아트비전으로 갔다. 하지만 나는 불의 화이터를 배신할 수 없었다. 소문이 마음에 걸리긴 했지만, 내 발길은 곧잘 샛별문구 앞에서 멈췄다. 안에 들어가지는 않고 주로 문밖에서 오락만 했다. 그런데 오락기를 치웠다구? 내가 그렇게 의리를 지켰는데 결국에는 불의 화이터가 나를 버렸다. 나는 호주머니 속에 든 동전을 짤랑거리며 서 있었다.

여자가 계속 밖을 내다봤다. 여자의 눈초리가 기분 나쁘게 느껴졌다. 내가 물건이라도 훔쳐 갈까 봐 감시하는 것 같았다. 나는 그냥 갈까 하다가 500원짜리 과자 한 봉지를 집어 들고 안으로 들어갔다. 본드 냄새가 코를 찔렀다. 여자는 계산대 앞에 앉아서 뭔가를 하고 있었다. 여자 앞에는 싸구려 봉제 곰 인형이 한 무더기 쌓여 있었다. 여자가 단추만 한 플라스틱 인형 눈에 본드를 바른 다음 곰 인형에 대고 꾹 눌러 붙였다. 손놀림이 어찌나 빠른지 눈을 단 곰 인형들이 금세 늘어났다. 신기해서 구경하느라 한참을 서 있었다. 여자가 힐끔 쳐다봤다.

"한번 해볼래?"

여자가 내 손에 인형 눈 하나와 본드 묻힌 솜방망이 하나를 쥐여줬다. 갓난애를 잡아먹는다던데. 괜히 들어왔다는 생각이 들었다.

"이렇게 여기다 발라."

설마 무슨 애를 잡아먹겠어. 나는 여자가 하던 것처럼 플라스틱 눈 뒷면에 본드를 칠했다.

"옳지. 너무 많이 칠하지 말고. 됐어. 그걸 여기다 붙여봐."

여자가 가리키는 자리에다 눈을 붙였다. 눈을 단 곰이 빙긋 웃었다.

"잘하는데. 또 해봐. 여기 앉아서."

여자가 곰 인형들을 한쪽으로 밀었다. 나는 여자 옆에 앉았다. 옆에서 본 여자는 등에 산을 하나 얹고 있는 것처럼 보였다. 여자를 이렇게 가까이서 본 것은 처음이었다. 여자의 얼굴은 달 표면처럼 울퉁불퉁했다. 크고 작은 분화구들이 무수히 박혀 있었다. 나는 여자 몰래 얼굴과 등을 번갈아가며 쳐다봤다.

"열 개 붙일 때마다 사탕 하나씩 줄게."

"정말요?"

"잘하면 더 줄 수도 있어."

여자가 소리 내서 웃었다. 등의 혹이 들썩였다. 나는 조심스럽게 인형 눈을 붙였다. 일정한 간격을 맞춰서 붙여야 했기 때문에 생각처럼 쉽지는 않았다. 내가 한 개 붙일 동안 여자는 완성된 곰 인형을 쉴 새 없이 옆으로 던졌다. 나는 더디게 눈을 붙였다. 불의 화이터만큼은 아니었지만, 그런대로 재미있었다. 내가 있는 동안 샛별문구에 들어온 사람은 아무도 없었다. 장사를 하는 것보다 곰 인형 눈을 붙이는 일이 여자의 본업처럼 보였다. 어둠침침하고 좁은 샛별문구는 동굴 같았다. 여자는 그 속에 숨어 사는 박쥐쯤 될까.

얼마나 있었을까. 머리가 무거웠다. 인형 눈이 빙글빙글 도는 것처럼 보였다. 하던 일을 멈추고 밖을 내다봤다. 지나가는 사람이 두 겹으로 보였다. 나는 좌우로 머리를 흔들었다. 여자가 나를 쳐다봤다. 여자 얼굴도 두 겹으로 겹쳐 보였다.

"왜 그래? 머리 아파?"

여자가 내가 들고 있던 곰 인형을 가져갔다. 그러고는 내가 완성한 곰 인형을 헤아렸다.

"서른일곱 개. 많이 했네."

여자가 바구니에서 사탕 다섯 개를 집어 내 손에 쥐여주었다.

"심심하면 언제든지 와."

여자가 큰 손으로 내 머리를 쓰다듬었다. 나는 사탕을 호주머니에 쑤셔 넣고 일어났다. 머리가 아프고 속이 울렁거렸다. 여자가 문을 열어주었다.

"안녕히 계세요."

공손히 인사를 하고 돌아섰다. 똑바로 선 여자는 꼭 나만 했다. 혹을 키우느라 키는 크지 못했나 보다. 호주머니에 손을 넣었다. 사탕이 잡혔다. 사탕 하나를 까서 입에 넣었다. 청포도 맛이었다. 여자는 등에 혹을 지고 사는 것만 빼고 보통 사람과 똑같았다. 그동안 여자에 대해 나쁜 마음을 가진 게 미안했다. 집으로 가는 길에 사탕을 네 개나 먹었다.

집에 돌아온 나는 입이 근질거렸다. 엄마한테 이야기하면 괜히 야단만 맞을 것이고, 모호면한테 얘기하면 두 눈만 껌뻑거릴 게 뻔했다. 마당에 있는 노란 물탱크에 연필로 썼다. '샛별문구는 아트비전보다 재미있는 곳이다. 샛별문구 여자 등에 있는 혹은 단단할까?' 옆에다가 싸구려 곰 인형도 그렸다. 아래층에서 피아노 소리가 들려왔다. 소연이가 피아노를 치는 모양이었다. 전 같으면 피아노 소리에 푹 빠졌을 텐데. 지금 나는 피아노 소리보다 청포도 맛 사탕에 더 빠졌다.

"너 뭐가 그렇게 좋니?"

집을 나서던 엄마가 수상한 듯 물었다.

"아, 아니. 아무것도 아냐."

나는 후다닥 일어나 집 안으로 들어갔다. 어서 내일이 오기를 기다렸다.

다음 날 또 샛별문구에 갔다. 여자가 반갑게 맞아주었다. 곰 인형이 어제보다 더 많이 쌓여 있었다.

"머리는 괜찮아?"

"네?"

"처음엔 이 냄새 때문에 머리가 좀 아플 수 있거든."

여자가 접착제를 들어 보였다.

"아무렇지도 않은데요."

머리가 아프다고 하면 하지 말라고 할까 봐 일부러 태연한 척했다.

"그래? 오늘은 더 많이 할 수 있겠는걸."

여자가 소리 내서 웃었다. 또 등의 혹이 움찔거렸다. 도대체 저 속에 뭐가 있을까. 낙타처럼 저 속에 지방을 모아뒀을까. 손으로 혹을 만져보고 싶었다.

"뭐 해? 어서 붙이지 않고."

나는 얼른 시선을 돌렸다.

"너, 어디 사니?"

"저 위에."

"저 위 어디? 서림?"

서림은 우리 동네에서 제일 좋은 연립이었다.

"아, 아뇨."

"그럼, 어디?"

"청운⋯⋯."

"청운연립에 사는구나."

고개를 끄덕거렸다. 여자에게 청운연립 옥탑방에 산다는 이야기를 하고 싶지 않았다. 여자가 다시 나를 아래위로 훑어봤다. 옆으로 쭉 찢어진 여자의 눈은 곰 인형 눈보다도 작았다. 여자가 말을 더 시키지 않기를 바랐다.

"몇 살이니?"

"열세 살이요."

여자는 계속 말을 시켰다.

"아줌만 이사 왔어요?"

"아줌마?"

여자가 고개를 젖히고 깔깔댔다. 옷 위로 불룩하게 솟은 혹이 심하게 들썩거렸다. 저러다 저 속에서 뭔가가 쏟아지지는 않을까. 조마조마한 마음으로 혹을 쳐다봤다. 그러나 내가 우려하는 일은 일어나지 않았다. 혹은 위태로워 보였지만 생각보다 튼튼했다.

"어떡하지? 난 아줌마가 아닌데."

여자가 내 옆으로 바싹 다가앉았다.

"이름이 뭐야?"

여자가 다시 다정하게 속삭였다.

"상진이요, 노상진."

"상진이, 상진이는 이다음에 커서 뭐가 되고 싶니?"

여자가 손으로 내 머리카락을 만졌다.

"아줌마는 뭐가 되고 싶었는데요?"

"글쎄. 뭐가 되고 싶었을까? 아줌마?"

손놀림을 멈추고 여자를 바라봤다.

"아줌마가 되고 싶었는데, 아직 못 됐어. 결혼도 하고 애도 낳아야 아줌마지."

여자는 의외로 수다스러웠다. 나는 여자가 떠들거나 말거나 일하는 데만 열중했다. 여자는 잠시도 입을 다물지 않았다. 자기가 여기서 얼마 동안 살았다는 얘기, 엄마가 아파서 병원에 있다는 얘기, 엄마가 없으니까 혼자서 수제비도 안 해 먹게 된다는 얘기, 혼자 와서 오락기 버튼을 두드려대던 내 모습을 많이 봤다는 얘기까지. 여자는 텔레비전을 틀어놓은 것처럼 중얼거렸다. 머리 아픈 이유가 접착제 냄새 때문만은 아닌 듯했다.

"나는 이 곰들이 다 내 새끼 같아."

여자가 곰 인형 입에 입을 맞췄다. 나도 모르게 소매로 입을 훔쳤다. 내 입에 대고 뽀뽀하는 것 같았다. 여자의 눈빛이 몽롱하게 풀어져 보였다.

"이거 먹고 해."

여자가 딸기우유에 긴 빨대를 꽂아서 내게 내밀었다. 나는 딸기우유를 단숨에 먹어치웠다. 여자가 흡족한 표정을 지었다. 어른들은 왜 애들이 잘 먹는 걸 보면 좋아하는지 모르겠다. 빈 우유갑을 받아 든 여자가 사탕을 집어 주었다. 받을까 말까 망설이다가 입을 열었다.

"저기, 사탕 말고……."

"왜? 사탕 싫어하니? 과자로 줄까?"

"그게 아니고요."

"돈으로 달라고?"

91

나는 얼른 고개를 끄덕였다.

"그럼 열 개에 100원, 어때?"

"좋아요."

큰 수입은 아니었지만 찌라시 돌리는 것보다 나았다. 여자가 100원짜리 동전 다섯 개를 손에 쥐여줬다. 꾸벅 인사를 하고 돌아 나왔다. 어지러운 머릿속에서 자갈이 이리 쏠리고 저리 몰렸다. 발걸음이 무거웠다. 두 손을 움켜쥐고 무작정 뛰기 시작했다. 몸속에 공기가 채워지는 것 같았다. 무겁던 발걸음이 차츰 가벼워졌다. 더욱 힘껏 발을 굴렀다. 발바닥이 콘크리트 바닥에서 떨어졌다. 바람 한 줄기가 겨드랑이를 스치고 지나갔다. 기우뚱 내 몸이 공중으로 떠올랐다. 물속을 헤엄치듯 유연하게 움직였다. 골목을 벗어나 가로등을 지나 샛별문구를 넘어 연립주택 옥탑방 위로 날아올랐다. 발아래를 굽어봤다. 포장마차에 막 불이 들어오고 있었다. 주홍색 불빛이 등불처럼 보였다. 어디선가 또 한 줄기 바람이 불어와 내 몸을 위로, 위로 밀어 올렸다. 사방에 노랗고 푸른 별들이 흩뿌려졌다. 어느 별의 위성들일까. 나는 어느새 양팔을 날개처럼 벌리고 초저녁 하늘을 날고 있었다. 주위에는 내가 눈을 붙여준 곰 인형들이 짧은 팔과 다리를 한껏 벌리고 떠 있었다.

샛별문구에서 인형 눈을 붙이고 나오면 하늘을 나는 듯한 착각
이 들었다. 수중에 모인 돈이 거의 5000원을 육박하고 있었다. 나
는 매일 학교 가듯 아침만 먹으면 샛별문구로 향했다. 여자는 산
더미처럼 쌓인 곰 인형 중에서 한 무더기를 내 앞에 밀어주었다.

"이제 선수네, 선수. 나보다 더 잘하는데."

여자는 언제나 검은 스웨터를 입고 있었다. 여자가 무슨 옷을
입고 있든지 상관이 없었지만, 검은 스웨터에 긴 머리를 늘어뜨린
모습은 왠지 꺼림칙했다. 특히 여자가 가끔 딸기우유나 요구르트
를 줄 때 받아먹어야 할지 말아야 할지 망설여졌다. 그 속에 나쁜
약이라도 탔으면 어떡하나 하는 생각이 들었다. 여자가 안 볼 때
손가락으로 요구르트를 찍어 미리 맛을 봤다. 새큼달큼한 요구르
트 특유의 맛 이외에 이상한 기미는 없었다. 딸기우유와 요구르
트를 각각 두 번씩 시험 삼아 맛본 다음부터 여자에 대한 의심이
사라졌다.

이곳에 오면 일단 돈이 생겼다. 돈이라는 것은 막강한 힘을 가
지고 있었다. 아마도 지구를 돌게 하는 힘은 과학적인 그 무엇이
아니라 돈일 것이다. 어디에서고 그런 사실을 본 적은 없지만, 조
만간 누군가가 그것을 과학적으로 증명해낼지도 모른다. '돈이 지
구의 자전에 미치는 영향' 또는 '돈과 지구의 역학관계에 대한 고

찰' 같은 우습지만 심각한 논문들이 줄줄이 발표될지도 모른다. 아버지가 리모컨맨이 된 까닭도, 엄마가 포장마차를 하는 이유도 결국엔 돈 때문이었다. 이 모든 악조건에도 불구하고 내가 이곳에 오는 것 역시 같은 이유에서였다.

"애 좀 봐."

여자가 두 눈을 바싹 붙인 곰 인형을 들어 보이며 웃었다. 눈이 어디에 달리냐에 따라 곰 인형 표정이 달라졌다. 한참 붙이다 보면 두 눈 사이의 간격이 좁아졌다 넓어졌다 했다. 여자가 웃을 때마다 머리카락에 덮인 등의 혹이 움직였다. 나는 여자가 웃기를 기다렸다가 그것을 몰래 훔쳐봤다. 이곳으로 나를 불러들이는 또 하나의 미끼는 바로 저것이었다. 불룩 솟은 혹이 여자를 따라 함께 웃었다. 들썩이는 어깨를 따라 흔들리는 그것은 울고 있는 것처럼 느껴지기도 했다. 그 속에는 여자의 울음과 웃음이 들어 있을 것 같았다. 나는 여자의 혹이 궁금했다. 왜 사람 몸에 저런 혹이 생기고, 저 혹은 무엇으로 이루어졌으며, 크기는 정확히 얼마나 되고, 여자는 저 혹에 대해서 무슨 생각을 가지고 있는지 등등. 묘한 호기심이 나를 사로잡았다. 손으로 한번 만져보고 싶었다.

여자는 일을 하다가 한참씩 눈을 감고 있곤 했다. 머리를 벽에 기댄 채 가쁜 숨을 몰아쉬었다. 처음에는 피곤해서 잠시 쉬거나 자는 거로 생각했다. 여자가 깨지 않도록 소리를 내지 않으려고 애를 썼다.

"얘, 이리 와봐."

여자가 눈을 뜨고 나를 쳐다봤다. 여자의 눈은 초점이 풀려 있었다. 말도 여느 때와 다르게 느리고 힘이 없었다. 나는 그냥 하던 일을 계속했다.

"이리 가까이 와보라니까."

여자가 여자와 나 사이에 가로놓여 있던 인형들을 치우고 내게 바싹 다가앉았다. 여자의 모습이 술에 취한 아버지 같았다. 나도 모르게 움찔 뒤로 물러앉았다.

"어머, 얘 좀 봐. 센스도 있네."

여자가 다시 내게 다가앉았다.

"예뻐서 그래. 누나가 뽀뽀 한번 해주려고."

누나? 나는 속으로 콧방귀를 뀌었다. 여자를 누나로 생각해본 적이 한 번도 없었다. 어디 한 군데 누나다운 구석을 발견할 수 없었다. 누나라면 최소한 나와 같은 급에 속해야 했다. 어린이 또는 청소년, 적어도 어른 냄새는 나지 않아야 했다. 내가 보기에 여자는 아줌마에 가까우면 가깝지 절대로 누나는 아니었다. 그런데 누나라고? 나는 터지는 웃음을 간신히 참았다. 몽롱한 눈으로 나를 바라보던 여자가 갑자기 볼에다가 입을 맞췄다. 촉촉하고 보드라운 물질이 내 볼에 닿았다 사라졌다. 잠시 방심한 사이 기습적으로 당하고 말았다. 나는 들고 있던 곰 인형을 떨어뜨릴 뻔했다.

"으그, 귀여워라."

여자가 이번엔 손으로 내 양볼을 살짝 집었다 놨다. 여자는 제 정신이 아닌 것 같았다.

"아줌마, 어디 아파요?"

"아줌마? 얘가 끝까지 아줌마라네. 누나라니까. 누나!"

여자가 노려봤다. 여자의 목소리가 차츰 커졌다.

"너 여기 오면 기분 좋지?"

딱히 기분이 좋다고는 할 수 없었지만, 그렇다고 기분이 나쁜 것도 아니었다. 뭐라고 대답해야 할지 망설이고 있는데 여자가 입을 열었다.

"싫지는 않잖아."

그건 맞는 말이었다. 돈도 생기고 집에 틀어박혀 있는 것보다 나았다. 머리가 무겁긴 했지만 집에 갈 때쯤이면 공중을 나는 느낌이 들었다. 그것은 결코 기분 나쁜 일이 아니었다. 나는 고개를 끄덕였다. 그러나 절대적인 긍정의 표시는 아니었다.

"고마워."

여자가 중얼거리며 안으로 들어갔다. 여자의 걸음이 술 취한 사람처럼 비틀거렸다. 등의 혹도 덩달아 흔들렸다. 여자는 오랫동안 기척이 없었다. 곰 인형 눈을 붙이면서도 정신이 온통 안으로 쏠리고 있었다. 눈도 따갑고 머리가 점점 아파왔다. 나는 하던 일을 뇌두고 일어섰다. 돈을 받아 가려면 여자를 만나야 했다. 숨을 죽이고 여자가 사라진 안쪽을 기웃거렸다. 어지럽고 다리에 힘이 빠졌다. 발뒤꿈치를 치켜들고 가까이 다가갔다. 커튼을 젖혔다. 동굴처럼 어둡고 좁은 방에 웅크리고 앉아 있는 여자의 옆모습이 희미하게 보였다. 굽은 등이 더 도드라졌다. 자세히 보기 위해 발걸음을 옮기는데 발에 무엇인가가 걸렸다. 여자의 신발이었다. 그 바람에 여자가 고개를 들었다. 여자와 눈이 마주쳤다. 순간 머릿속에 내일부터는 이곳에 오지 말아야겠다는 생각이 스쳐 지나갔다.

"저기, 다 했는데요."

여자가 들어오라고 손짓했다.

"괜찮아. 이리 와봐."

어차피 돈을 받아가야 했다. 신발을 벗고 천천히 방 안으로 들어갔다. 내 방보다도 더 작은 방에는 텔레비전도 없었다. 한옆에 이불과 옷들이 쌓였고 크고 작은 상자가 몇 개 놓였다. 한구석에는 사탕 바구니가 있었다. 방에서도 본드 냄새가 진동했다. 불을 켜지 않은 방은 어둡고 답답했다. 나는 엉거주춤 선 채로 방을 둘러봤다.

"여기 앉아봐."

여자가 팔을 잡아끌었다. 여자가 끄는 대로 여자 옆에 주저앉았다. 갑자기 무서운 생각이 들기 시작했다. 여자의 눈치를 살피며 나갈 궁리를 했다. 만약에 무슨 일이 있으면 냅다 뛰는 거야.

여자가 내 옆으로 다가왔다.

"어때? 오락하는 것보다 재미있지?"

여자의 눈빛이 먼 데를 보는 것 같았다.

"우리 수제비 해 먹을까?"

마침 배가 고팠다. 수제비가 먹고 싶었지만 나는 고개를 완강하게 흔들었다.

"너, 수제비 안 좋아하니? 그럼, 칼국수는?"

나는 또 고개를 저었다. 빨리 돈이나 주면 좋을 텐데. 여자는 돈 줄 생각은 않고 계속 말을 시켰다.

"그럼, 너는 뭘 좋아하니?"

여자는 술 먹은 아버지처럼 어눌하고 느리게 말했다.

"꽁치."

나는 하마터면 "돈이요"라고 대답할 뻔했다.

"꽁치?"

여자가 재미있다는 듯 웃었다. 등의 혹이 또 들썩거렸다. 진짜 꽁치가 좋아서 꽁치라고 한 것이 아니었다. 그냥 그때 문득 꽁치가 떠올랐다. 나는 꽁치보다 꼬치를 더 좋아했다. 여자가 무릎을 세우고 무릎 사이에 얼굴을 묻었다. 웃음을 그치지 않았다. 긴 머리칼에 덮인 혹이 흔들렸다. 마치 혹이 웃고 있는 것 같았다. 나도 모르게 혹 위로 손이 갔다. 손이 닿는 순간 여자가 얼굴을 들었다. 나는 얼른 손을 뒤로 감췄다.

"너 이거 만져보고 싶니?"

여자가 내 쪽으로 등을 디밀었다. 나는 고개를 가로저었다.

"괜찮아. 만져봐."

여자가 검은 스웨터를 벗었다. 맨살이 드러났다. 브래지어도 검은색이었다. 나는 일어나서 나오려고 했지만 다리가 말을 듣질 않았다. 접착제로 붙여놓은 것처럼 꼼짝도 할 수 없었다.

"자, 만져봐. 어서."

여자가 벗은 등을 내게 들이밀었다. 허연 살덩어리가 산처럼 솟아 있었다.

"싫어요!"

"괜찮대두. 자, 어서."

여자가 사탕을 한 주먹 집어서 나에게 주었다. 나는 천천히 손을 뻗어 혹을 만지기 시작했다. 매끄럽고 단단한 살덩이가 만져졌다. 공룡이나 시조새의 알 같았다. 여자는 등에 거대한 알을 지고 있었다. 금세라도 알 표면에 금이 가고 그 속에서 핏물이 밴 공룡 새끼가 툭 불거져 나올 듯했다. 소름이 끼쳤다. 나는 얼른 손을 거둬들였다.

"왜 더 만지지 않고."

여자가 돌아봤다. 갑자기 여자가 무섭게 느껴졌다. 정말 빨간 마스크가 아닐까. 다리는 여전히 움직여지지 않았다.

"이번엔 내 차례야."

돌아앉은 여자가 손을 뻗어 내 다리를 더듬었다. 나는 숨도 제대로 못 쉬고 여자가 하는 행동을 지켜봤다.

"어때? 기분이?"

여자가 야릇한 미소를 지었다.

"좋지?"

여자의 손이 허벅지를 거쳐 고추 근처까지 왔다.

"그럼, 제일 싫어하는 건 뭐야?"

여자의 크고 억센 손이 고추를 꽉 잡았다. 나는 눈을 질끈 감아버렸다.

"공룡알이요."

나는 거의 우는 목소리로 말했다.

"공룡알?"

여자가 웃음을 터뜨렸다. 음울한 웃음소리가 방 안에 울려 퍼졌다. 혹에 금이 가면서 깨질 것 같았다. 나는 여자를 밀치고 일어났다. 쏜살같이 방을 빠져나왔다. 다리가 풀리고 힘이 없었지만 공룡알을 비집고 나오는 핏덩이를 떠올렸다. 여자의 힘인지 혹의 힘인지 아니면 본드의 힘인지 알 수 없는 막강한 힘이 두려웠다. 샛별문구를 벗어나자마자 전력을 다해 달리기 시작했다. 꿈을 꾸고 있는 듯 길거리의 상점들이 비현실적으로 다가왔다간 멀어졌다. 자주 뒤를 돌아봤다. 혹을 비집고 나온 핏덩이가 따라오는 것 같았다. 샛별문구의 낡은 간판이 점점 멀어졌다. 어른들이란 믿을 수 없는 존재다. 그 사실을 잠시 잊고 있었다.

7

　집으로 돌아온 나는 다음 날 점심때까지 잠을 잤다. 깊고 긴 잠이었다. 희한한 건 아무도 나의 길고 깊은 잠을 방해하지 않았다는 것이다. 단 한 번도, 단 1초도. 내가 잠에서 깨어났을 때 모호면과 엄마는 시장에 가고 없었고, 아버지는 여느 때처럼 텔레비전을 보고 있었다. 드라마 마지막 회 재방송을 시청하는 중이었다. 벌써 두 번째였다.

　아버지 방을 힐끔 들여다보고 부엌으로 갔다. 냉장고에서 찬물을 꺼내 마셨다. 머리가 아직도 어지럽고 다리에 힘이 없었다. 낯설고 먼 길을 헤매다 온 기분이었다. 아무도 내게 무슨 일이 있었냐고 묻지 않는 게 천만다행이었다. 만약 누군가가 그렇게 묻는다면 그 자리에서 와락 울음을 터뜨리고 말 것이다. 울지 않고 용케 빠져나온 내 자신이 대견스러웠다. 하룻밤 새에 내 자신이 훌쩍 자란 것 같아서 한편으로는 뿌듯했다.

　물을 한 사발 먹고 왔는데도 정신이 몽롱했다. 아직도 코끝에서 본드 냄새가 나는 듯했다. 내 몸을 더듬던 여자의 투박한 손

101

이 떠올랐다. 엄마의 손도 아니고 누나의 손도 아니었다. 혹을 등에 업고 있는 여자의 손은 무섭고 소름이 끼쳤다. 샛별문구 여자는 왜 그런 짓을 했을까. 여자의 혹이 사주하는 건 아닐까. 어쩌면 여자의 뇌는 머리가 아닌 등의 혹에 있을지도 모른다. 아무도 찾지 않는 여자는 외로워 보였다. 그 외로움이 여자를 그 지경으로 만들었을까.

나는 되도록이면 어른을 이해하려고 노력했다. 하루 종일 리모컨만 눌러대는 아버지를 이해하고, 포장마차를 하는 엄마를 이해하고. 그러지 않고는 내 머릿속이 너무 복잡했다. 복잡하고 어려운 것은 내 전공이 아니다. 세상은 내가 생각하는 것처럼 호락호락한 상대가 아니라는 것을 진작 깨달았다. 너무 따지고 들다가는 낭패를 보기 쉬운 게 세상이었다. 때로는 협상을 할 줄도, 어느 선에서 적당히 눈감아줄 줄도 알아야 했다. 그런데 그 '어느 선'이 문제였다. 항상 나를 괴롭히는 것은 바로 그 '어느 선'이었다.

샛별문구 여자의 행동을 어느 선까지 눈감아줘야 하는지에 대해 생각하면 생각할수록 혼란스러웠다. 한마디로 충격이었다. 그것까지 눈감아줄 수는 없었다. 그것은 '어느 선'을 넘어서는 행동이었다. 그렇다면 응징 내지 보복을 해야 마땅했다. 생각이 여기까지 미치자 갑자기 수치심이 솟구쳤다. 감히 어디를. 이건 개인적으로 대단한 모욕이고 치욕이었다. 나는 당장이라도 달려가 내가 붙여놓은 곰 인형의 눈들을 도로 떼어놓고 싶었다. 그리고 여자의 옷을 홀딱 벗겨놓고 싶었다. 고추보다 더 거시기한 게 여자의 혹이었다.

밥도 안 먹고 복수에 대해서 생각했다. 샛별문구 여자를 더도 말고 꼭 내가 당했던 만큼만 기분 상하게 해주면 된다. 그런 생각을 하다가 잠이 들었다. 목이 말라 눈을 떴다. 물을 마시고 또 잠이 들었다. 누군가 나를 흔들어 깨웠다.

"이 새끼가 아직도 자네. 야, 일어나!"

엄마 목소리가 잠결을 타고 들려왔다. 일어나야 하는데. 눈을 떠야 하는데. 몸이 말을 듣질 않았다.

"너는 처먹지도 않고 잠만 자냐?"

창문 열리는 소리가 났다. 찬 바람이 훅 일었다. 이불을 끌어당겼다. 그 순간 이불이 획 걷히면서 찬 기운이 몸을 덮쳤다. 눈이 저절로 떠졌다. 찡그린 엄마 얼굴이 보였다. 후다닥 몸을 일으켰다.

"너 도대체 어디를 그렇게 싸돌아다녀? 뭐 하는데 매일 기어나가?"

엄마는 지금 당장이라도 열린 창문으로 나를 집어 던질 기세였다. 나는 얼른 화장실로 달려갔다. 그럴 땐 피하는 게 최선이었다. 오랫동안 오줌을 누었다. 아무 생각도 나지 않았다. 내가 언제부터 자기 시작했는지. 얼마 동안 잤는지. 자기 전에 무슨 생각을 했는지. 다만 배가 고플 뿐이었다.

그 후 나는 샛길로 다니지 않았다. 아무에게도 그 일에 대해 말하지 않았다. 집을 나가고 싶은 생각도 싹 가셨다. 노란 물탱크에 한 낙서를 연필로 새까맣게 칠해버렸다. 아무 일도 없던 것처럼 내 머릿속에서 샛별문구에 대한 기억을 지워버리고 싶었다. 그러나 밤마다 눈이 열 개 달리고 등이 불룩한 곰 인형들이 떼를 지어서 꿈에 나타났다. 나는 그 괴물 같은 곰 인형들을 피해 도망다녔다. 낭떠러지에서 떨어져 바닷물에 빠지기도 했고, 무시무시한 덫에 발이 끼여 피가 흐르기도 했다. 비명을 지르며 눈을 떠보면 통나무만 한 모호면 다리가 배를 누르고 있었다. 두 손으로 모호면 다리를 힘겹게 밀쳤다. 모호면은 쩝쩝거리며 돌아누웠다. 어제와 달라진 게 없는 밤이었다. 그러나 나는 내가 크고 있는 게 느껴졌다. 키도 조금 자랐고 뇌 용량도 커진 듯했다. 슬그머니 바지 속으로 손을 넣었다. 나는 이다음에 어른이 되어도 호주머니에 사탕 같은 건 넣고 다니지 않을 것이다. 말랑말랑한 고추가 손에 잡혔다. 손이 닿자 고추가 자랐다. 조금씩 성장하는 밤이었다.

닭똥집이 야채와 김치를 만났을 때

1

　엄마의 포장마차는 꽤 괜찮게 굴러갔다. 엄마의 얼굴에 그렇게 쓰여 있었다. 고단하고 피곤한 중에도 엄마 얼굴에는 환한 구석이 보였다. 엄마는 열심히 장사 준비를 하고 메뉴를 개발하는 데 열을 올렸다. 엄마의 장사 전략은 차별화였다. 일반 포장마차와 똑같은 메뉴와 맛을 가지고는 성공할 수 없다는 게 지론이었다. 국물 하나를 끓여도 남들과 다르게 끓였다. 일반적으로 무와 다시마, 멸치로 맛을 우려내고 조미료로 간을 하는 것과 달리, 엄마는 조미료를 일절 쓰지 않고 여기에다가 꽃게나 새우 같은 해물을 넣었다. 엄마의 비법은 평범한 데 있었다. 그런데 그 차별화 전략이 사람들의 얕은 미각을 자극했다. 곧바로 먹혀들었다. 사람들은 이곳은 국물 맛부터가 다르다며 몰려들었다.

엄마는 오늘 새로운 메뉴를 개발했다. 메뉴 이름은 '닭똥집이 야채와 김치를 만났을 때'였다. 후추와 소금으로 밑간을 한 닭똥집을 꼬챙이에 끼우는데 그 사이에다가 야채와 김치를 번갈아가며 끼운 후 새콤달콤하고 매콤한 소스를 발라 구워낸 것이었다. 새 메뉴를 개발하는 동안 나와 모호면은 눈을 동그랗게 뜨고 부엌에서 떠날 줄을 몰랐다. 처음 맡아보는 색다른 냄새가 집 안을 가득 메웠다. 수시로 맛을 보고 이것저것 첨가하고 빼고 하는 엄마의 모습은 위대한 과학자 같았다. 엄마가 그렇게 멋있고 존경스러워 보인 적은 없었다. 산만해서 10분 이상을 어디에도 집중하지 못하는 모호면도 이 시간만큼은 딴사람이 되었다. 64빌딩 도면을 들여다보던 아버지도 방 안과 마루를 왔다 갔다 했다. 그러다가 한 번씩 우리들 어깨 너머로 엄마 손끝을 기웃거렸다. 마침내 엄마가 다 된 꼬치를 우리에게 하나씩 넘겨줬다.

"자, 먹어봐."

너무나 행복한 미소를 지으며 꼬치를 한 입 베어 물었다. 그 순간 내 머릿속에 떠오르는 단 한 마디는 '엑설런트'였다. 나는 엄마가 죽을 때까지 포장마차 하기를 기원하면서 새로운 메뉴를 시식했다.

"어때?"

우리는 먹느라고 정신이 없었다.

"맛있어?"

우리 대답은 언제나 고개를 힘 있게 끄덕거리는 것으로 끝났다. 짜다, 맵다, 싱겁다, 맛이 없다, 맛이 있다 등등 수식어가 일절 필요 없었다. 짜거나 싱거워도 무조건 '끄덕'이었다. 우리는 늘 배가 고팠다.

엄마가 다 된 꼬치 몇 개를 접시에 따로 담았다. 싱크대에서 먹다 남은 소주병을 꺼내고 잔을 챙겼다. 꼬치 접시와 소주병을 들고 아버지가 있는 방으로 들어갔다.

"이거 한번 맛이나 보슈."

흠흠. 아버지는 헛기침을 했다. 엄마가 잔에 소주를 따라주고 나왔다. 엄마가 있을 때는 헛기침만 해대던 아버지가 엄마가 사라짐과 동시에 소주잔을 들어 올렸다. 아버지는 단숨에 소주를 들이켰다. 소매로 입가를 훔친 후 꼬치를 집어 들었다. 아버지는 술보다 꼬치를 더 맛있게 먹었다. 아버지 역시 배가 고팠던 모양이었다.

얼마쯤 지난 후 방으로 들어갔다. 소주병과 접시가 말끔하게 비워졌다. 아버지는 텔레비전을 켜둔 채 맨바닥에 큰대자로 누워 코를 골며 자고 있었다. 발갛게 상기된 아버지 얼굴은 미소를 머금었다. 아버지 또한 새로운 메뉴에 대해 이렇다 저렇다 말을 하지 않았다. 아마도 우리처럼 고개를 끄덕였을 것이다. 그렇지 않고서 어떻게 저런 미소를 띠고 잠이 들 수 있겠는가.

저녁때 엄마는 새로운 메뉴 '닭똥집이 야채와 김치를 만났을 때'를 가지고 포장마차로 향했다. 플라스틱 물통을 들고 엄마 뒤를 따라나섰다. 해가 진 하늘에 주홍색 노을이 막 번지고 있었다. 엄마의 새로운 메뉴가 대박이 나기를 기원하면서 플라스틱 물통을 이 손에서 저 손으로 옮겨 들기를 반복했다.

나는 잘 보이는 곳에 신메뉴 '닭똥집이 야채와 김치를 만났을 때'라고 쓴 긴 종잇조각을 붙였다. 엄마가 씩 웃었다. 괜히 어깨가 으쓱해졌다. 그러나 어둠이 완전히 내려앉을 때까지 포장마차를 찾는 손님은 없었다. 나는 시무룩해졌다. '일단 한번 맛을 보세요'라는 팻말이라도 들고 길거리로 나가고 싶었다. 솥의 국물이 졸아들었다. 엄마는 솥에 물을 한 대접 부었다. 천막 틈새로 바깥을 살폈다. 불 켜진 대형 마트에 사람들이 쉴 새 없이 드나들었다. 엄마가 저 안에서 장사하면 좋을 텐데, 춥지도 않고. 코끝이 시렸다. 발도 얼얼했다. 천막 안을 돌아다녔다. 이러다가 새 메뉴를 개시도 못 하고 문을 닫는 건 아닐까. 분명 엑설런트였는데. 나는 슬슬 엄마 눈치를 봤다. 엄마는 눈을 감은 채 턱을 괴고 앉아 있었다.

"추운데 들어가."

"안 추워."

엄마 목소리는 낮게 가라앉았다. 엄마가 솥에 물을 또 부었다. 드디어 첫 손님이 들어왔다. 머리를 노랗게 물들인 젊은 남자와 짧은 청치마를 입은 여자였다. 여자는 무릎 아래까지 오는 갈색 부츠를 신고 있었다.

"어서 오세요."

엄마 얼굴이 백열전구보다 환해졌다.

"뭘 먹을까?"

여자가 메뉴가 적힌 곳을 쳐다봤다. 이윽고 여자가 웃었다.

"닭똥집이 야채와 김치를 만났을 때? 너무 재밌다. 우리 저거 먹어보자. 아줌마 저거 주세요. 소주 한 병하구요."

엄마가 소주 한 병과 오이, 고추가 든 접시를 여자 앞에 내려놓았다. 그러고는 신속하게 꼬치를 구웠다. 세상에 둘도 없는 냄새가 진동했다. 여자는 계속 떠들다가 가끔씩 남자 어깨에 얼굴을 기대고 웃었다. 남자는 그런 여자를 귀여운 듯 바라봤다. 내 눈은 여자의 허연 허벅지에서 떨어질 줄 몰랐다. 엄마가 다 구워진 꼬치를 접시에 담아 내왔다. 여자와 남자가 각각 꼬치 하나씩을 집어 들었다. 나와 엄마의 눈은 그들에게로 쏠렸다. 그들은 꼬치를 두어 번 베어 먹고 술을 마셨다. 그리고 둘은 쉬지 않고 떠들었다. 그들의 반응을 기다리던 나는 김이 샜다. 꼬치에 대해서 이런저런 말이 없었다. 엄마도 나와 마찬가지인 모양이었다. 그들은 술 한 병을 다 마시고 일어났다. 중간에 조개탕을 시키기도 했지만, 꼬치를 더 먹지는 않았다. 거스름돈을 내주면서 엄마가 슬쩍 한마디 물었다.

"맛이 없수?"

"아뇨. 맛있어요. 근데 조금 더 매우면 좋겠어요."

여자는 벌건 얼굴로 배시시 웃었다. 다행이었다. 일단은 성공적으로 보였다. 그러나 여자 말을 100퍼센트 믿기는 어려웠다. 주인이 맛있냐고 묻는데 어떤 손님이 맛없다고 대답하겠는가. 엄마는 그들이 가자마자 양념장에 고춧가루와 마늘 등을 더 넣었다. 그 뒤로 손님이 다섯 팀 더 왔는데, 그중에 두 팀만이 '닭똥집이 야채와 김치를 만났을 때'를 먹었다. 그들의 반응 역시 앞선 팀과 별다를 바가 없었다. 한마디로 대박 예감은 빗나갔다.

집에 오는 길은 더 추웠다. 이해할 수가 없었다. 그게 왜 별로 맛이 없는지. 나 같으면 앉은자리에서 스무 개도 더 먹을 텐데. 우리 입맛엔 언제고 엑설런트였는데, 실전은 그에 미치지 못했다. 엄마에게 괜히 미안했다.

엄마는 포기하지 않았다. 꼬치 맛은 소스가 결정한다는 생각을 굽히지 않고 계속 새로운 시도를 했다. 소스에 과일을 갈아 넣기도 했고 땅콩 부스러기를 뿌리기도 했다. 그때마다 맛이 조금씩 달라졌다. 이렇든 저렇든 우리는 매한가지로 '끄덕'이었다. 엄마도 맥이 빠지는지 나중에는 아예 우리에게 의견을 묻지도 않았다. 니들은 무조건 다 맛있잖아. 엄마는 슬픈 표정을 지었다.

2

엄마의 노력이 하늘에 닿았는지 매출이 점차 늘었다. 그 일등 공신은 당연히 '닭똥집이 야채와 김치를 만났을 때'였다. 포장마차를 찾는 사람마다 꼬치를 찾았다. 준비해 간 꼬치를 다 팔고도 모자랄 때가 종종 생겼다. 모호면과 나는 집에서 엄마가 가르쳐 준 대로 꼬치를 만들었다. 꼬치 하나에 닭똥집 세 개와 야채 세 조각, 김치 세 조각을 꿰었다. 어느 땐 아버지도 슬그머니 합세했다. 물론 엄마가 없을 때 말이다. 아버지의 손놀림은 모호면보다도 어눌했다. 야채, 닭똥집, 김치 이런 순서로 끼워야 하는데, 아버지는 자꾸 김치, 닭똥집, 야채 순서로 끼웠다.

"그게 아니구요."

나는 몇 번을 다시 가르쳐줬다.

"허참, 그게 말이야."

아버지는 멋쩍게 웃었다. 정말 오랜만에 보는 모습이었다. 엄마가 이 광경을 보지 못하는 게 아쉬웠다. 어쩌다 엄마가 불쑥 들어서면 아버지는 끼우던 꼬치를 팽개치고 흠흠 헛기침하며 방으로 들어갔다. 그러고는 텔레비전을 크게 틀었다. 제대로 못 끼우기는 모호면도 마찬가지였다. 순서를 뒤죽박죽으로 끼웠다.

"또 틀렸잖아!"

모호면은 들은 척도 안 했다. 나는 모호면이 하던 것을 빼앗았다.

"이게 먼저라구. 그다음 이거."

모호면은 내 설명에는 아랑곳 않고 김치를 주워 먹었다. 벌써 입가에 벌겋게 김칫물이 들었다.

"그만 먹어!"

김치 조각을 집어 든 모호면의 손을 야멸치게 내리쳤다. 딱 소리가 나면서 모호면의 손에서 김치 조각이 떨어졌다. 떨어진 김치 조각을 집으려고 모호면이 손을 뻗었다. 나는 재빨리 김치 조각을 발로 밟았다. 모호면이 손으로 내 발을 들추려고 애를 썼다. 발이 들리지 않도록 힘을 줬다. 먹을 것에 대한 모호면의 집착은 동물적이다 못해 짐승에 가까웠다. 내 생각에 짐승은 동물보다 한 수 아래였다. 인간을 사회적 동물이라고는 해도 사회적 짐승이라고 하지 않는 것을 보면, 내 기준이 틀리지 않음을 알 수 있었다. 오늘 그 짐승적인 기질을 제압하고야 말겠다. 내 발이 꿈쩍도 안 하자 모호면이 나를 한참 노려봤다. 화가 난 눈빛이었다. 그래도 오늘은 한번 고집을 꺾고 싶었다. 모호면의 날선 시선을 외면하고 하던 일을 계속했다.

그때였다. 짐승의 울부짖음과 함께 내 몸이 뒤로 나뒹굴었다. 화가 난 모호면이 두 손으로 내 발을 들어 올린 것이다. 그 힘에 못 이겨 나는 중심을 잃고 뒤로 나자빠졌다. 기회는 이때다, 모호면이 얼른 김치 조각을 주워 먹었다. 분명 내가 밟고 있던 김치 조각이었다. 닭똥집도 아닌 그 흔한 김치 조각 말이다. 어이가 없어서 한동안 자빠진 자세 그대로 모호면을 쳐다봤다. 굳이 내 발밑의 것이 아니더라도 그릇에 김치가 수북했다. 어디서 저런 괴력이 나오는지. 무지막지함 같기도 하고 쓸데없는 집착 같기도 한 저것은 분명 괴력이었다. 내가 만약 과학자가 된다면, 그리고 모호면이 나보다 먼저 죽는다면 그의 뇌를 연구해보고 싶었다. 모호면의 뇌 속 어느 구조가 저런, 말도 안 되지만 말이 되는 명령을 내리는지 궁금했다. 나는 죽었다 깨어나도 모호면을 이길 수 없기 때문이었다. 오늘도 그에게 보기 좋게 한 방 먹었다.

김치 조각을 주워 먹은 모호면은 아무 일도 없었다는 듯 꼬치를 끼웠다. 모호면은 무슨 행동이든 한번 하기 시작하면 뜯어말릴 때까지 계속 반복했다. 특히 꼬치에 재료를 끼우는 단순하고 반복적인 일은 모호면에게 잘 맞았다. 엄마가 정해준 분량을 다 채우려면 아직도 멀었다. 나는 슬슬 꾀가 나기 시작했다. 허리도 아프고 싫증이 났다. 게다가 졸리기까지 했다. 잠은 나를 유혹하는 수많은 사탄 중에 하나였다. 사탄이라고는 하지만 일단 거기에 몸을 맡기고 나면 안락했다. 종종 그 안락함이 그리웠다.

"형, 이거 하고 있어. 나 똥 좀 누고 올게."

슬그머니 손을 털고 일어났다. 방으로 들어와 이불을 쓰고 누웠다. 일한 뒤 느끼는 휴식의 달콤함. 이제 내가 한잠 푹 자고 일어나면 모호면이 일을 다 마쳐놓을 것이다. 이번에는 형이 한 방 먹을 차례야. 달고 깊은 잠 속으로 빠져들었다. 얼마나 지났을까.

113

눈을 뜬 나는 주위를 둘러봤다. 이상하리만치 고요했다. 그제야 꼬치가 떠올랐다. 자리에서 후다닥 일어나 부엌으로 달려갔다. 이게 웬일인가. 모호면이 하고 있어야 될 일을 아버지가 하고 있다. 아버지는 돋보기까지 쓰고 꼬챙이에 닭똥집을 끼우고 있었다. 아버지 옆에는 다 된 꼬치가 가지런히 쌓였다. 모호면은 앉은자리에서 그대로 모로 쓰러져 코를 골며 잠들었다. 잠든 모호면 위로 두툼한 아버지의 이불이 덮였다.

"야, 이거 하다 보니 재미있구나."

아버지는 아까보다 능숙하게 꼬치를 완성했다. 나는 아버지 옆에 쭈그리고 앉았다. 부엌에 앉아 있는 아버지가 신기하고 낯설었다.

"그런데 말이야. 이런 걸 왜 힘들여서 여기다 죄다 꽂는지 모르겠어. 이런 건 그냥, 고추장 양념해서 참기름 한 방울 톡 떨어뜨린 다음 냄비에 달달 볶아 먹으면 최곤데. 이걸 뭣 하러 여기다 줄줄이 꿰어? 성가시게."

아버지는 미간을 찌푸리면서 대파를 반듯하게 끼우려고 애를 썼다. 미끈거리는 대파는 가장 까다로운 재료다. 툭하면 반으로 갈라지고 쪼개졌다. 아버지는 대파를 뺐다 끼웠다, 이리 끼웠다 저리 끼웠다 했다.

"이런 게 유행이에요."

나는 꼬치 하나를 들어 보였다. 학교 앞 분식집에서도 닭꼬치

를 팔았다. 물론 이거하고는 차원이 다르지만 수북하게 쌓인 닭꼬
치는 순식간에 팔렸다. 웬만한 애들 손에는 꼬치가 하나씩 들렸
다. "한 입 먹어봐" 하고 선뜻 꼬치를 내미는 애들은 아무도 없었
다. 나는 그 기가 막힌 냄새에 마술이 걸린 듯 자리를 뜨지 못하
고 서 있었다. 닭꼬치를 굽던 아줌마가 나를 아래위로 훑어봤다.

"1000원이야."

내 손은 어느새 바지 호주머니 속으로 들어갔다. 호주머니 속
에는 2000원이 있었다. 스케치북을 살 돈이었다. 아줌마가 꼬
치 한 개를 내게 내밀었다. 나는 엉겁결에 1000원을 내주고 꼬치
를 받아 들었다. 매콤하고 달콤한 닭고기가 목으로 그냥 넘어갔
다. 어떻게 먹었는지 모르게 어느 순간 손에 빈 꼬챙이만 남았다.
빈 꼬챙이에 묻은 소스를 혀로 핥아 먹을 때까지도 제정신이 아
니었다. 깨끗이 핥아 먹은 꼬챙이 끝을 입에 넣고 씹기 시작했을
때 비로소 걱정이 됐다. 당장 스케치북을 사야 하는데. 무슨 수로
1000원을 보태지? 먹은 꼬치를 다시 게워내고 싶을 만큼 막막했
다. 꼬치 장수 아줌마가 원망스러웠다. 아줌마를 빤히 쳐다봤다.

"와? 하나 더 묵을래?"

나는 들고 있던 빈 꼬챙이를 아줌마를 향해 집어 던지고 냅다
달렸다. 다시는, 다시는 닭꼬치를 먹지 않겠노라. 다짐을 하고 또
다짐을 했다. 결국 나는 엄마에게 사실대로 털어놓을 수밖에 없
었다. 내 말을 끝까지 다 들은 엄마는 말없이 2000원을 내주었

다. 그다음부터 '삥땅'이라는 걸 치지 않았다. 엄마의 고단위 전략이 먹혀든 셈이었다. 아니 그때 나는 진심으로 감격했다. 엄마가 그렇게 괜찮아 보인 적은 드물었다. 이제 그 유행의 첨단이 내 손에서 태동하고 있지 않은가.

"유행?"

아버지가 의아한 듯 물었다.

"네, 길거리에 나가면 다들 이런 걸 하나씩 들고 다녀요."

아버지에게 대단한 걸 가르쳐주는 것처럼 나는 어깨를 펴고 점잖은 말투로 말했다.

"별게 다 유행이네."

아버지가 중얼거렸다. 그러나 아버지 얼굴에는 '유행이든 아니든, 어쨌든 많이나 팔려라'라고 쓰여 있었다. 나는 아버지가 포장마차에 가서 엄마를 도와줄지도 모르겠다고 생각했다. 당장은 아니더라도 머지않아 그런 날이 올 것 같은 예감이 들었다. 요즘 들어 부쩍 부엌을 기웃거리는 것만 보더라도, 또 오늘 일만 하더라도 그것은 당연한 순서로 여겨졌다. 아버지 덕에 일이 금방 끝났다. 아버지는 손을 대충 닦고 모호면을 흔들어 깨웠다. 모호면이 일어날 리 없었다. 나는 손을 씻었다. 손에서 닭똥집 냄새가 나는 것 같았지만 그리 싫지 않았다.

3

'닭똥집이 야채와 김치를 만났을 때'는 우리 식구들의 생활 습관과 가치관을 바꾸어놓았다. 가장 눈에 띄는 변화는 아버지한테서 나타났다. 드라마 속 인간관계에 깊숙이 빠져 있던 아버지는 그 세계에서 한 발짝 물러나 방관자적인 입장을 취했다. 그럴 수밖에 없는 것이 아버지는 꼬치를 끼우는 재미에 푹 빠졌다. 엄마가 준비해주던 재료까지 아버지가 나서서 직접 만들었다. 닭똥집을 씻어서 후추와 소금으로 밑간을 하고, 대파와 양파는 껍질을 벗긴 다음 알맞은 크기로 잘랐다. 김치 역시 알맞은 크기로 잘라놓고, 재료들을 꼬챙이에 순서대로 끼웠다. 이제는 눈을 감고 끼우더라도 순서를 뒤바꾸는 일이 없었다. 이제껏 아버지가 끼운 꼬치를 일렬로 늘어놓으면 우리가 있는 하늘호에서 저 아래 102호까지 열두 번을 왔다 갔다 하고도 남을 것이다. 아버지의 활동 무대가 방 안에서 마루, 부엌으로까지 확대되었다.

어쩌면 그 때문이 아니라 엄마가 벌어 오는 돈 세는 재미에 빠져서인지도 몰랐다. 엄마는 밤늦게 들어와서 씻지도 못하고 돈주머니만 겨우 방 한구석에 끌러놓고 곯아떨어졌다. 아버지가 돈주머니를 들고 절룩거리며 마루로 나왔다. 아버지는 입고 있던 웃옷을 벗어 마룻바닥에 편편하게 깔았다. 흐린 불빛 아래 내복 바람으로 등을 구부리고 앉아 옷 위에 대고 돈주머니를 거꾸로 흔들었다. 동전과 지폐가 소낙비처럼 옷 위로 쏟아졌다. 아버지는 진짜 소낙비를 맞는 것처럼 목을 움츠리고 몸을 잠시 떨었다. 그리고 지폐부터 간추리기 시작했다. 지폐 중에서도 만 원짜리에 제일 먼저 손이 갔다. 만 원짜리를 간추린 다음 5000원, 1000원 순으로 차곡차곡 분리해나갔다. 간추린 지폐를 한편에 쌓아두고 동전을 분류했다. 아버지의 손길은 그 어느 때보다 진지하고 행복해 보였다.

한편으로 그런 아버지의 뒷모습은 어딘지 모르게 쓸쓸해 보였다. '진지'와 '행복'과 '쓸쓸함'이 공존하는 그 밤 풍경을 나는 오줌을 누러 가다가 목격했다. 그 뒤 나는 마루에 인기척이 느껴지면 일부러 오줌을 누러 가곤 했다. 그 밤 풍경은 이티가 자전거를 타고 하늘을 나는 것보다 더 충격적이었다. 말살된 줄로만 알았던 아버지의 경제관념에 청신호가 들어온 것이다. 언젠가 아버지는 쇠못이 박힌 다리를 끌고 돈을 벌러 나갈지도 모른다. 트럭 조수석에 앉아 "물 좋은 갈치가 왔어요. 비린내가 나지 않는 임연수어가 왔어요"라고 외칠 날이 올지도 모른다. 오줌 줄기가 갈지자로 흔들렸다. 아무튼 아버지의 손이나 대퇴부에서 떨어질 줄 모르던 리모컨이 이제는 방바닥에 마구 굴러다녔다. 이 또한 신선한 충격이 아닐 수 없었다.

아버지는 64빌딩 도면을 장롱 아래로 밀어 넣었다. 발파에 대한 책이나 프로그램도 보지 않았다. 아버지의 관심이 이렇듯 쉽게 전이되고 변질된 적은 처음이었다. 단세포가 세포 변이를 일으킨 모양이었다. 주로 이런 경우 과학적으로 분석해보면 거의 대부분 환경적 요인에서 그 원인을 찾을 수 있었다. 그렇다. 명명백백한 환경적 요인이었다. 아버지의 사상이 무슨 무슨 발파공법으로 해체된 듯했다. 아버지의 사상을 발파하여 해체시킨 주범은 바로 엄마였다. 엄마의 지시 아래 꼴꼴한 냄새가 나는 닭똥집과 대파와 양파 그리고 신김치가 작전을 수행했다. 결정적 위력의 다이너마이트 역할은 머니였다. 이쯤에서 다시 아버지의 꿈이 무엇인지 확인해볼 필요가 있었다. 저녁 밥상에서 용기를 내어 아버지의 꿈이 무엇이냐고 물었다.

"자식, 별걸 다 묻네."

아버지는 조막만 한 녀석이 어른한테 못 하는 말이 없다는 듯 눈을 흘겼다. 만약 엄마가 있었다면 "니 꿈이나 잘 꿔, 임마" 하며 머리통을 쥐어박았을지도 모른다. 아버지는 한동안 젓가락으로 콩나물무침을 뒤적거렸다. 그러고는 대단한 결단을 내린 듯 비장하게 말했다.

"그건 말이야. 너처럼 고추가 덜 큰 애들한테나 해당되는 말이야."

아니 이게 웬 배신인가. 꿈 이야기를 하는데 고추는 웬 고추? 나는 숟가락을 놓고 아버지를 쳐다봤다.

"꿈하고 고추하고 무슨 관계가 있어요?"

"있구말구. 아주 밀접한 상관관계가 있지."

도무지 알아들을 수 없는 얘기였다.

"네 고추가 커질수록 네가 가지고 있는 꿈의 크기는 줄어들 걸. 아마. 그러니까 둘은 반비례 관계에 있는 거지. 안 그래?"

"모르겠는데요."

"자식이!"

아버지가 내 머리카락 속에 다섯 손가락을 박고 좌우로 문질러 댔다. 고개가 따라 움직였다.

"꿈, 좋지. 나도 너만 할 땐 꿈이 있었지! 그때 아버지 꿈이 뭐였는지 알아?"

나는 지금 그 이야기를 듣고 싶은 게 아니었다. 내가 듣고 싶은 건 과거형이 아니라 현재진행형이었다. 어른들의 과거형이란 도무지 믿을 수 없는 진실이 난무했고 그 뒤에 오는, 그러니까 '너희는 뭐뭐 해라' 또는 '뭐뭐한 줄 알아'라는 요상한 명령형이 그리 유쾌하지 않았다.

"고래 잡는 거였어. 집채보다 큰 귀신고래를 잡는 게 꿈이었어."

아버지는 콩나물을 한 젓가락 입에 넣고 우물거렸다.

"그런데 귀신고래는 이 지구상에 얼마 없대. 오대양을 다 뒤져도 볼까 말까래. 이 얼마나 허망한 소리니. 꿈은 이루기 위해 존재하는 거라고 믿고 있던 시절이었으니까. 그 사실을 알고부터 자동으로 꿈이 바뀌었어."

"그게 뭔데요?"

나는 젓가락으로 아버지처럼 콩나물을 뒤적거렸다.

"뭐, 일일이 다 말할 수 없지."

"왜요?"

"인석아, 왜긴 왜야. 너무 많아서지. 자고 일어나면 바뀌고 또
자고 일어나면 바뀌고 그랬으니까. 근데, 꿈이란 건 말이다. 꾸기
위해 존재하는 거란다."

꿈을 꾸기 위해 꿈이 존재하는 거라니. 도대체 무슨 소리인지
알 수 없었지만, 아버지가 갑자기 다르게 보였다. 그동안 아버지
의 머릿속이 업그레이드된 걸까. 이것도 '닭똥집이 야채와 김치를
만났을 때'의 힘인가. 아니면 아버지한테 원래 저런 면이 있었나.
문득 하루걸러 먹다시피 하는 콩나물무침이 색다르게 느껴졌다.

4

생활 습관의 변화는 엄마에게도 있었다. 가장 눈에 띄는 변화
는 점점 늦어지는 귀가 시간이었다. 그만큼 장사가 잘된다는 뜻
이었다. 가끔 새벽녘에 들어오는 엄마한테서 술 냄새가 나기도 했
다. 엄마는 아버지보다 술을 더 잘 마셨다. 아버지는 소주 한 병
을 다 마시기 전에 얼굴이 벌겋게 달아올랐는데, 엄마는 소주 두

병을 마셔도 얼굴이 멀쩡했다. 예전에 트럭을 몰고 다닐 때 엄마는 가끔 반찬거리 봉지에 소주를 숨겨 가지고 들어오곤 했다. 콩나물 봉지에서도, 고등어 보따리에서도 소주병이 심심찮게 목격되었다. 나는 그것이 과자나 빵 봉지이기를 기대했는데 번번이 기대를 저버렸다. 참이슬이나 청하 같은 소주병이 시치미를 떼고 앉아 있곤 했다. 엄마는 밥을 하면서 소주를 홀짝거렸다. 콩나물국이 보르륵 끓어 넘치면 숟가락으로 고춧가루를 한 숟가락 퍼넣었다. 소주를 한 모금 또 마신 후 숟가락으로 국물을 떠서 후후 불어가며 삼켰다. 나는 꺼진 배를 움켜쥐고 부엌을 기웃거렸다.

"한번 먹어볼래?"

엄마가 풀어진 눈빛으로 히죽 웃었다. 얼른 엄마 곁으로 다가갔다. 엄마가 콩나물국을 떠서 후후 분 다음 내게 내밀었다. 입을 벌려 국물을 받아먹었다. 숟가락에서 밍밍한 술 냄새가 났다.

"시원하지?"

고개를 끄덕였지만 시원한 맛은 아니었다. 어른들은 왜 뜨거운 것을 시원하다고 하는지. 어른들의 미각은 믿을 만한 것이 못 되었다. 사실 나는 콩나물국보다 참이슬에 더 마음이 갔다. 어찌하여 참이슬인고. 어찌하여 엄마가 저리도 맛있게 먹을꼬. 내 호기심은 급기야 급물살을 타고야 말았다. 엄마가 돌아서서 밥을 푸는 새 나는 소주잔을 슬쩍 입으로 가져갔다. 머뭇거릴 틈도 없이 참이슬을 입에 털어 넣었다. 순간 엄마의 우악스러운 손이 등짝을 내리쳤다.

"얘가 미쳤어. 그게 뭔 줄 알고 먹어! 약이여, 약!"

참이슬이 내려가는 길을 따라 몸속에 불길이 확 일었다. 그건 완전 속임수였다. 내가 생각한 참이슬과 거리가 멀어도 한참 멀었다. 그날 저녁 밥상에서 내 국그릇이 제일 컸다. 엄마가 커다란 냉면 사발에 그득 담아준 콩나물국을 다 먹느라고 배가 터지는 줄 알았다. 알고 보니 엄마가 소주를 마시는 데는 그럴 만한 이유가 있었다. 험한 일을 하느라고 엄마 관절은 상할 대로 상했다. 잠을 잘 때마다 앓는 소리가 절로 났다. 술을 마시면 그 통증이 없어진다고 했다. 참이슬은 엄마 말대로 약이었다.

포장마차를 하면서부터 엄마는 소주병을 끼고 들어오지 않았다. 그 대신 내용물만 몸속에 품고 왔다. 약을 복용하고 들어오는 것이다. 그런데 밥을 하면서 참이슬을 홀짝거리던 그때와 느낌이 사뭇 달랐다. 밥을 하면서 먹는 참이슬은 그야말로 먹지 않으면 안 돼서 먹는 것이었다면, 밖에서 마시고 들어오는 술은 먹지 않아도 될 것을 먹고 오는 것 같았다.

엄마는 점심때가 다 돼서 부스스한 머리를 만지며 일어났다. 엄마가 우리와 밥을 먹는 것은 점심 한 끼뿐이었다. 밥을 먹는 둥 마는 둥 동치미 국물만 연신 들이켰다. 아버지보다 밥을 더 먹던 예전 모습은 찾아볼 수 없었다. 그 대신 거울을 보는 횟수가 늘었다. 밥 한 숟가락 더 먹을 시간에 머리를 감고 옷을 갈아입고 거울을 봤다. 화장대에는 못 보던 화장품이 세 개나 늘었다. 엄마의 유일한 화장품이던 존슨즈베이비로션은 먼지를 뽀얗게 뒤집어쓴 채 한쪽 옆으로 밀려났다. 엄마는 이제 예쁜 유리병에 들어 있는 화장품을 바른다. 새 화장품에서는 존슨즈베이비로션보다도 훨씬 고급스러운 향기가 났다. 그 향기는 하도 짙어서 한번 뚜껑을 열면 오랫동안 방 안에 냄새가 남았다.

화장품 중에 못 보던 것이 또 하나 생겼다. 립스틱이다. 빨간 립스틱을 칠한 엄마 입술은 보기만 해도 웃음이 터져 나왔다.

"거 좀 들 뻘건 거 읎어?"

옆에서 텔레비전을 보던 아버지가 엄마 얼굴을 힐끔거리면서 중얼거렸다.

"들 뻘건 거든 안 뻘건 거든 어디 하나 사줘나 봤어?"

엄마는 못 들은 척 방을 나갔다. 아버지가 뭐라든 엄마는 줄기차게 빨간 립스틱을 바르고 일을 나갔다. 더 웃음이 나오는 것은 밤늦게 들어올 때의 엄마 입술이었다. 집을 나설 때처럼 빨간 립스틱 그대로였다. 엄마는 립스틱을 주머니에 넣고 다녔다. 일을 끝내고 집에 올 때도 엄마는 립스틱을 정성스럽게 바르고 왔다. 문을 열고 들어오는 엄마 얼굴을 보면 빨간 입술이 먼저 들어왔다. 한구석에 옷을 벗어놓고 그대로 쓰러져 잠이 든 엄마 얼굴에서도 빨간 입술만 잠 못 들고 깨어 있곤 했다.

"이건 숫제 도깨비지."

마루에서 돈 계산을 마친 아버지가 방으로 들어가다가 멈칫했다. 화장품이라고는 존슨즈베이비로션밖에 모르던 엄마에게 빨간색 립스틱을 바르게 한 힘 또한 '닭똥집이 야채와 김치를 만났을 때'에서 비롯되었음은 두말할 나위도 없었다.

5

노란 물탱크에 '닭똥집이 하늘호를 살렸다'라고 썼다. 꼬치가 팔려나가는 동안 나는 잠시 여우를 잊었다. 여우를 떠올릴 겨를이 없었다. 그새 여우가 다녀갔을지도 모른다. 십자가를 징검다리처럼 딛고 사라지는 여우를 보고서도 그것을 여우가 아닌 하얀 개쯤으로 여겼을지도 모른다. 그만큼 나는 꼬치에 푹 빠져 있었다. 나뿐만 아니라 우리 집 사람들 모두가 꼬치 꿰는 데 하루를 주저 없이 바쳤다. 꼬치 재료를 준비하는 엄마의 투박한 손도, 꼬치를 꿰는 아버지의 손길도, 더디고 어설픈 모호면의 그것까지도 모두들 한결같이 행복하거나 살짝 들떠 보였다. 기가 충만한 하늘호가 로켓처럼 발사될 것 같았다. 시뻘건 불을 뿜으며 우주로 튕겨 올라갈 것만 같았다. 닭똥집의 힘은 위대하고 존경스럽기까지 했다. 나는 잠들기 전에 그 위대한 닭똥집에게 경의를 표하는 거수경례를 했다. 충성! 충성을 다해 너를 믿고 따르마. 어쩌면 건넌 방의 아버지와 엄마도 나처럼 거수경례를 하며 충성을 맹세하고 있는지도. 모호면이 나를 멀뚱멀뚱 쳐다봤다. 나는 우주선의 캡틴이 된 기분으로 모호면을 향해 씩 웃었다. 모호면도 나를 따라 거수경례를 했다. 사랑! 온몸을 바쳐 너를 사랑하마. 우리는 서로 마주 보고 킥킥거렸다. 우리는 행복한 바보가 되었다.

6

나에게도 변화가 생겼다. 점심을 먹고 아무 생각 없이 토리노 동계 올림픽을 보고 있는데 엄마가 불렀다.

"너도 이제 중학생인데 성적 관리 좀 해야지."

엄마답지 않게 진중한 표정으로 말했다. 목소리에는 우아함마저 깃들었다. 평소대로라면 "영어 단어 하나라도 더 외우지, 허구한 날 텔레비전이야!"라며 머리를 쥐어박았을 것이다. 아니면 "나가서 신문이라도 돌려!"라고 윽박질렀을 텐데. 핵심 단어가 '돈'에서 '성적 관리'로 바뀌었다. 성적 관리. 엄마 입에서 이런 관료적인 단어가 튀어나오다니. 우리 집 식구들 입에서는 도무지 나올 법하지 않은 말이었다. 자전거를 타고 하늘을 멋지게 날던 이티가 갑자기 도랑으로 곤두박질치는 장면을 보면 아마 이런 기분이 들지 않을까.

"성적 관리요?"

"그래. 성적 관리. 지금부터 그걸 잘해야 좋은 대학에 가지."

엄마가 말하는 성적 관리는 어감이 무슨 피부 관리나 건강 관리쯤으로 들렸다. '관리'라는 말이 풍기는 어감이 그랬다. 죽기 살기로 매달려서 하는 일이 아니라 슬슬 놀아가면서 잊어버리지 않고 들여다보면 되는 일. 현재 내 성적은 중간 정도를 유지하고 있었다. 그걸 잘 관리하면 되는 것이다. 여기서 관리라 함은 적어도 지금보다 성적을 위로 끌어올림을 뜻했다.

"알았어요. 잘 관리할게요."

엄마가 기가 막힌다는 듯 쏘아봤다. 엄마도 성적 관리를 무슨 피부 관리나 건강 관리쯤으로 여기냐 하는 표정이었다.

"이 새꺄, 그러니까 그걸 어떻게 관리할 거냐구?"

순식간에 엄마 목소리가 본래대로 돌아왔다. 듣기에 좀 그렇긴 했지만 차라리 이편이 덜 부담스러웠다.

"열심히 자알."

"구체적으로 말해봐."

구체적으로? 또 관료적인 말이었다. 우리 집과 어울리지 않는 말은 일단은 의심해봐야 했다. '구체적으로'를 우리 집 용어로 바꾸면 입에 힘을 주어 천천히 말하는 '워, 떠, 케'였다. 나는 '워떠

케' 해야지 '열심히 자알'이 되는지 머릿속으로 그 방법들을 떠올리기 시작했다. 첫째, 일찍 일어나기. 둘째, 영어와 수학 예습하고 복습하기. 셋째, 텔레비전 안 보기 등. 모두 엄마 입장에서 원하는 사항들이었다.

"워떠케?"

엄마의 코 평수가 늘어났다 줄어들었다.

"일찍 일어나서 텔레비전 안 보고 수학하고 영어 예습, 복습하고……."

내 말이 다 끝나기도 전에 엄마가 주머니에서 돈을 꺼냈다.

"문제집 사 와. 오늘부터 세 장씩 무조건 푸는 거야."

꼬깃꼬깃한 만 원짜리 세 장이었다. 가슴이 벌렁거렸다. 여태까지 엄마한테서 이런 거금을 받아본 적이 없었다.

"이걸루 다 사요?"

"왜? 모자라?"

엄마가 주머니에서 5000원을 더 꺼내 3만 원 위에 얹어주었다.

"죽어라 파고들어. 까짓거 못할 게 뭐 있냐?"

엄마는 3만 5000원을 주고 35만 원짜리 과외라도 시켜주는 것처럼 말했다. 그 즉시 나는 아트비전으로 향했다. 아트비전은 방학을 맞은 아이들로 붐볐다. 이 코너 저 코너 유혹하는 곳이 많았지만 우선 참고서가 쌓여 있는 곳으로 갔다. 나는 정말이지 성적 관리를 잘해볼 생각이었다. 여러 군데 출판사 중에서 어느 것을 골라야 될지 난감했다. 그중에 하나를 뽑아 살펴보기 시작했다. 성적 관리를 위해서는 제대로 된 문제집이 필수였다. 각각 다른 출판사에서 나온 문제집을 살펴봤지만 뭐가 뭔지 그게 그거 같았다. 옆에서 내 또래의 여자애 둘이 나와 같은 문제집을 들추고 있었다. 나는 그 애들에게 어떤 게 괜찮은 거냐고 묻고 싶었지만 그럴 용기가 나지 않았다. 한참을 들춰본 다음 나름대로 두 권의 문제집을 선정했다. 이제는 이 두 권 중에 어느 것을 고르냐만 남았다. 옆의 여자애들을 곁눈질로 훔쳐봤다. 여자애들이 고른 것과 같은 출판사의 것을 최종적으로 선택했다. 영어, 수학 한 권씩을 사고 나니 1만 8000원이 남았다. 국어 문제집을 하나 더 사고도 돈이 9500원이나 남았다. 매장 안을 둘러봤다. 과학 도서 코너가 눈에 들어왔다.

과학 도서 코너에는 남자아이 둘이 책을 보고 있었다. 한 명은 《만화로 읽는 우주의 신비》를, 다른 한 명은 《아빠가 들려주는 과학 이야기》를 통로에 앉아 읽고 있었다. 나는 고래에 대한 책을 찾기 시작했다. 고래, 고래, 고래 중에서도 귀신고래. 아버지가 잡고 싶었다던 귀신고래를 보고 싶었다. 귀신도 아니고 고래도 아닌 귀신고래를. 아버지 머릿속에는 오로지 64빌딩의 성공적 발파와 해체만 들어 있는 줄 알았는데. 단세포적인 아버지의 머릿속에 집채만 한 고래가 자리한 적이 있었다니. 그 사실만으로도 충분히 감동적이었다. 아들인 내가 아버지 꿈의 실체에 관심을 갖는 것은 당연한 일이었다. 고래에 관한 책은 여러 권 있었다. 그중 한 권을 집어 들고 다른 아이들처럼 통로에 자리를 잡고 앉았다. 마침내 아버지 꿈과 처음 대면하는 순간을 눈앞에 두고 흥분된 마음으로 책장을 넘겼다. 고래는 낯선 이름만큼이나 종류도 많았다. 드디어 책 중간쯤 가서 귀신고래가 나타났다.

귀신고래는 숨을 고르기 위해 물살을 가르며 이제 막 물 밖으로 몸을 드러내고 있었다. 투명한 물속에 비친 고래의 몸집은 거대한 섬 같았다. 드러난 검은빛 몸통에는 조개며 따개비들이 희끗희끗 무늬를 만들었다. 투박하고 단단해 보이는 머리통에는 어두운 심해를 꿰뚫는 광채가 번뜩였다. 고래의 눈이었다. 아버지가 귀신고래 잡이를 포기한 결정적 이유는 저 눈빛에 있지 않았을까. 지구의 반 바퀴를 돌아온 귀신고래의 눈은 슬퍼 보였다. 그냥 무심히 봤을 때는 몰랐는데 한참을 들여다보고 있노라니까 마치 울고 있는 것처럼 느껴졌다. 바닷물보다 말간 눈물이 흑색 살갗 위로 하염없이 흘렀다. 아버지도 귀신고래의 눈물을 본 것이 틀림없었다. 말간 눈물을 흘리는 귀신고래 등에 차마 쇠작살을 꽂을 수 없었으리라. 갑자기 아버지에게서 예전에는 못 느끼던 친밀감이 느껴졌다. 아버지와 나, 우리 둘만의 비밀스러운 언어가 존재하는 듯했다. 나는 거금 8000원을 주고 《고래의 사생활》을 덜컥 사버렸다. 집으로 향하는 길, 고래 한 마리를 생포해서 끌고 가는 것처럼 가슴이 부풀었다.

현관문을 열자 엄마의 섬뜩한 눈초리가 기다리고 있었다.

"넌 공장 가서 문제집을 만들어 오냐? 나간 지가 언젠데 지금 와?"

나는 들고 있던 비닐봉지를 뒤로 감췄다. 아트비전에서 시간을 많이 지체한 것도 혼날까 무서웠지만, 그보다 8000원의 행방에 대해서 미처 알리바이를 만들지도 않고 들어와버린 것이 더 걱정됐다.

"저기, 책 좀 보다가……."

"어디 봐!"

엄마가 허리춤에 감춘 비닐봉지를 홱 낚아챘다. 비닐봉지 안을 살피던 엄마 얼굴이 굳어졌다.

"고래의 사생활? 이건 뭐야? 중학교에 가면 이런 과목도 있냐?"

"아니, 그게 아니구……."

"거, 과학 시간에 고래에 대해서 배워. 고래의 종류, 생김새, 먹이 뭐 그런 게 심심찮게 나온다구. 미리미리 봐두면 도움이 되겠지."

언제 들어왔는지 아버지가 등 뒤에서 거들었다. 《고래의 사생활》을 들춰보던 엄마가 책을 덮었다. 알면서도 모르는 척 덮어주는 건지 아니면 진짜 아버지 말을 믿는 건지 알 수 없었지만, 일단은 위기 탈출이었다. 나는 얼른 나머지 돈을 꺼내 엄마한테 내밀었다. 엄마가 돈을 받아서 헤아렸다.

"하루에 세 장씩 빠지지 말고 해! 알았지?"

"네엣!"

나는 큰 소리로 대답했다. 세 장이 아니라 열 장이라도 할 수 있을 만큼 기분이 좋았다. 아버지가 안 거들어줬으면 엄마한테 무슨 욕을 먹었을지 모른다. 역시 내 예상이 맞았다. 아버지와 난 비밀 언어를 가진 게 분명했다. 아버지가 이렇게 친밀하게 느껴지기는 처음이었다. 방으로 들어온 나는 《고래의 사생활》을 아버지 옆으로 쓱 밀어놓았다. 축구를 보던 아버지가 슬그머니 책을 집어 들었다.

"웬 고래냐?"

"그냥요."

사실 아버지를 위해서 산 책이었다.

"녀석 싱겁긴."

아버지가 텔레비전을 껐다. 그러곤 《고래의 사생활》을 읽기 시작했다. 나는 그 옆에 배를 깔고 엎드려서 수학 문제집을 풀었다. 내가 세 장을 풀 동안 아버지의 책장은 귀신고래에 머물러 있었다. 아버지에게 귀신고래의 눈물이 보이냐고 물어보고 싶었지만 그만두었다. 아버지와 나만의 비밀을, 언어를 누설하고 싶지 않았기 때문이었다.

매일 문제집을 풀었다. 어느 땐 세 장도 풀고 어느 땐 다섯 장도 풀었다. 엄마의 검열은 사흘 만에 자취를 감추었다. 그다음부터 자발적으로 성적 관리가 이루어졌다. 아버지도 귀신고래를 보고 또 봤다. 나는 이 모든 것이 '닭똥집이 야채와 김치를 만났을 때'의 힘 때문이라고 믿었다. 그 덕에 아버지와 나의 관계가 비로소 정상적 궤도에 진입했다.

7

나의 성적 관리는 순조로운 항해를 하는 듯했다. 아버지의 귀신고래도 잘 있었다. 아버지는 가끔 오랫동안 귀신고래를 들여다봤다. 그런 아버지의 얼굴은 무엇인가에 귀를 기울이는 표정이었다. 아주 멀리서 들려오는 미세한 소리. 잠자다 깨어난 내 귀에도 그 소리가 들렸다. 멀리 푸른 물살을 거슬러 지구 뒤편에서 들려오는 소리였다. 귀신고래가 물살을 가르는 소리일지도, 귀신고래 등짝에 붙은 수많은 따개비들의 속삭임일지도 모를 그 소리를 한동안 앉아서 들었다.

어느 때 그 소리는 여우가 십자가를 딛고 건너오는 소리로도 들렸다. 밤바람에 은빛 털을 휘날리며 첨탑 끝에서 붉게 빛나는 십자가와 콘크리트 지붕을 사뿐사뿐 건너뛰는 소리가 섞여 들려왔다. 그 시간 건넌방의 아버지도 어둠 속에서 그 소리를 듣느라

깨어 있었을지도 모른다. 어쩌면 아버지의 아버지, 그 아버지의 아버지, 또 그 아버지의 아버지도 한밤중에 깨어나서 그 소리를 듣고 앉아 있었을지도 모를 일이었다.

귀신고래와 내 꿈 사이에 무슨 관계가 있는 것도 아닌데, 나는 열심히 일차방정식을 풀고 함수 그래프를 그리고 비례와 반비례를 이해했으며 시제와 동명사와 부가의문문을 공부했다. 어쩐지 그래야만 될 것 같았다. 그래야지만 아버지의 귀신고래가 무사할 듯싶었다. 꿈속에서 귀신고래를 만난 적도 있었다. 귀신고래와 나란히 우주를 날아다녔다. 수많은 별들 사이로 따개비 꽃이 피었다. 그리고 우리는 여우를 만났다. 여우는 우리와 함께 우주 공간을 유영했다. 탐스럽고 우아한 흰 꼬리를 위로 바싹 치켜든 여우가 살짝 웃었다. 우리는 곧잘 그렇게 꿈속에서 만났다. 어느새 내 다리와 고추에 검고 윤이 나는 털이 나기 시작했다.

나는 꼬치를 끼우고 문제집을 풀고 새벽에 깨어나 눈 내린 옥상 위를 서성였다. 아버지와 모호면도 꼬치를 끼우고 각자 무엇인가에 열중했으며 방이나 마루를 서성였다. 엄마도 꼬치를 끼우고 어묵 국물을 끓이고 꽁치를 구웠으며 포장마차 안을 서성였다. 우리는 꼬치와 서성임을 공통으로 알고 있었다. 내가 눈 내린 옥상을 서성이는 것과 아버지가 마루를 서성이는 것, 엄마가 포장마차 안을 서성이는 것, 그리고 이 모든 것과 꼬치 사이에는 길고 지루한 겨울이 있었다. 하늘호 사람들은 꼬치를 끼우고 서성이면서 이 겨울을 이겨내고 있었다. 그러는 새 나는 여러 번의 몽정을 경험했다. 그리고 청운연립 맨 아래층에 사는 소연이가 생리를 한다는 사실도 알게 됐다.

포장마차에서 집으로 오는 길이었다. 며칠 전 내린 눈으로 골목이 미끄러웠다. 여기저기 빙판길이 가로등 불빛에 번들거렸다. 찬 바람에 귀가 베이는 것 같았다. 나는 두 손을 잠바 호주머니에 찔러 넣고 종종걸음으로 집으로 향했다. 겨울 밤길은 유난히 고요했다. 모호면과 같이 오지 않은 것을 후회하면서 걸음을 재촉했다. 백양클리닝을 지나쳐 제일슈퍼 앞을 막 지나려 하는데, 슈퍼 안에서 소연이가 비닐봉지를 들고 나왔다. 얼굴보다 출렁이는 가슴이 눈에 먼저 들어왔다. 엄마 것보다 훨씬 커 보이는 그것은 걸을 때마다 심하게 요동을 쳤다. 나도 모르게 고개를 푹 숙이고 모르는 척했다. 소연이도 나를 의식했는지 먼저 앞서 걸어갔다. 나는 일부러 걸음을 느리게 했다. 소연이는 빠른 걸음으로 앞서 나갔다.

문제는 비탈길에서 벌어졌다. 눈이 오면 언제나 비탈길이 빙판으로 변했다. 소연이도 이를 아는지 조심조심 발을 내디뎠다. 나는 멀찌감치 떨어져 걸으면서 소연이를 살폈다. 비탈길을 거의 다 올라선 소연이가 그만 미끄러지고 말았다. 미끄럼틀을 타는 아이처럼 막무가내로 아래로 미끄러졌다.

"어, 어!"

내 입에서 외마디 비명이 터졌다. 다행히 소연이는 내가 서 있는 곳 훨씬 못미처에서 멈췄다. 나는 어떻게 해야 될지 몰라 그냥 우두커니 서 있었다. 소연이는 천천히 일어나서 옷에 묻은 눈을 털었다. 배보다 가슴 근처에 눈이 더 많이 묻었다. 나는 시선을 돌렸다. 그때 발밑에 희끄무레한 물체가 보였다. 소연이가 미끄러지면서 놓친 비닐봉지에서 빠진 것이었다. 허리를 굽혀 그것을 집어 들었다. 위스퍼. 그것은 생리대였다.

"뭘 봐?"

순간 소연이가 생리대를 휙 낚아챘다. 그 아이의 출렁이는 가슴을 몰래 훔쳐보다가 들킨 것처럼 얼굴이 화끈거렸다. 소연이는 비닐봉지에 생리대를 쑤셔 넣고 성큼성큼 앞으로 걸어갔다. 바지에는 아직도 눈이 묻었다. 소연이가 비탈길을 다 오를 때까지 나는 그 자리에서 발부리로 눈을 비벼대며 서 있었다.

원의 넓이를 구하다가 연필을 놓고 바깥으로 나와버렸다. 반지름과 원주율 사이에 자꾸 소연이가 끼어들었기 때문이다. 영어 단어를 외울 때에도 소연이의 출렁이는 가슴이 어른거렸다. 요 며칠 새 하루 세 장 규칙을 못 지켰다. 문제집은 넘어가지 않았고 낙서만 빼곡했다. 이러다가는 성적 관리에 비상이 걸릴 판국이었다. 모호면이 옥상 구석에서 오줌을 눴다. 모호면은 오줌이 마려우면 참지 못했다. 아무 데서나 엉덩이를 까고 오줌을 누었다. 누구도 이를 탓하지 않았다. 엄마 없이는 혼자서 팬티를 내리지도 올리지도 못하던 모호면이 그나마 혼자서 볼일을 보게 된 것을 다행으로 여겼다.

"형, 거기서 오줌 누면 어떡해?"

모호면을 향해 소리를 쳤다. 모호면은 돌아보지도 않았다. 바닥으로 오줌이 흘렀다. 오줌에서 김이 모락모락 났다. 얼른 뛰어가 모호면의 고추를 들여다봤다. 모호면의 고추에도 털이 났다. 내 것보다 훨씬 많았다. 오줌을 다 눈 모호면이 바지를 올리고 안으로 들어갔다. 나는 안에서 물을 한 바가지 퍼 왔다. 오줌 줄기가 퍼진 길을 따라 물을 뿌렸다.

나는 안으로 막 들어서려다 말고 멈칫 섰다. 건물 아래에 소연이가 나타났다. 한 걸음 뒤로 물러났다. 행여 위를 올려다보진 않을까. 조심스럽게 고개를 빼고 아래를 내려다봤다. 위에서 내려다본 소연이는 작아 보였다. 덩치도, 키도, 가슴도 납작했다. 등에 가방을 메고 바쁘게 골목을 빠져나갔다. 미로처럼 생긴 골목길을 작은 인형이 걸어가는 듯했다. 옥상은 역시 선택받은 곳이었다. 길거리에서 만났을 때처럼 고개를 숙이지 않고도 오랫동안 쳐다볼 수 있었다. 그 사실이 나를 더욱 들뜨게 했다.

소연이가 매번 같은 시간대에 집을 나선다는 것을 알았다. 소연이는 학교 근처에 있는 학원에 다녔다. 11시경에 집을 나서서는 2시가 다 돼서 돌아왔다. 그 시간은 내가 집중적으로 성적을 관리하는 시간이었다. 나는 문제집을 펴놓고 엉덩이를 들썩거렸다.

시계를 들여다봤다. 2시가 다 돼가고 있었다. 딱 한 번만 보고 오
는 거야. 밖으로 나와 건물 아래를 살폈다. 요이땅! 거짓말처럼 소
연이가 나타났다. 순간 건물 전체가 움찔 움직이는 것 같았다. 마
치 귀신고래 등에 타고 있는 듯한 착각이 들었다. 꿈만 같았다. 그
런 식으로 소연이는 내게 감동을 주었다.

소연이가 골목 끝으로 사라질 때까지 나는 옥상에서 발을 떼
지 못했다. 완전히 사라지고도 한참 동안 자리를 떠나지 않았다.
소연이가 내게 준 감동에 대한 내 나름대로의 예의였다. 방으로
들어오고 난 뒤에도 내 머릿속은 소연이의 출렁이는 가슴으로 혼
란스러웠다. 소연이는 어느 것 하나 이쁜 구석이 없었다. 그러나
어느 것 하나 미운 구석도 없었다. 내가 소연이에게 끌리는 이유
를 나도 잘 모르겠다. 평소에는 떠오르지 않다가 책만 펼치면 아
른거리는 까닭을 나도 이해할 수 없었다.

8

옥상은 세상 구석구석 숨어 있는 비밀을 내게 누설했다. 요즘
나는, 내가 이 옥상 위에서 살고 있다는 사실에 진심으로 감사한
다. 큰다는 건 어쩌면 그만큼 비밀을 많이 간직한다는 걸 의미하

는지도 모른다. 하루에도 몇 차례씩 건물 아래를 굽어봤다. 매일 같은 곳을 떠돌이 개와 이름을 모르는 이웃들이 지나갔다. 그 속에는 파자마 바람으로 담배를 사 오는 남자도 있었고, 계란 한 판을 들고 가는 여자도 있었다. 내가 알지 못하는 청운연립 사람들도 끼어 있었다. 사람들은 모두 골목으로 사라지거나 골목에서 나타났다. 소연이도 그 속에 있었다.

소연이는 가끔 엄마와 시장에 갔다 오거나 목욕탕에 다녀왔다. 목욕탕에 다녀오는 날, 소연이의 머리칼은 살짝 젖었고 볼은 발갛게 상기되었다. 손에는 샴푸와 수건을 담은 네모난 바구니가 들렸다. 소연이는 자기 엄마보다 뭐든지 컸다. 키도 얼굴도 덩치도 신발도 가슴까지도 큰 소연이를 멀리서 보면, 소연이가 엄마 같고 소연이 엄마가 소연이 같았다. 소연이가 엄마 팔짱을 끼고 골목 저 끝에서 나타났다. 내 가슴이 콩닥콩닥 뛰기 시작했다.

눈치채지 못하도록 노란 물탱크에 몸을 숨기고 지켜봤다. 소연이가 엄마와 웃고 떠들며 점점 집 가까이 다가왔다. 가끔씩 멈춰서서 고개를 젖히고 웃었다. 소연이 엄마는 몇 발자국 앞서 걷다가 멈춰 서서 웃고 있는 소연이를 돌아다봤다. 소연이가 제일슈퍼 앞에서 또다시 걸음을 멈췄다. 슈퍼에서 캔 커피 두 개를 사 가지고 나왔다. 그중에 하나를 엄마에게 건네줬다. 소연이는 따뜻한 캔 커피를 제 볼에 문질렀다. 엄마는 캔 커피를 벌써 두 모금째 마셨다. 소연이가 제 볼에 문지르던 캔 커피를 엄마 볼에 댔다. 소연이 엄마가 웃었다. 소연이도 캔 커피를 따서 마셨다. 청운연립 바로 앞까지 왔다. 내가 옥상에서 마지막으로 내려다본 것은 소연이의 하얀 가르마였다. 괜히 가슴이 울렁거렸다. 젖은 머리칼에서 샴푸 냄새가 나는 듯했다.

나는 옥상 위를 어슬렁거리다가 집 안으로 들어왔다. 소연이가 다시 골목에 나타나려면 시간이 한참 지나야 한다. 그동안 아까 구하지 못한 원의 넓이를 구해야겠다. 방으로 들어온 나는 펼쳐둔 문제집을 들여다봤다. 아무리 집중하려 해도 글씨들이 자꾸 사방으로 흩어졌다. 가까스로 두 문제를 풀고 시계를 봤다. 이제 20분밖에 지나지 않았다. 언제까지 기다린담. 문제집을 덮고 밖으로 나왔다. 손에는 연필을 쥔 채였다.

노란 물탱크가 있는 곳으로 갔다. 쭈그리고 앉아 물탱크에 그림을 그리기 시작했다. 쫑긋한 귀에 세모 모양의 얼굴을 한 여우였다. 여우는 작고 귀여웠다. 그 옆에다 등에 따개비 꽃이 핀 귀신고래를 그렸다. 하늘을 향해 물을 뿜어대는 귀신고래 역시 작고 귀여웠다. 귀신고래 옆에다가 여우를 또 한 마리 그렸다. 그리고 그다음에는 또 귀신고래를 그렸다. 여우 옆에는 귀신고래, 귀신고래 옆에는 또 여우. 이런 식으로 그려나갔다. 노란 물탱크 하단부가 수십 마리의 여우와 고래로 꽉 찼다. 마치 여우와 고래가 강강술래를 하고 있는 것 같았다. 마침내 언젠가 '오늘은 뭐든지 처음인 날이다. 처음으로 몽정을 했다. 그리고 여우를 처음 봤다. 오늘은 겨울 방학 첫날이다'라고 적어놓은 곳까지 여우가 그려졌다. 여우를 처음 그리기 시작한 곳을 기준으로 꼭 반이 되는 지점이었다.

허리를 펴고 일어서서 건물 아래를 굽어봤다. 구불구불 이어진 길을 따라 멀리 골목이 시작되는 곳까지 눈으로 한달음에 달렸다. 누군가가 자전거를 타고 비탈길을 내려갔다. 들고양이 한 마리가 골목 어귀로 사라졌다. 나는 다시 앉아서 여우와 귀신고래를 그렸다. 저기 끝까지 다 그리고 나면 그때는 올 거야. 주문을 외우듯 여우와 고래를 그렸다. 지나온 만큼의 여우 울음과 귀신고래 울음을 냈다. 얼마나 지났을까. 여우가 온 세상의 붉은 십자가를 모두 밟고 사라진 시간만큼, 귀신고래가 지구의 반 바퀴를 돌아온 시간만큼 침묵이 흘렀다. 드디어 마지막 여우와 귀신고래가 제일 처음에 그려진 자신들과 만났다. 후다닥 일어나 골목을 살폈다. 한겨울 햇살이 골목에서 빛났다. 골목은 시치미를 떼고 해바라기를 하고 있었다. 소연이 모습은 보이지 않았다. 그다음 날도, 그다음 날도 보이지 않았다.

9

텔레비전에서 애국가가 울려 퍼졌다. 텔레비전을 보고 있는 모호면 옆에 슬그머니 자리를 잡고 앉았다. 아버지의 요즘 고정 채널은 토리노 동계 올림픽이었다. 아버지가 드라마를 안 보고 동계 올림픽을 보다니. 이해가 안 갔지만 뭐 그리 나쁠 건 없었다. 덕분에 모호면과 나는 봅슬레이도 보고 스키점프도 봤다.

"금메달이 두 개야!"

흥분한 아버지 목소리가 심하게 떨렸다. 쇼트트랙에서 남녀 모두 금메달과 은메달을 땄다. 화면에는 눈이 내리는 가운데 활짝 웃는 모습으로 시상대에 서 있는 우리 선수들의 모습이 비쳤다. 아버지는 근엄한 표정으로 팔라벨라 빙상장에 휘날리는 태극기를 바라봤다. 아버지 얼굴은 시상대에 올라선 선수들보다 더 상기됐다. 갑자기 웃음이 나왔다. 아버지는 진짜로 운동 경기를 좋아하지 않는 사람이었다. 좋아하기는커녕 관심도 없었다. 월드컵이 어쩌니 아드보카트 감독이 저쩌니 해도 통 관심이 없었다. 그런데 동계 올림픽에서 금메달을 땄다고 저렇게 표정이 달라지다니. 아버지 마음속 어디에 저런 애국심이 숨어 있었나.

"역시 우리 애들이 잘해!"

아버지는 쇠못이 박힌 다리를 손바닥으로 쓸어 내렸다. 그때였다. 방문이 열림과 거의 동시에 무엇인가가 내 뒤통수를 강타했다. 손으로 뒤통수를 감싸 쥐고, 머리를 강타한 두루마리 휴지와 함께 방바닥으로 고꾸라졌다. 순간 번개처럼 엄마 얼굴이 스쳤다. 우리 집 공기를 가르는 그 무엇들은 딱 한 사람의 손에서만 시작됐다. 바로 엄마였다.

"너 지금 텔레비전 볼 때야! 이게 뭐야!"

동시에 아버지가 텔레비전을 껐다.

"너 이리 안 나와!"

엄마의 호출을 받고 밖으로 나갔다. 엄마 손에는 문제집이 들려 있었다. 눈앞이 캄캄했다. 소연이가 골목에서 사라진 이후로 며칠 동안 문제집을 들추지도 않았다. 그냥 아무것도 하기 싫었다. 먹고 자고 텔레비전을 봤다. 또 먹고 자고 텔레비전을 봤다. 그러자 차츰 소연이 생각이 나지 않게 되었다. 그렇게 나는 소연이를 잊고 있었다. 그런데 소연이만 잊은 게 아니라 성적 관리도 덩달아 잊어버렸다.

"이게 뭐야! 지금부터 성적을 관리해야 된다고 그랬어, 안 그랬어? 너라도 대학에 가야지. 넌 우리 집 기둥이야!"

아, 마침내 들어서는 안 될 말을 듣고 말았다. 넌 우리 집 기둥이야. 나는 그럴 생각이 전혀 없었다. 추호도 그러고 싶은 마음이 없었다. 기둥이고 문짝이고 간에 나는 그냥 '나'이기도 벅찼다. 그런데 '기둥'까지 하라니. 기둥은 튼튼하고 단단해야 했다. 나는 튼튼하지도 단단하지도 못했다. 오히려 튼튼하고 단단한 것은 모호면이었다. 그렇다고 '우리 집 기둥'에 모호면이 제격인 것 같지는 않았다. 아버지? 그것도 아닌 것 같았다. 그럼, 엄마? 그렇다. 지금 현재로서는 엄마가 우리 집 기둥 노릇을 하고 있었다. 어쩌자고 엄마는 그 배역을 내게 떠넘기려는 걸까.

"너 아니면 엄마는 희망이 없어."

희망, 그 말을 듣는 순간 모든 게 한꺼번에 이해가 되는 듯했다. 하지만 이내 다시 혼란스러워졌다. 아버지와 모호면이 기둥이 아닌 이유와 내가 기둥인 이유 사이에 복병처럼 낀 희망, 나는 희망에 대해서 정리할 필요가 있었다. 희망이란 어둠을 밝혀주는 한 줄기 빛. 내가 정의한 희망이란 이런 것이었다. 이 말대로라면 어째서 내가 희망이어야 될까. 유독 나만 한 줄기 빛이어야 될 까닭이 뭔지 모르겠다. 이건 필시 엄마의 오판이었다. 내가 우리 집의 희망이어야 할 이유를 알고 싶었다. 엄마는 나를 기둥이니 희망이니 하는 말들로 가둬놓고 엄마 방식대로 사육하려는 게 틀림없었다.

"희망하고 기둥하고 어떤 관계가 있는데요?"

나는 고개를 꼿꼿이 들고 엄마한테 물었다.

"너 지금 나한테 따지는 거냐?"

엄마가 기가 막힌다는 표정을 지었다.

"그게 아니라. 하필이면 왜 내가 기둥이고 희망이어야 하냐구요."

"인석아! 그게 그렇게 불만이야! 다 너 잘되라고 하는 소리지!"

"난 그런 거 싫단 말이야!"

나도 모르게 소리를 질러버렸다. 그와 동시에 눈앞에 불이 번쩍였다. 언제 나왔는지 아버지가 뒤에서 머리통을 후려쳤다.

"그래, 이눔아! 기둥이고 나발이고 다 집어치워!"

엄마도 아니고 아버지가. 나보다 엄마가 더 놀란 얼굴로 내 표정을 살폈다. 이럴 수가. 같은 동지로 생각했던 아버지가 나를 배신하다니.

"왜 나만 갖고 그래!"

현관문을 박차고 나왔다. 층계를 뛰어 내려갔다. 쉬지 않고 골목을 달렸다. 눈물이 앞을 가렸다. 엄마는 그렇다 치고 아버지가 나한테 그럴 수 있나. 난 아버지를 위해서 책도 사다 줬는데. 역시 아버지와 난 아무런 비밀도 공유하지 않은 모양이었다. 몹시 서글프고 억울했다. 다시는 노란 물탱크에 귀신고래를 그리지 않을 것이다.

골목길을 달리고 달려서 큰길 있는 데까지 왔다. 날씨는 춥고 마땅히 갈 곳이 없었다. 바로 앞에 샛별문구가 보였다. 아무 생각 없이 달리다 보니 나도 모르게 샛별문구 앞까지 와버렸다. 발걸음을 멈추었다. 그 후 샛별문구 근처는 얼씬도 하지 않았다. 나는 여자보다 여자의 혹이 궁금했다. 얼마큼 더 자라 있는지. 여자는 지금도 곰 인형 눈을 붙이고 있을까. 아직도 동굴 속 같은 방에 웅크리고 앉아 있는지 호기심이 일었다. 샛별문구를 향해 천천히 발걸음을 옮겼다. 샛별문구는 여전히 먼지를 뒤집어쓰고 서 있었다. 친구들과 처음으로 샛별문구에 갔을 때처럼 마음이 떨렸다. 조심조심 다가갔다. 문 밖에 놓여 있던 과자 상자가 보이지 않았다. 문간에 걸려 있던 훌라후프나 탱탱볼도 보이지 않았다. 유리문이 굳게 닫혔고 그 위에는 커다란 자물쇠가 채워졌다. 유리문에 얼굴을 대고 안을 들여다봤다. 곰 인형도 여자도 보이지 않았다. 어둑한 실내가 나를 노려봤다. 무슨 일일까. 나는 여자 혹이 더 커 있지 않기를 바라면서 돌아섰다.

호주머니를 뒤졌다. 동전 세 개가 전부였다. 불의 화이터가 하고 싶었다. 동전 세 개로 할 수 있는 일은 그것밖에 없었다. 큰길가에 새로 생긴 오락실이 눈에 띄었다. 2층 건물의 대형 오락실이었다. 이런 곳은 들어가본 적이 없었다. 문 앞에서 기웃거리다가 용기를 내서 안으로 들어갔다. 어둡고 컴컴한 오락실 안은 미친 고래 배 속 같았다. 요란한 기계음과 현란한 조명들이 세상을 흔들어대는 듯했다. 머릿속의 내용물이 출렁출렁 흔들렸다. 신나고 새로운 게임들이 윙크를 보내며 나를 유혹했지만 그림의 떡이었다. 내 경제 사정으로는 어림도 없는 먼 나라 이야기였다. 나는 더도 말고 그냥 불의 화이터가 하고 싶었다. 불의 화이터 한 시간이면 기둥도, 희망도, 아버지에게 맞은 기억도 모두 한 방에 날려 버릴 수 있었다. 그러나 이런 곳에 불의 화이터가 있을 턱이 없었다. 힘없이 발길을 돌렸다.

길을 따라 무작정 걸었다. 걷고 또 걸었다. 성적 관리를 잘하고 싶었는데. 이렇게 쉽사리 무너뜨릴 생각은 아니었는데. 소연이가 떠올랐다. 그날 이후 왜 보이지 않는 걸까. 나도 내 마음을 알 수 없었다. 소연이를 왜 보고 싶어 하는지. 내 꿈은 무엇인지. 왜 엄마에게 대들었는지. 내 희망은 무엇인지. 내 마음도 모르는데, 다른 사람의 심정까지 알 리가 없었다. 아버지가 왜 내 머리를 때렸는지. 엄마는 왜 나를 기둥으로 생각하는지. 사람들이 왜 저렇게 빠른 걸음으로 걷는지. 다들 어디로 가고 있는지. 너는 우리 집 기둥이야. 너 아니면 희망이 없어. 엄마의 목소리가 발끝에 채였다. 갑자기 발걸음이 무겁게 느껴졌다. 마음속 저 바닥에서 미지근한 덩어리가 가슴을 치며 꾸역꾸역 밀려 올라왔다. 나는 멈춰서서 침을 꿀꺽 삼켰다. 눈물이 찔끔 나왔다. 그냥, 그 애 생각이 간절해졌다. 소연이가 보고 싶었다.

멀리 골목에 가로등이 켜졌다. 얼마를 걸었는지 퉁퉁 부은 발이 걸을 때마다 아렸다. 배도 고프고 다리도 아팠다. 저만치 포장마차 불빛이 보였다. 왈칵 울음이 쏟아질 것 같았다. 포장마차를 향해 빨리 걸었다. 포장마차 안에서 꼬치 굽는 냄새가 새 나왔다. 천막 틈새로 안을 살폈다. 아직 이른 시간인데 손님이 꽤 있었다. 엄마는 손을 휘저어가며 꼬치를 구웠다. 다행히 엄마 얼굴은 화난 모습이 아니었다. 그렇다 해도 선뜻 엄마 앞에 모습을 드러낼 수 없었다. 그냥 돌아서자니 꼬치가 눈앞에서 아른거리고 들어가

자니 엄마에게 야단맞을 것 같고. 이러지도 저러지도 못하고 서 있었다. 그때였다. 엄마와 눈이 딱 마주쳤다. 어찌할 바를 몰랐다. 엄마는 나를 보자 얼른 꼬치 두 개를 들고 나왔다.

"이거 들고 얼른 집에 가."

엄마가 꼬치를 내 양손에 하나씩 들려주었다.

"추운데 어서 가."

꼬치를 들려준 엄마는 다시 포장마차 안으로 들어갔다. 나는 양손에 꼬치를 쥐고 한동안 그 자리에 그대로 서 있었다. 눈물이 날 것만 같았다. 꼬치를 한 입 베어 먹었다. 이제껏 먹어본 꼬치 중에 제일 맛있었다. 엄마는 나의 기둥이고 희망이었다.

딸기우유와 크림빵 사이

1

소연이가 골목에 모습을 나타낸 것은 내가 다시 문제집을 하루에 세 장씩 네 번을 풀었을 때였다. 그새 가슴이 더 커진 것 같았다. 여전히 같은 시간에 학원에 갔고, 언제나처럼 단 한 번도 뒤를 돌아보거나 청운연립 옥상을 올려다보지 않았다.

노란 물탱크 뒤에 숨어서 소연이를 엿보기 시작하면서 나에게는 또 다른 버릇이 생겼다. 매일 아침마다 엄마 방에 들어가 존슨즈베이비로션을 바르는 것이었다. 엄마가 이제는 거들떠도 안 보는 분홍색 용기에는 먼지가 뽀얗게 앉았다. 엄마 몰래 용기 뚜껑을 열고 손바닥에 내용물을 덜어서 내 방으로 건너왔다. 콩알만큼 덜어온 로션을 아껴가며 얼굴에 발랐다. 향긋한 냄새가 났다.

향기는 좋지만 엄마한테 들킬까 봐 조마조마했다.

"그거 아예 느이 방에 갖다 놓고 써."

점심밥을 먹는데 엄마가 뜬금없이 말했다.

"뭘요?"

눈치 없이 되물었다. 엄마가 밥숟가락을 입에 넣으려다 말고 나를 뚫어져라 쳐다봤다.

"그렇게 풀방개 드나들듯 하지 말고 아예 느이 방으로 가져가라구. 어차피 안 쓰는 거야."

"화장품 말이여."

아버지가 옆에서 거들었다. 나는 그제야 존슨즈베이비로션을 말하는 것임을 알아차렸다. 매일 몰래 덜어 왔는데 엄마는 물론 아버지까지 이 사실을 알고 있던 것이다. 도둑질을 하다가 들킨 것처럼 얼굴이 붉어졌다. 한편으로는 엄마가 나의 성장을 인정해 주는 것 같아서 뿌듯하기도 했다. "이제 너도 외모에 신경 써야지. 암, 그렇고말고." 그렇게 말하는 듯했다. 어른이 괜히 어른이 아닌가 보다. 도대체 어른들이 아는 세계는 어디까지인지, 빨리 어른이 되고 싶었다.

마침내 존슨즈베이비로션이 내 책상 위에 놓였다. 방 안 냄새부터가 달라졌다. 향긋한 향기가 방 안에 퍼졌다.

"이거 막 쓰면 안 돼!"

로션을 콩알만큼 덜어서 모호면 손등에 발라주었다.

"맡아봐."

모호면 손등을 코에 대주었다. 모호면이 씩 웃었다.

"좋지? 요만큼씩만 써. 알았지?"

손톱 끝으로 콩알만큼 표시해서 보여주었다. 아침저녁으로 존슨즈베이비로션을 아껴서 발랐다. 자연히 거울도 자주 보았다. 코밑이 자꾸 검어졌다. 존슨즈베이비로션을 코밑에 집중적으로 발랐다. 그러나 희어질 기미는 보이지 않았다. 그래도 열심히 로션을 발랐다. 소연이를 생각하면서.

모호면은 새로운 물건에 집착하는 경향이 있었다. 존슨즈베이비로션이 걱정되었다. 며칠 동안 모호면을 지켜보았다. 다행히 모호면은 존슨즈베이비로션에 별 흥미를 못 느끼는 모양이었다. 손도 대지 않았다. 어쩌다 내가 바르는 것을 보면 그제야 콩알만큼 덜어서 손등에 대고 문질렀다.

사건은 언제나 방심한 틈을 타고 일어났다. 모호면에 대한 경계를 해제한 지 얼마 안 지나서였다. 꼬치를 끼우다가 방으로 들어간 모호면이 나올 생각을 안 했다. 처음에는 잠을 자는 줄 알았다. 꼬치를 다 끼우고 손을 씻을 때까지도 별다른 의심을 하지 않았다. 방문을 열었을 때야 사태의 심각성을 깨달았다. 존슨즈베이비로션 향기가 진동했다. 문을 등지고 앉아 있던 모호면이 얼굴을 돌렸다. 로션으로 범벅이 된 얼굴이 헤 하고 웃었다. 맙소사! 나는 얼른 모호면 손에서 로션을 빼앗았다. 로션은 벌써 3분의 1이나 없어졌다. 한 달은 더 바를 수 있는 분량이었다.

"에잇, 병신!"

모호면 손을 잡아 로션으로 범벅이 된 얼굴에 대고 비벼댔다. 눈으로 코로 입으로 로션이 들어갔다. 모호면이 눈을 감고 발버둥을 쳤다.

"다 처먹어라!"

그래도 분이 풀리지 않았다. 어떻게 해서 얻은 건데. 모호면을 죽도록 패주고 싶었다. 그때 엄마가 들어오지 않았다면, 나는 두 손으로 모호면의 목이라도 눌렀을지 모른다. 엄마는 난장판이 된 방을 들여다보고는 수건으로 모호면 얼굴부터 닦았다.

"이게 뭔 짓들이야. 멀쩡한 밥 먹구!"

엄마가 나를 노려봤다. 분이 풀리지 않은 나는 모호면을 째려봤다.

"저게 먼저 그랬단 말이야!"

"이 녀석이, 형보구 저게 뭐야!"

"바보 병신 같은 게 무슨 형이야!"

"이눔의 자식이!"

엄마가 나를 향해 주먹질을 했다. 엄마를 피해 방을 나왔다. 속이 상했다. 로션이 왕창 없어진 것도 그렇지만 가해자로 몰린 게 더 억울했다. 피해자는 분명히 나였다. 그러나 무슨 일이 일어나도 피해자는 언제나 모호면이고 가해자는 나였다. 그것은 불변의 진리였다. 엄마는 한 번도 내 편을 들어준 적이 없었다. 그래서 더 분하고 속상했다. 다음 날 나는 존슨즈베이비로션을 모호면 눈에 안 띄는 곳에 감추었다. 좀 치사하긴 했지만 그보다 나은 방법은 떠오르지 않았다.

2

엄마가 없는 틈을 타 꼬치 몇 개를 봉지에 담았다. 빈 페트병이 든 배낭 속에 봉지를 쑤셔 넣고 전인슈타인에게 갔다. 전인슈타인은 마침 늦은 아침 식사를 하고 있었다. 나는 배낭 속에서 비닐봉지를 꺼냈다.

"이게 뭐냐?"

"우리 엄마 포장마차에서 제일 인기 있는 꼬치예요."

전인슈타인이 신기한 듯 꼬치를 쳐다봤다. 가스레인지 불을 켜고 꼬치를 구웠다. 맛있는 냄새가 솔솔 풍겼다. 다 익은 꼬치를 전인슈타인 밥그릇 위에 올려주었다.

"이런 거 막 가져와도 되니?"

"괜찮아요. 엄마가 갖다드리라고 했어요."

거짓말이었다. 엄마가 이 사실을 알면, 아니 이곳에 드나드는

153

자체만으로도 엄마의 파워풀한 직격탄을 맞을 것이다. 엄마뿐만 아니라 동네 사람들 모두 전인슈타인에 대해서 우호적이지 않았다. 그나마 전인슈타인이 색소폰 연주를 하길 망정이지 그런 일마저 하지 않았다면 영락없이 거지 취급을 받았을 것이다.

"다음부턴 이런 거 가져오지 말아라."

전인슈타인은 꼬치를 맛있게 먹었다.

"아직도 엄마가 포장마차 하는 게 못마땅하니?"

"쪼금요."

"허, 자식도. 이런 맛난 걸 매일 먹는데도 싫어?"

"꼬치보다 더 좋은 게 있거든요."

"이보다 더 맛난 게 있단 말이야?"

"먹는 게 아니에요."

"먹는 게 아니라……. 그럼 더 궁금한걸?"

그러나 전인슈타인 얼굴은 궁금한 표정이 아니었다. 나는 엄마의 고속도로 이야기를 할까 하다가 그만두었다. 아무리 열심히 이야기한들 내가 생각하는 것의 10분의 1도 전달되지 않을 것 같았다. 그럴 바에야 안 하는 게 나았다. 사실 내가 오늘 여기에 온 이유는 소연이와 존슨즈베이비로션과 나의 미묘한 관계를 어떡하든 좋은 방향으로 개선하여 발전시키고 싶어서였다. 혹시 전인슈타인은 묘안을 알고 있지 않을까. 조언을 듣고 싶었다. 그런데 막상 말을 하려고 하니 입이 떨어지지 않았다. 이런 말은 누구에게도 해본 적이 없었다. 좀처럼 용기가 나지 않았다.

"사내자식이 고민을 담아두면 불알이 안 커!"

전인슈타인이 나를 흘깃거리며 말을 이었다. 벌써 내 마음을 들여다보고 있는 듯했다. 나도 모르게 고추 있는 데로 손이 갔다.

"먹는 거는 아닐 테고. 그럼, 타는 거냐? 아니면 살아 있는 거냐?"

전인슈타인이 갑자기 내 옆으로 바싹 다가왔다. 그러고는 코를 벌름대며 냄새를 맡았다.

"으음, 알겠다."

전인슈타인이 손바닥으로 무릎을 쳤다.

"예쁘냐?"

그 한마디에 나는 그만 고개를 끄덕하고 말았다. 앞뒤 생각할 겨를도 없이 완전히 전자동 시스템이었다. 역시 전인슈타인다웠다. 방 안을 진동하는 꼬치 냄새 속에서 내가 바르고 온 존슨즈베이비로션 향기를 구별해냈다. 소연이가 졸지에 예쁜 여자로 변했다. 그러나 그런 것은 별로 중요하지 않았다. 중요한 것은 소연이에 대한 내 마음이었다.

"지랄이 날 때마다 담벼락에 쪼그리고 앉아서 어머니가 꺾어준 대나무 토막을 불었지. 밥 먹구 하는 짓이 만날 그거였어. 그날도 아침부터 배가 쿠우쿡 쑤셔댔어. 어머니는 밭에 갔는지 보이지 않구. 담 밑에 쪼그리고 앉았지. 햇살이 얼마나 곱살맞든지.

입을 아 벌리고 햇살을 받아먹고 싶을 지경이었으니까. 대나무를 안 불어도 배가 아프지 않을 것 같았어. 사실 밥을 먹은 지 얼마 안 됐지만 배가 또 허했거든. 대나무를 불 힘도 없었지. 입을 아 하고 벌렸어. 따스한 햇빛이 목젖을 간질였어. 나는 봄 햇살을 맛있게 먹고 있었지. 눈부신 햇살 때문에 눈이 절로 감겼어. 눈을 감고 한참을 그러고 있었어. 그런데 이상한 감촉이 느껴졌어. 자동으로 입이 움직였어. 입 안으로 뭔가가 들어왔고 나는 자연스럽게 그걸 씹었지. 그게 바스락하고 부서졌어. 뭐였는지 알아?"

"뭔데요?"

"물방개."

"네엣?"

"얼른 눈을 뜨고 입에 있는 것을 퉤퉤 뱉었지. 근데 그때 옆에서 그 모습을 보고 까르륵 넘어가는 계집애가 있었어. 그 애는 꽃분홍 치맛자락을 팔랑이며 사라졌어. 그 애 짓이었어."

"쫓아가서 혼내주지요?"

"혼내주긴. 그다음부터 일부러 담 밑에서 입을 아 벌리고 앉아 있었는걸."

전인슈타인이 색소폰을 집어 들었다. 숨을 고르고 연주를 하기 시작했다. 색소폰 소리가 내 가슴을 살살 흔들었다. 색소폰 소리에는 서글픔이 배 있었다. 그 소리를 듣고 있으면 괜히 울음이 나왔다. 까닭 없는 슬픔이 밀려왔다. 방구석에서 64빌딩 도면을 들여다보던 아버지가 떠올랐다. 주꾸미를 입 안 한가득 밀어 넣던 모호면이 머릿속을 스쳐 갔다. 고단한 몸을 이끌고 집에 들어오자마자 잠이 들던 엄마, 그 품에서 풍기던 비릿한 꽁치구이 냄새가 자꾸 생각났다. 그리고 말 한번 붙여보지 못한 소연이의 하얀 가르마가 어른거렸다. 색소폰은 이 모든 것을 달래주었다. 전인슈타인은 이런 내 마음을 아는지 모르는지 연주에 몰두했다. 연주가 끝나자 나는 숟가락으로 밥그릇을 두들겼다. 전인슈타인 식 박수였다. 전인슈타인은 감은 눈을 한동안 뜨지 않았다. 한참만에야 눈을 뜬 그의 표정도 들떠 보였다. 마치 조명이 찬란한 무대에서 막 연주를 마친 듯 보였다. 잠시 숨을 고른 전인슈타인이 또 다른 곡을 연주했다. 왜 입을 아 벌리고 있었냐고 묻고 싶었지만, 전인슈타인은 자꾸 색소폰만 불었다. 나는 눈을 감고 계속 이어지는 색소폰 소리를 듣고 또 들었다.

여러 곡을 연주한 전인슈타인은 힘들어 보였다. 그는 내게 이런저런 말을 더 묻지 않았다. 다만 여느 때보다 더 많은 곡을 들려주었을 뿐이었다. 나도 말을 하지 않았다. 가만히 앉아서 색소폰 소리를 듣기만 했다. 날이 저물도록 색소폰 소리가 이어졌다.

"사내자식이 그깟 일로 풀이 죽어서야. 이 세상에 안 되는 일은 없는 법이여."

인사를 하고 돌아서는 내 어깨를 전인슈타인이 토닥거렸다. 어둑한 숲길을 더듬어 집으로 돌아왔다. 텔레비전을 보던 아버지가 내다봤다.

"밥 먹어라."

"먹었어요."

"어디서?"

"친구 집에서요."

"그래. 그럼 일찍 자라."

밥 생각이 없었다. 모든 게 귀찮고 재미없었다. 흥미로운 일도 신나는 일도 없이 흘러가는 겨울 방학이 견디기 힘들었다. 소연이에게 말도 한번 못 붙이고 쭈뼛대는 내 자신이 싫었다. 전인슈타인의 말이 떠올랐다. 그래, 이 세상에 못 할 일이 어디 있어. 일단 부딪쳐보는 거야. 내일은 용기를 내서 말을 걸어보리라. 잠자리에 누워서 다짐하고 또 다짐했다.

다음 날 세수를 하고 거울을 보면서 존슨즈베이비로션을 골고루 발랐다. 부엌에서 모양새가 제일 좋은 놈으로 꼬치 몇 개를 골라 비닐봉지에 담았다. 소연이도 이 꼬치 맛을 보고 나면 마음이 달라질 것이다. 옥상에서 소연이가 나타나기를 기다렸다. 골목 끝에서 소연이 모습이 보였다. 떨리는 마음으로 층계를 내려갔다. 청운연립 앞에 서서 꼬치가 든 비닐봉지를 뒤춤에 감추고 소연이가 다가오기를 기다렸다. 드디어 저만치에서 소연이가 걸어왔다. 갑자기 가슴이 마구 뛰었다. 소연이가 내 심장 뛰는 소리를 들을까 봐 걱정이 될 지경이었다. 하나, 둘, 셋. 심호흡을 하고 소연이 앞을 가로막았다.

"저기, 있잖아."

목소리가 나오지 않았다.

"뭐?"

소연이가 퉁명하게 물었다.

"저기, 그게……."

목소리가 떨리고 더듬거렸다.

"용건이 뭔데?"

소연이가 나를 아래위로 훑어봤다. 별로 달갑지 않은 얼굴이었다.

"아, 아니야. 아무것도."

"별꼴이야. 흥!"

소연이가 나를 밀치고 청운연립 안으로 들어갔다. 나는 뒤춤에 꼬치 봉지를 숨긴 채로 소연이의 뒷모습을 지켜봤다.

"벼엉신."

꼬치 봉지를 쓰레기통에 쑤셔 넣고 골목을 달렸다. 무슨 일이든 예외가 있는 법이라고, 전인슈타인은 왜 진작 그 진리를 가르쳐주지 않았을까. 어디선가 색소폰 소리가 들려오는 듯했다. 꼬치 봉지를 쓰레기통에 쑤셔 넣듯이 구겨진 자존심도 안 보이는 곳에 쑤셔 박고 싶었다. 타다닥타다닥. 발걸음 소리가 골목을 울렸다.

3

이틀 동안 꼬박 집 안에만 틀어박혀 있었다. 턱을 괴고 창밖을 내다봤다. 노란 물탱크가 정면으로 나를 빤히 쳐다봤다. 여우가 나타나기를 기다렸다. 오래전 동물원에서 눈을 동그랗게 뜨고 죽어 있던 여우가 떠올랐다. 나는 벌떡 일어나 거울을 들여다봤다. 썩 잘생기지도 너무 못생기지도 않은 그저 그런 사내아이가 눈을 멀뚱거리며 나를 쳐다봤다. 아무리 눈을 크게 뜨고 들여다봐도 낯선 구석이 있었다. 그런데 그게 어딘지는 정확하게 알 수 없었다. 하룻밤 새 얼굴이 변한 것은 아닐 테고. 왜 내 얼굴이 내 얼굴처럼 느껴지지 않는지 알 수 없었다. 분화구에서 폭발이 일어나고 있는 것을 사람들이 알아차리지 못하는 것처럼 내 얼굴에도 내가 알지 못하는 새 어떤 변화가 끊임없이 일어나고 있는 것인지도 모른다. 한참을 그렇게 서 있었다. 그러나 나는 아무런 단서도 찾아내지 못했다. 거울 속의 내 얼굴은 여전히 낯선 채로 남아 있었다. 그 위로 예전의 그 여우 눈빛이 흘러갔다. 나는 자꾸 쓸쓸해졌다.

밤이 왔다. 잠이 오지 않았다. 창문 쪽을 힐끔거렸다. 그리고 숨을 죽였다. 혹시나 밤새 여우가 다녀가지는 않을까. 무슨 소리가 나는 것 같았다. 후다닥 이불 속에서 빠져나왔다. 방문을 열자 어둠 속에 잠긴 실내가 다가왔다. 발뒤꿈치를 들고 고양이 걸음으로 현관으로 향했다. 문을 소리 나지 않게 열고 밖으로 나왔다. 머릿속이 순식간에 환해졌다. 더듬더듬 난간 있는 데로 다가갔다. 허공에 박힌 수많은 노랗고 흰 불빛들이 재잘재잘 수다를 떠는 듯했다. 저 소리였나? 다시 귀를 기울였다. 불빛 너머 어딘가에서 기척이 느껴지는 것 같았다. 청운연립 아래를 굽어봤다. 불 꺼진 청운연립은 고요했다. 잠시 후 허공에 박혀 있던 불빛들이 하나둘 사라졌다. 불빛이 다 사라지고 나면 암흑만 남을 텐데. 복잡한 시장 한가운데서 엄마를 잃어버린 아이처럼 불안하고 두려운 마음이 들었다. 첨탑 끝을 올려다봤다. 노랗고 흰 불빛 속에 섞여 있던 붉은 십자가가 도드라졌다. 여우는 끝내 나타나지 않았다.

4

"형, 어디 갔니?"

장에 갈 준비를 마친 엄마가 형을 찾았다.

"안 되겠다. 너라도 같이 가자."

시장 가자는 말에 나는 후다닥 일어나 겉옷을 걸쳤다. 며칠 내내 시무룩해 있던 참이었다. 모호면이 없으니까 이런 좋은 일도

161

있었다. 엄마는 처음 몇 번만 나를 데리고 가더니 그다음부터는 모호면만 데리고 시장에 갔다. 성적을 관리하는 데 방해된다는 이유에서였다. 그 시간 시장에 따라가건 안 따라가건 내 성적 관리에는 별 상관이 없었다. 나는 책상 앞에 앉아서 머릿속으로 시장을 헤집고 다녔다. 야채 가게에 들렀다가 생선 가게도 기웃거렸다. 엄마보다 앞서 시장을 봤다. 나는 시장 가는 게 재미있었다. 엄마가 이런 사실을 알 리 없었다.

엄마의 시장 보기는 여전히 똑같은 코스를 밟았다. 내가 책상 앞에 앉아서 머릿속으로 장을 보는 것과 별로 다른 점이 없었다. 나는 알아서 앞장섰다. 다음 가게로 향하는데 엄마가 따라오지 않았다. 오던 길을 되돌아갔다. 엄마가 옷 가게 앞에서 옷을 고르고 있었다. 이런저런 옷들을 들추던 엄마가 꽃무늬 티셔츠를 하나 꺼내 들었다.

"그거 괜찮네요. 잘 어울리네요."

옷 가게 주인이 문간에 삐딱하게 기대서서 한마디 던졌다.

"어때? 예뻐?"

엄마가 꽃무늬 티셔츠를 몸에 갖다 댔다. 울긋불긋한 꽃무늬가 보기에도 어지러웠다.

"으응."

나는 고개를 끄덕했다.

"진짜, 예뻐?"

엄마가 거울에 몸을 비춰 보며 또 물었다.

"으응."

고개를 또 끄덕거렸다. 사실은 하나도 예쁘지 않았다. 알뜨랑처럼 촌스럽고 천박해 보였다. 그렇다고 엄마한테 존슨즈베이비로션처럼 귀티 나는 옷이 어울릴 것 같지도 않았다. 내 마음에 들지는 않았지만 엄마가 워낙 마음에 들어 하는 것 같아서 차마 "하나도 안 예뻐"라든지 "촌스러워"라고 말할 수가 없었다.

"잘 어울리네요."

여전히 문간에 비스듬히 기대서 이쪽을 보고 있던 옷 가게 주인이 심드렁하게 말했다. 옷 가게 주인이 보기에도 별로인 모양이었다. 엄마는 옷을 입은 것도 아닌데 거울에 이리 비춰 보고 저리 비춰 보면서 옷맵시를 살폈다. 나는 엄마가 빨리 옷을 사든지 그냥 가든지, 얼른 그곳을 벗어나고 싶었다. 괜히 따라왔구나 하는 후회가 들었다. 엄마가 옷을 사 입는 것도 처음 보지만, 엄마의 취향이 저 정도 수준이라는 사실이 왠지 부끄러웠다. 엄마는 한참 망설인 끝에 꽃무늬 티셔츠를 샀다.

"괜히 돈 썼나 봐. 니들 양말이나 사줄걸."

엄마는 열 발자국도 못 가서 멈춰 섰다.

"별루지?"

엄마가 나를 빤히 쳐다보면서 동의를 구했다. 나는 어떤 대답을 해야 하는지 몰라서 머뭇거렸다.

"이거 별루 안 예쁘지?"

"으응."

그만 고개를 끄덕거리고 말았다.

"그래. 가서 양말로 바꾸자."

엄마는 돌아서서 옷 가게로 갔다. 그냥 예쁘다고 할 것을. 다시 옷 가게 주인의 그 삐딱한 눈초리를 보고 싶지 않았다. 내가 예쁘다고 박박 우겼으면 엄마 마음이 변하지 않았을지도 모른다. 그 자리에 멈춰 섰다. 엄마 혼자서 옷 가게 안으로 들어갔다. 조금 있다가 엄마가 인상을 쓰며 나왔다.

"아니 입은 것도 아니고 왜 안 된다는 거야."

엄마 손에는 꽃무늬 티셔츠가 그대로 들려 있었다. 엄마는 씩씩대면서 앞서 걸어갔다. 나는 또 후회가 됐다. 어차피 이렇게 될 걸 그냥 끝까지 예쁘다고 거짓말할 걸 그랬다.

"돈가스 사줄까?"

내가 대답도 하기 전에 엄마가 돈가스 집으로 쑥 들어갔다. 갑자기 돈가스를 사주다니. 오늘 엄마는 가장 엄마답지 못했다. 엄마는 돈가스 한 개를 시켜주고 내가 먹는 것을 구경만 했다. 옷을 사고 미안하니까 돈가스를 사주는 것 같았다. 돈가스를 먹으면서도 엄마 눈치가 보였다.

"엄마도 먹어."

"아니야, 난 배불러."

엄마는 꽃무늬 티셔츠를 진짜 별로라고 생각하는 걸까. 엄마 속마음이 궁금했다. 그러나 이 사실을 알기까지는 그리 오랜 시간이 걸리지 않았다.

5

비밀은 이상한 힘을 지녔다. 간직하면 할수록 더 간절해진다. 사람을 간사하게 만든다. 비밀을 많이 간직하기 위해서는 무엇보다도 인내심이 필요하다. 비밀을 많이 간직한다는 것은 그만큼 성장하고 있다는 증거다. 얼마 전 나는 엄마의 빨간 립스틱과 꽃무늬 티셔츠에 얽힌 비밀을 알아버렸다. 그것은 정말 우연이었다. 그러나 곧 내가 왜 이런 비밀을 알고 있어야 하는지 고통스러워졌다. 어른들은 곧잘 나의 인내심을 실험하려 들었다. 나는 우연 같지 않은 그 우연과 힘겨루기를 했다. 그것은 배고픔을 참는 일만큼 비참한 기분이었다.

엄마는 한동안 꽃무늬 티셔츠를 입지 않았다. 엄마가 그것을 꺼내 입기 시작한 것은 티셔츠를 사 온 지 한참 지난 후였다. 처음에는 정말로 그 티셔츠가 마음에 들지 않는 줄 알았다. 그리고 우리 양말을 사주지 않은 데 대한 미안함 때문이라고 생각했다. 나는 엄마에게 "양말 안 사줘도 괜찮아요"라고 말하고 싶을 정도였다. 게다가 "꽃무늬 티셔츠가 너무 예뻐요"라고 완벽한 거짓말까지 덧붙이고 싶을 지경이었다. 그 수모를—물론 나 혼자서만 일방적으로 느꼈지만—당하고 사 온 옷인데 안 입고 처박아둔다는 사실은 양말을 사주지 않은 것보다 더 참을 수 없는, 말도 안 되는 일이었다.

엄마가 밥을 먹는 둥 마는 둥 숟가락을 놓고 거울 앞에 앉았다. 화장품을 열심히 바르고 손바닥으로 얼굴을 토닥거렸다. 그윽한 향기가 솔솔 풍겼다. 텔레비전을 보던 아버지가 엄마를 빤히 쳐다봤다. 빨간 립스틱을 막 바르려던 참이었다.

"사람 처음 봤수?"

엄마가 거울 속에 비친 아버지를 향해 입을 씰룩거렸다. 아버지가 아무 일도 아니라는 듯 헛기침을 했다. 텔레비전에서는 운동 기구를 선전하는 광고가 나오고 있었다. 건장한 남자 모델과 늘씬한 여자 모델들이 러닝 머신처럼 생긴 운동 기구 위를 활짝 웃으면서 달렸다. 가슴이 파인 운동복을 입은 쇼핑 호스트가 똑같은 말을 하고 또 했다. 아버지는 계속 반복되는 화면을 보고 또 봤다. 운동 기구에 관심이 있는 건지 여자 모델을 보기 위한 건지 아버지는 진지하게 텔레비전을 봤다. 그러는 사이 엄마는 꽃무늬 티셔츠를 꺼내 입었고 입술을 붉게 물들였다. 예상대로 잘 어울리는 옷이 아니었다. 엄마가 머리를 만지는데 아버지가 또 흘깃 쳐다봤다. 이번에는 좀 오래 바라봤다.

"하도 싸기에 하나 샀어."

엄마가 묻지도 않은 말을 중얼거렸다. 싸다니. 엄마도 거짓말을 할 때가 있구나. 그때 기억을 더듬어보면 결코 싼 옷은 아니었다. "별로 싸지도 않으면서"라고 엄마가 구시렁대는 소리를 분명히 들었다. 아버지는 대꾸 없이 쇼핑 호스트한테로 시선을 돌렸다. "이왕이면 예쁜 걸 사 입지. 그게 뭐야. 촌스럽게" 하는 표정이었다. 아버지에게 싸고 안 싸고는 그다지 중요한 것 같지 않았다. 문제는 지금 쇼핑 호스트가 입고 있는 옷과 엄마 꽃무늬 티셔츠가 너무 비교된다는 점이었다. 운동복이지만 쇼핑 호스트가 입고 있는 옷은 세련되고 우아하기까지 했다. 엄마가 입고 있는 꽃무늬 티셔츠가 알뜨랑이라면 쇼핑 호스트가 입고 있는 핑크색 운동복은 도브나 살구비누였다. 아버지도 알뜨랑을 별로 좋아하지 않는 걸까. 어쩌면 모든 남자들은 알뜨랑보다 도브나 살구비누를 더 좋아하는지도 모른다. 그러니까 내가 알뜨랑을 좋아하지 않는 것은 고개를 갸웃할 일이 아니었다.

모델들이 달리고 또 달리는 동안 엄마는 몸단장을 마치고 일어났다. 아버지가 방문을 나서는 엄마를 아래위로 훑어봤다. 엄마는 돌아보지도 않고 방을 휙 나갔다. 층계를 내려가는 발걸음이 가벼워 보였다. 콧노래라도 흥얼거릴 것만 같았다. 엄마 얼굴에 꽃이 피었다. 예쁘지도 않은 옷을 입고도 저렇게 기분이 좋을 수 있다니. 골목으로 멀어지는 엄마를 한참 바라봤다. 양말을 안 사길 잘했다는 생각이 들었다. 엄마가 가고 난 뒤에도 모델들의 달리기는 그칠 줄 몰랐다. 아마도 지구가 폭발하는 그 순간까지 달리고 또 달리지 않을까.

저녁때 아버지는 밥 대신 술을 마셨다. 아버지 얼굴은 금방 벌겋게 달아올랐다. 술에 취한 아버지는 밤늦도록 우리를 잡아둘 것이다. 나와 모호면은 밥을 얼른 먹고 재빨리 자리를 피했다. 아버지의 술자리는 오래 이어졌다. 말없이 술만 마셨다. 그냥 좀 더 앉아 있을걸 하고 후회스러운 마음이 들었다. 아버지가 쓸쓸해 보였다. 아버지 몰래 밖으로 나왔다. 엄마가 오려면 아직도 멀었다. 콧노래를 흥얼거릴 것처럼 가벼운 발걸음으로 나가던 엄마와 지금 술을 마시는 아버지는 전혀 다른 세상의 사람들 같았다. 엄마의 화장이 짙어질수록 아버지의 등은 더 굽어 보였다. 밤바람에 살갗이 에이는 듯했다. 몸을 한껏 움츠리고 걸음을 빨리했다.

주황색 천막 중간에 있는 투명 비닐로 포장마차 안이 훤히 들여다보였다. 포장마차에는 손님이 꽉 찼다. 엄마는 분주하게 움직였다. 바쁠 때 우리가 포장마차에 나타나는 것을 반가워하지 않았다. 잘못하다간 꼬치는커녕 국물도 못 얻어먹고 욕만 바가지로 듣고 그 자리에서 쫓겨 나올 수 있었다. 먼발치에서 포장마차가 한가해질 때까지 기다렸다. 김이 모락모락 나고 시끌벅적한 포장마차는 잔칫집 같았다. 사람들은 웃고 떠들었고 엄마 또한 들뜬 표정이었다. 포장마차에서 본 엄마의 꽃무늬 티셔츠는 촌스럽지도 알뜨랑 같지도 않았다. 쇼핑 호스트의 운동복만큼은 아니었지만 포장마차에 알맞게 예뻤다.

발이 너무 시렸다. 하지만 집에 들어가기는 싫었다. 아버지가 잠든 후에 들어가고 싶었다. 포장마차를 지나쳐 걸었다. 불빛이 환한 대형 마트가 꽁꽁 언 내 발길을 유혹했다. 문 닫을 시간이 얼마 남지 않은 마트 안은 비교적 한산했다. 지하 식품 코너로 갔다. 여기저기서 팔다 남은 음식을 가판대에 내놓고 시식을 권하고 있었다. 나는 삶은 고구마 조각을 집어 먹고 오징어젓갈도 먹었다. 우동 가락도 먹고 만두도 먹었다. 향이 요상한 샐러드도 한 입 집어 먹고 뭔지 모르는 고기도 한 점 입에 넣었다. 몸이 금세 훈훈해졌다. 아래위층을 한참 동안 돌아다녔다. 마트에는 살 것보다 볼 게 더 많았다. 폐장을 알리는 음악 소리가 흘러나왔다. 노란 유니폼을 입은 직원들이 바쁘게 움직였다. 나는 마트를 빠져나왔다.

포장마차로 돌아왔을 때 그곳은 여전히 북적였다. 하는 수 없이 발길을 돌렸다. 내가 막 돌아서는데 뒤에서 엄마 목소리가 났다. 뒤를 돌아보았다.

"그럼 살펴 가세요."

엄마가 포장마차 앞까지 나와서 손님을 배웅하고 있었다. 나는 엄마 눈에 띄지 않도록 가로등 뒤로 몸을 숨겼다.

"심 여사, 잘 먹고 가네. 내일 또 들르지."

술에 취한 듯 비틀거리던 남자가 엄마 손을 잡았다. 엄마가 남자 손을 살짝 뿌리쳤다.

"뭐가 어때서. 이리 와봐요. 인사는 해야지."

남자가 엄마를 끌어안았다. 나는 하마터면 가로등 뒤에서 길거리로 뛰어나갈 뻔했다.

"어머, 왜 이래요?"

엄마가 남자를 또 살짝 밀쳐냈지만 그 힘이 너무 약했는지 남자 품에서 빠져나오는 데는 실패했다. 엄마는 아주 잠깐 동안 남자 품에 안겨 있었다. 그리고 아주 잠깐 동안 행복한 표정을 지었다.

"아줌마!"

그때 안에서 엄마를 부르는 소리가 들렸다.

"네! 가요!"

엄마가 남자 품에서 후다닥 떨어지면서 안쪽에다 대고 외쳤다.

"이제 그만 가세요."

남자가 엄마 손을 천천히 놓았다. 품에서 돈을 꺼내 엄마 손에 쥐여주었다.

"그럼, 또 봐요."

남자가 비틀거리며 반대쪽으로 사라졌다. 이를 보고 서 있던 엄마가 손으로 옷을 탁탁 털고 안으로 들어갔다. 나는 엄마가 들어간 후에도 가로등 뒤에 서 있었다. 엄마가 꽃무늬 티셔츠를 사

입은 이유도 빨간 립스틱을 열심히 바르고 다니는 이유도 알 것 같았다. 아버지가 쓸쓸히 술을 마시는 까닭도 이해가 되었다.

"아줌마! 여기 소주 한 병 더요!"

누군가가 소리쳤다.

"네엣!"

활기찬 엄마 목소리가 포장마차 밖으로 새 나왔다. 집에 오는 내내 엄마의 그 '살짝'이 마음에 걸렸다. 당연히 좀 더 강하게 뿌리쳤어야 했다. 살짝이라니. 그건 엄마도 그 남자의 그런 행동이 싫지 않다는 뜻이었다. 목소리도 집에서 듣던 것과 180도 달랐다. 그렇게 부드럽고 나긋한 엄마 목소리를 들어본 적이 없었다. 더군다나 아버지한테 아까 그 남자에게 한 것처럼 그런 목소리로 말하는 것은 한 번도 보지 못했다. 엄마가 바람을? 믿을 수 없었다. 믿고 싶지도 않았다. 바람이 더 차졌다.

아버지는 불도 끄지 않고 텔레비전도 켜놓은 채 잠들었다. 방바닥에는 술병이 뒹굴었다. 술병을 치우고 이불을 덮어주었다. 텔레비전에서는 아침과 다른 쇼핑 호스트가 침대를 팔고 있었다. 아버지는 이 세상 모든 사물에 관심이 있는 것인가. 아니면 그 어느 것에도 관심이 없는 것인가. 리모컨을 눌렀다. 방 안이 깜깜해졌다.

6

"야, 일어나! 밥은 처먹고 자야 될 거 아냐."

엄마가 벌써 여러 번 소리를 질렀다. 나는 이불을 더 뒤집어썼다. 엄마 얼굴이 보기 싫었다.

"얘가 엄마 말이 말 같지 않아? 안 일어나!"

엄마가 이불을 젖혔다. 나는 몸을 웅크린 채 꼼짝도 하지 않았다. 한 번만 더 뭐라고 하면 "엄마나 잘해!" 하고 소리를 버럭 지를 생각이었다.

"너 어디 아프니?"

엄마 손이 내 이마를 짚었다.

"열이 좀 있는 것 같기도 허구."

엄마가 손으로 내 몸 이곳저곳을 만졌다. 엄마 손은 딱딱하고 거칠었다.

"열이 나긴 나네. 감기 걸렸구나."

그 소리를 들으니까 갑자기 온몸이 화끈거리는 듯했다.

"이렇게 똑바로 누워봐."

돌아눕기 위해 몸을 움직였다. 뼈마디가 뚝뚝 끊어지는 것처럼 쑤셨다.

"아, 해봐."

나는 입을 벌렸다.

"좀 더 크게."

좀 더 크게 입을 벌렸다. 엄마가 눈을 크게 뜨고 목 안을 들여다봤다.

"으이그, 목이 부었네. 그러니까 열이 나지."

그 말을 듣고 나자 목이 아팠다. 이상한 일이었다. 조금 전까지만 해도 아무렇지 않았는데, 엄마 말을 듣고부터 열이 나고 목도 따갑고 온몸이 쑤셨다. 마치 엄마가 나를 아프게 만든 것 같았다. 그것은 사실이었다. 엄마 때문에 감기에 걸렸다. 며칠 동안 밤마다 포장마차를 염탐했다. 나한테는 엄마와 그 남자의 관계를 확실하게 알아야 할 의무가 있었다. 나는 엄마의 아들이었다. 그리고 엄마의 남편인 아버지의 아들이기도 했다. 우리는 모두 하늘호의 구성원이었고 하늘호는 영원해야 했다. 그런데 엄마 때문에 하늘호가 위기에 처했다. 아들인 내가 어찌 보고만 있을 수 있겠는가. 매일 쇼핑 호스트만 들여다보고 있는 아버지에게 이 일을 알릴 수는 없었다. 충격을 받은 아버지는 아마도 텔레비전을 깨고 그곳으로 들어가버릴지도 모른다. 그렇다고 바보 같은 모호면에게 이 일을 맡길 수도 없었다. 이 사태를 수습할 사람은 하늘호에 나밖에 없었다. 손발이 꽁꽁 얼었지만 나는 가로등 뒤에 몸을 숨기고 그 남자를 기다렸다.

7

그 남자는 이틀이 멀다 하고 포장마차에 와서 술을 마셨다. 엄마는 남자를 반갑게 맞았고 남자 옆에 앉아 술을 따라주기도 했다. 반대로 남자가 엄마에게 술을 권하기도 했다. 남자가 엄마 손목을 슬며시 그러쥐었다. 그럴 때마다 엄마는 여전히 '살짝' 뿌리쳤다. 나는 주먹으로 가로등 기둥을 쳤다. 눈물이 찔끔 났다. 엄마가 단 한 번만이라도 '세게' 뿌리쳤다면 그렇게 화가 나지는 않았을 것이다. 불만은 남자보다도 엄마에게 더 있었다.

며칠 동안의 염탐 끝에 내가 내린 결론은 그 남자보다 엄마가 더 그 남자를 좋아한다였다. 하늘이 노랬다. 이를 어찌 수습해야 될지 몰랐다. 일단 엄마 앞에 모습을 드러내기로 했다. 그리고 엄마의 반응을 살피는 것이다. 심호흡을 한 다음 두근거리는 마음을 가라앉히고 천천히 포장마차 가까이 다가갔다. 안에는 그 남자와 엄마밖에 없었다. 그 남자가 또 엄마 손을 더듬었다. 더는 두고 볼 수 없었다. 포장마차 비닐을 들추었다.

"어서 오······."

엄마와 눈이 마주쳤다. 엄마가 얼른 남자한테서 떨어져 앉았다. 나는 내가 할 수 있는 만큼 최대한 인상을 썼다.

"밥 안 먹었어?"

엄마는 아무 일도 없었다는 듯 태연하게 물었다. 기가 막혔다.

정의로 무장한 불타는 각오가 맥없이 추락하는 순간이었다. 망설임 끝에 큰마음 먹고 거사를 실행에 옮겼는데, 고작 한다는 소리가 '밥 안 먹었어?'라니. 엄마가 그렇게 말하는 게 무리가 아니기도 했다. 우리는 집에 밥이 없거나 배가 고프면 한밤중에도 포장마차로 기어들곤 했다. 물론 그때마다 어묵이나 국수를 먹으면서 엄마 욕까지 덤으로 먹었다. 그래도 그렇지. 지금은 상황이 다르지 않은가. 시치미를 떼도 분수가 있지. 내 눈으로 현장을 목격했는데.

"왜? 어디 아파? 인상은 왜 그렇게 푹 쓰고 있어?"

"엄마!"

술잔을 입으로 가져가던 남자가 쳐다봤다.

"아들이요?"

"네. 작은애요. 상진아, 인사해야지."

남자를 노려봤다.

"어서 인사하래두?"

엄마가 옆구리를 쿡 찔렀다. 인사는커녕 나는 목에 힘을 주고 두 주먹을 불끈 쥔 채 꼿꼿하게 서 있었다.

"얘가 왜 이래?"

"녀석, 아주 똘똘해 보이는데. 장군감이네!"

남자가 엄마를 향해 엄지손가락을 꼽아 보였다.

"장군은 무슨 장군. 인사도 안 하는데."

연신 옆구리를 찔러대던 엄마가 머리를 한 대 꽁 때리고 물러났다.

"야, 너 마음에 든다! 꼬마야, 이리 와봐."

남자가 손짓으로 나를 불렀다. 엄마를 쳐다봤다. 빨리 가보라는 표정이었다. 저것까지 거역했다가는 나중에 무슨 봉변을 당할지 모른다. 내키지 않았지만 인상을 있는 대로 쓴 채 남자 옆으로 갔다.

"가까이서 보니까 더 잘생겼는걸. 꽃미남이야!"

남자가 머리를 쓰다듬었다. 꽃미남, 기분이 그렇게 나쁘지는 않았다. 여태껏 그런 말을 들어본 적이 없었다. 안면 근육에 준 힘을 풀었다. 꽃미남이 인상을 쓰고 앉아 있을 수는 없었다. 나는 흔들리고 있었다. 실은 장군감이라는 말을 들었을 때부터 내 마음에 파동이 일었다. 이건 아닌데. 이런 유혹에 넘어가면 거사를 그르치고 말 것이다. 다시 마음을 다잡았다.

"어디 손금 좀 보자."

남자가 내 손바닥을 들여다보면서 중얼거렸다.

"삼복을 타고 났네. 재물 운도 있고 명예 운도 있고. 아이쿠, 이런! 여자 운도 있네. 아주머니, 애 크게 키워야겠어요!"

내 귀가 번쩍 뜨였다. 재물과 명예, 게다가 여자까지. 더 바랄 게 뭐가 있겠는가. 천하를 다 얻은 기분이었다. 호호호, 나보다 엄마가 더 좋아했다. 남자는 생각보다 괜찮은 사람이었다. 구겨졌던 내 인상은 거의 다 펴졌다. 포장마차에 손님들이 무더기로 들어왔다. 엄마는 바빠졌고 남자는 자리에서 일어났다. 남자가 돈을 꺼내 엄마에게 주었다. 엄마가 잔돈을 거슬러 주자 남자가 받지 않았다.

"안녕히 가세요."

엄마가 옆구리를 찌르지도 않았는데, 나는 밖으로 나가는 남자 등 뒤에 대고 큰 소리로 인사했다.

"그 녀석 인사도 잘하네."

남자가 다시 지갑을 꺼내더니 만 원짜리 한 장을 내 손에 쥐여 주었다.

"고맙습니다."

나는 또 공손하게 인사했다. 엄마가 흐뭇한 미소를 지었다. 남자가 손을 흔들어 보이며 나갔다. 남자는 생각보다 좋은 사람이었다. 거기까지는 그랬다.

며칠 후 나는 또 포장마차를 기웃거렸다. 지난번 일로 의심이 완전히 가신 것은 아니었다. 엄마는 그새 파마를 했다. 빠글빠글 촌스럽던 엄마 머리가 덜 빠글빠글한 세련된 스타일로 변했다. 그뿐만 아니라 새까맣던 머리가 갈색으로 바뀌었다. 한 10년은 젊어 보였다.

"머리가 그게 뭐여? 꼭 소털 뒤집어쓴 거처럼."

거울 앞에 앉아 있는 엄마를 보고 아버지가 한마디 던졌다.

"소털이면 어때. 내 맘이지."

엄마는 공들여 빗은 머리에 미용실에서 사 온 스프레이를 뿌렸다. 방 안에 꽃향기가 퍼졌다.

"그건 또 뭔 지랄이여."

아버지가 끙 하고 돌아앉았다. 엄마는 그런 아버지를 아랑곳 않고 머리를 만졌다. 내 마음이 다시 흔들리기 시작했다. 요사이 엄마 행동으로 봐서 의심을 하지 않으려야 안 할 수 없었다. 그 결정적인 단서는 엄마 화장대에 새로 등장한, 아버지가 '지랄'이라고 지칭한 꽃향기 스프레이였다. 내 발길은 자연스레 포장마차로 향했다.

엄마나 남자나 달라진 게 없었다. 남자는 여전히 엄마 손을 더듬었고 엄마 또한 여전히 '살짝' 뿌리쳤다. 내 마음은 지난번보다 더 불쾌해졌다. 가로등 아래 쭈그리고 앉았다. 포장마차 안으로 들어가고 싶지 않았다. 그 남자를 보고 싶지 않았다. 그 남자가 또 돈을 쥐여주기라도 하면 모든 게 다 물거품이 될지도 모른다. 비굴해지고 싶지 않았지만 그것을 이겨낼 자신 또한 없었다. 바닥에 침을 뱉었다. 신발 바닥으로 침을 문질렀다. 어떻게 하지.

"추운데 여기서 뭐 하냐?"

화들짝 놀라 뒤를 돌아보았다. 아버지였다.

"아버지."

아버지야말로 이 시간에 웬일인가. 포장마차 안을 살폈다. 엄마와 남자가 웃고 있었다. 아버지가 보면 큰일이었다.

"있잖아요, 아버지."

아버지를 돌려세우고 무작정 걷기 시작했다. 아버지가 절뚝이며 따라왔다.

"아니, 인석아. 좀 천천히 가."

인정사정없이 아버지를 잡아끌었다.

"넘어지겠다. 인석아. 이거 좀 놓고 쉬었다 가자."

아버지가 팔을 뿌리치며 멈춰 섰다. 뒤를 돌아보았다. 포장마차가 멀리 보였다. 그제야 숨을 몰아쉬었다.

"누가 잡으러 오냐? 왜 그리 급해?"

아버지도 뒤를 돌아보았다.

"네가 안 보이기에, 밤바람도 쐴 겸 찾으러 나왔지. 근데 왜 거기 쭈그리고 앉아 있던 거냐? 야단맞았니?"

"아니."

"그럼, 왜?"

"그냥……."

바닥에 또 침을 뱉었다. 아버지가 발로 내가 뱉은 침을 문질렀다. 좀 전에 내가 그랬듯이 싹싹 비볐다. 아버지 손을 잡고 어두운 골목을 걸어 올라왔다. 아버지의 걸음에 맞춰 평소보다 느리게 걸었다.

"날씨도 추운데 이제 거기 가지 마라."

"……."

아버지가 내 손을 꽉 움켜쥐었다. 조용한 골목에 한 템포 느린 아버지 발소리와 내 발소리가 울려 퍼졌다.

8

오늘 아침 나는 일찍 잠에서 깼지만 일어나기가 싫었다. 어쩐지 아버지가 모든 걸 다 알고 있는 듯했다. 엄마한테 화가 난 것은 당연한 일이었다. 그런데 감기라니. 진짜 큰마음 먹고 엄마에게 시위를 할 작정이었는데. 세상은 정말 내 뜻대로 돌아가지 않았다.

"안 되겠네. 가서 약이라도 사 와야지. 얼른 가서 약 사 올게."

엄마가 약을 사 올 때까지 누워 있었다. 아버지가 이마를 짚어 보더니 따뜻한 물을 가지고 왔다.

"좀 마셔봐."

아버지의 부축을 받고 일어나 앉았다. 모든 게 아득했다. 물을 마셨다. 목이 아팠다.

"조금 더 마셔."

고개를 젓고 자리에 누웠다.

"그러게 내가 뭐랬냐? 밤에 나가지 말랬지."

눈을 감았다. 다 잊고 싶었다. 엄마도 그 남자도 내 손금도. 모두 귀찮았다. 그냥 자고 싶었다. 나는 정말로 아팠다.

꿈을 꾸었다. 샛별문구 여자의 혹에서 공룡이 나왔다. 공룡은 금세 자랐다. 집채만큼 커진 공룡이 사람들을 잡아먹기 시작했다. 자기를 낳아준 샛별문구 여자를 제일 먼저 꿀떡 삼켰다. 소연이도 그 아이 아버지도 잡아먹었다. 302호 여자와 대머리 택시 기사는 춤을 추다 잡혀 먹혔다. 다음은 우리 집 차례였다. 모호면이 공룡과 맞서서 싸웠다. 양손에 꼬치를 들고 휘둘렀다. 공룡이 노란 물탱크를 밟았다. 물탱크가 터지면서 물이 쏟아졌다. 그리고 그 속에서 신기하게도 고래가, 귀신고래가 나왔다. 귀신고래도 공룡처럼 금방 자랐다. 공룡보다 훨씬 더 커졌다. 공룡이 괴성을 지르며 내게 다가오자, 귀신고래가 나를 삼켰다. 귀신고래 배 속은 유리 상자처럼 밖이 훤히 내다보였다. 약이 오른 공룡이 귀신고래한테 덤벼들었다. 귀신고래가 꼬리지느러미로 공룡을 힘껏 쳤다. 공룡이 야구공처럼 하늘 저 멀리로 날아갔다. 귀신고래가 나를 다시 입 밖으로 꺼내놓았다. 나는 털이 하얀 여우로 변해 있었다.

누군가 나를 흔들어 깨웠다. 천천히 눈을 떴다. 엄마 얼굴이 나를 내려다봤다. 엄마 얼굴에 공룡이 겹쳐졌다가 귀신고래가 겹쳐졌다.

"약 먹고 자."

엄마가 나를 일으켰다.

"이거 먼저 먹고 약 먹자."

방바닥에 딸기우유와 크림빵이 보였다. 평소에는 구경도 못 하는 것이었다. 언제인가 모호면이 아플 때도 엄마가 딸기우유와 크림빵을 사줬다. 그때 나는 모호면이 먹는 것을 지켜보면서 아프고 싶어서 혼났다. 그러니까 딸기우유와 크림빵은 우리가 무지 많이 아플 때 엄마가 사주는 약 같은 것이었다. 다시 말해 나는 지금 무지 많이 아픈 것이다. 정신이 번쩍 났다. 꿈속에서 귀신고래 배 속에 들어앉았을 때보다 더 놀라웠다.

"자, 이거 한 모금 마셔."

엄마가 딸기우유 팩 한쪽을 삼각형 모양으로 열어주었다. 딸기우유를 마셨다. 달콤한 딸기 맛이 입 안에 퍼졌다. 두 모금을 연달아 마셨다. 목이 하나도 안 아팠다.

"이것두 먹구."

이번에는 크림빵 봉지를 뜯어서 먹기 좋게 내 손에 들려주었다. 둥근 크림빵이 먹음직스러웠다. 한 입 베어 먹었다. 부드러운 크림이 입 안에서 저절로 녹았다. 나는 정신없이 크림빵을 먹어치웠다.

"이거 마셔가면서 천천히 먹어."

물끄러미 나를 바라보던 아버지가 딸기우유를 집어주었다. 나는 크림빵을 먹으면서 엄마를 용서하기로 했다. 그보다 더한 일도 용서할 수 있었다. 딸기우유와 크림빵 사이에서 나는 세상에서 가장 너그러운 사람이 돼 있었다. 딸기우유와 크림빵 사이에는 과거가 존재하지 않았다. 행복한 현재만 기억될 뿐이었다.

딸기우유와 크림빵을 먹고 약을 먹었다. 오랜 시간을 잤다. 자다가 깨어나서 약을 먹고 또 잤다. 불덩이처럼 뜨거운 몸이 퉁퉁 불어나는 느낌이었다. 꿈속에서 멀리 날아간 공룡이 다시 나타났다. 귀신고래를 불렀다. 그러나 귀신고래는 나타나지 않았다. 나는 공룡에게 쫓겨 달아났다. 절벽이 앞을 가로막았다. 뒤에서는 공룡이 시뻘건 입 속을 드러내며 다가왔다. 눈을 질끈 감고 절벽 아래로 뛰어내렸다. 눈을 떠보니 여우가 십자가를 딛고 폴짝폴짝 어딘가로 사라지고 있었다. 나는 내가 어디 있는지 알 수 없었다. 여우가 나인지 내가 여우인지도 통 모르겠다. 헛소리를 지르다 깨어났다. 아버지가 이마에 물수건을 얹어주었다. 아버지의 얼굴이 희미하게 흔들렸다. 다시 눈을 감았다. 나는 자기 위해서 사는 사람처럼 오로지 자기만 했다.

꿈속에 더 이상 공룡이 나타나지 않았다. 창문을 통해 들어오는 햇살이 방 안을 환하게 비추었다. 눈을 떴다. 오랜만에 머릿속이 맑았다. 일어나서 마루로 나왔다. 집 안은 고요하게 가라앉았다. 큰방을 기웃거렸다. 아버지가 자고 있었다. 엄마와 모호면은 보이지 않았다. 문을 열고 바깥으로 나왔다. 옥상에 한낮의 햇살이 고였다. 한동안 보지 못한 노란 물탱크가 반가웠다. 옥상을 천천히 걸었다. 햇빛이 발밑에서 출렁였다. 어지럼증이 났다. 물건을 잔뜩 실은 자전거 한 대가 골목을 지나갔다. 조무래기들이 재잘거리며 그 뒤를 따랐다. 그동안 달라진 것은 없어 보였다. 내가 열에 들떠 공룡에게 쫓기는 동안에도 자전거가 지나가고 개는 아무데나 똥을 누었을 것이다. 딸기우유와 크림빵을 먹은 기억도 꿈결 같았다. 이상한 것은 내 마음이었다. 엄마에 대한 불신이 씻은 듯이 사라졌다. 단지 딸기우유와 크림빵의 효과 때문이었을까.

아래층에서 피아노 소리가 들렸다. 옥상에 쭈그리고 앉았다. 부드럽고 감미로운 피아노 소리가 오후의 늘어진 햇살 속으로 퍼졌다. 소연이의 피아노 소리는 초라한 청운연립과 어울리지 않았다. 고급스러운 아파트에서나 들려올 법한 소리였다. 그 소리는 천상에서 들려오는 소리였다. 그 소리를 듣고 있으면 청운연립 옥상이 아니라 고품격 아파트 베란다에 서 있는 착각이 들었다. 그렇다. 엄마에게 꽃무늬 티셔츠는 나의 존슨즈베이비로션 같은 것이다. 그 간단하면서도 명쾌한 해석을 왜 진작 알지 못했을까. 피식 웃음이 샜다. 아픈 만큼 성장한다더니 그 말이 맞는 것 같았다. 나는 노란 물탱크에다가 '딸기우유와 크림빵 사이에서 엄마의 꽃무늬 티셔츠를 이해했다'라고 썼다.

9

내 관심이 엄마의 꽃무늬 티셔츠에서 꽃향기 스프레이로 옮겨온 것은 자연스러운 일이었다. 살다 보면 내 의지와 무관하게 내가 의도하지 않은 방향으로 끌려가는 경우가 종종 있었다. 아마도 내 인생의 반은 내 의지와 무관한 일일지도 모른다. 꽃무늬 티셔츠와 꽃향기 스프레이는 '꽃'과 '엄마'라는 공통분모를 가지고 있었다. 거기에 나는 '여자'라는 공통분모를 하나 더 추가했다. 둘다 꽃, 엄마, 여자와 관련이 있었다. 꽃에는 여자를 끄는 그 무엇인가가 있다? 엄마도 여자다? 그리고 소연이도 여자다? 소연이도 꽃향기 스프레이에 끌린다? 좀 이상하지만 아무튼 그런 공식이 성립됐다.

엄마의 화장대 위에 헤어스프레이가 자리하던 날, 나는 경이로운 체험을 했다. 엄마 몰래 허공에다 대고 스프레이를 분사했다. 지독한 꽃향기가 났다. 이건 분명 냄새가 아니라 향기였다. 갑자기 화장실에 있는 알뜨랑이 자취를 감출 날도 얼마 남지 않았구나 하는 예감이 들었다. 엄마의 변화가 그리 나쁜 것만은 아니었다.

한산한 오후였다. 혼자서 방바닥에 수학 문제집을 펼쳐놓고 이차함수 그래프를 그리고 있었다. 아래로 볼록한 포물선이 꼭 소연이 젖가슴 같았다. 나는 함수 그래프의 포물선 중앙 볼록한 부분에 새까만 점을 그려 넣었다. 영락없는 여자 가슴이었다. 함수 그래프마다 젖꼭지를 그렸다. 탱탱하게 부푼 가슴, 아래로 길게 늘어진 가슴, 옆으로 납작한 가슴, 어느새 문제집은 수많은 젖가슴으로 출렁였다. 현기증이 날 정도였지만 나의 장난기는 그칠 줄 몰랐다.

그중 제일 예쁜 가슴에 소연이 얼굴을 그려 넣었다. 팔과 다리도 그리고 머리도 그렸다. 남은 건 배꼽 밑의 그 부분이었다. 그곳만 허옇게 남았다. 연필을 입에 물고 그곳을 떠올렸다. 대충 어떤 모습인지는 알고 있었지만 막상 그리려고 하니 망설여졌다. 연필을 돌려가며 잘근잘근 씹었다. 마침내 그곳을 그리기 시작했다. 삼각형을 그리고 그 끝에 입술 모양을 그렸다. 그다음은 모르겠다. 연필로 그곳을 돌려가며 까맣게 칠해버렸다. 소연이가 대낮에 옷을 홀딱 벗고 내 수학 문제집 위에 누워서 웃고 있었다. 집에는 아무도 없었고 나는 너무 심심했다.

소연이를 문제집 위에 그대로 눕혀둔 채 엄마 방으로 갔다. 며칠 전부터 눈독 들여온 헤어스프레이가 보였다. 헤어스프레이를 집어 들고 허공에다가 분사했다. 미세한 물방울 입자들이 안개처럼 방 안에 퍼졌다. 방 여기저기에 대고 헤어스프레이를 눌러댔다. 소연이의 손을 잡아보고 싶었다. 방 안은 꽃향기로 가득했다. 여자의 가슴이 궁금했다. 여자의 그곳이 궁금했다. 여자의 모든 것이 궁금했다. 엄마가 했듯이 머리에다가 헤어스프레이를 뿌렸다. 머리가 살포시 젖었다.

"이게 뭔 냄새냐?"

아버지가 방으로 들어서며 인상을 찌푸렸다. 나는 들고 있던 헤어스프레이를 허리춤에 감추었다.

"어휴, 무슨 냄새가 이렇게 지독하냐? 거기 창문 좀 열어."

아버지가 절뚝거리며 방을 가로질렀다. 창문이 활짝 열렸다. 나는 얼른 헤어스프레이를 화장대 위에 내려놓고 방을 나왔다.

"얼마나 뿌려댔으면. 머리 아파 죽겠네."

아버지가 중얼거리며 마루로 나왔다. 이상한 일이었다. 아버지는 향기와 냄새를 구분하지 못했다. 일부러 구분 짓지 않는 것인지 원래 구분하지 못하는 것인지 알 수 없었지만, 아버지가 꽃향기 혹은 꽃을 좋아하지 않는다는 사실만은 확실했다. 그러니까 엄마가 꽃무늬 티셔츠를 입어도 별 반응을 보이지 않는 것이다. 아버지가 반응을 조금만 보였어도 엄마가 다른 남자한테 술을 따라주지 않았을지 모른다. 어른들은 가끔 우리보다 정신 연령이 낮아 보였다.

함수 그래프로 장난치는 것도 시들해졌다. 방바닥에 누워버렸다. 그때 인기척이 났다.

"자나?"

아버지가 방문을 열었다. 나는 벌떡 일어나 앉았다.

"안 자면 나와서 저거 하자."

별로 내키지 않았지만 부엌으로 갔다. 재미난 일도 없고 심심

187

한 오후였다. 아버지가 묵묵히 꼬치를 끼웠다. 나도 말없이 꼬치를 끼웠다.

"여자는 말이야, 알고 보면 말짱 꽝이야."

아버지가 중얼거렸다.

"이 꼬치만도 못한 게 여자야."

아버지가 끼우던 꼬치를 흔들어 보였다. 무슨 소린가. 여자가 꼬치만도 못하다니.

"이건 정성을 들이면 맛있기나 하지. 하루에 열두 번도 더 변하는 그 마음은 알 수가 없거든. 그래서 똥끝이 타."

아버지가 김치 한 조각을 집어 먹었다.

"그런데 말이야. 알고 보면 더 허망해. 다 쓸데없는 짓이야. 이건 먹고 나면 배나 부르지."

아버지가 김치 조각을 또 입에 넣고 씹었다. 아버지가 무슨 소리를 하는지 도무지 모르겠다.

"너 좋아하는 여자 친구라도 생겼냐?"

아버지가 갑자기 은밀하게 속삭였다.

"아, 아니요."

닭똥집을 끼우던 손이 미끄러지면서 꼬치에 손가락이 찔렸다.

"괜찮아. 사내자식이 쩨쩨하게 굴기는."

아버지가 내 머리를 힐끔 쳐다보면서 코를 벌름거렸다. 좀 전에 스프레이 뿌린 게 마음에 걸렸다. 손으로 머리를 만지작거렸다.

"나도 너만 할 때는 그랬어. 그래도 인석아, 덮어놓기나 해야지. 뭐 자랑거리라고 보시오 하고 펼쳐놔, 펼쳐놓기를. 네 엄마가 보면 난리 난다."

그제야 아차 싶었다. 수학 문제집 위에 벌거벗은 소연이를 그대로 눕혀놓고 나온 것이 생각났다. 아버지는 벌써 그것을 본 모양이었다. 끼우던 꼬치를 내팽개치고 후다닥 방으로 달려갔다. 뒤에서 껄껄거리는 아버지 웃음소리가 들렸다. 얼굴이 화끈거렸다. 쥐구멍이라도 있으면 숨고 싶을 지경이었다. 엄마가 보기라도 하면 큰일이었다. 지우개로 낙서를 지우기 시작했다. 급하게 지우느라고 종이가 찢기고 깨끗이 지워지지도 않았다. 유난히 힘을 주어 새까맣게 칠한 젖꼭지와 아래 그 부분 흔적이 그대로 남았다.

"뭐 해? 어서 나오지 않구."

하필이면 그걸. 창피해서 아버지 얼굴을 어떻게 보지. 소연이를 그렇게 눕혀놓고 나오는 게 아니었는데. 선뜻 나가지도 못하고 방 안을 서성였다. 하지만 지금 안 나간다고 해결될 일이 아니었다. 언젠가는 아버지와 얼굴을 마주쳐야 했다. 그럴 바에야 한꺼번에 창피당하는 게 나았다. 아버지에게 당한 굴욕을 갚아줄 묘안이 없을까. 아버지 자존심을 건드릴 만한 그 무엇이 없을까. 엄마 손을 더듬던 그 남자 이야기를 확 불어버릴까. 살짝 손을 뿌리치던 엄마의 표정을 재연해 보여줄까. 엄마의 꽃무늬 티셔츠와 빨간 립스틱과 꽃향기 스프레이에 얽힌 비밀을 발설해버릴까. 아버지는 그것도 모르면서. 아버지야말로 엄마 단속이나 잘하지. 두 손으로 머리를 헝클어뜨렸다. 생각하면 할수록 창피했다.

다음 날도 그다음 날도 아버지와 엄마 눈치를 살폈다. 아버지는 그런 일은 벌써 다 잊어버렸다는 듯이 밥을 먹고 꼬치를 끼웠다. 엄마 또한 아버지가 열심히 끼운 꼬치를 들고 포장마차로 향했다. 물론 꽃향기 스프레이로 마무리한 머리를 열 번도 넘게 거울에 비춰 보고서 말이다. 딸기우유와 크림빵 사이에서 한없이 너그러워진 내 마음이 흔들리기 시작했다. 아버지와 엄마 사이에 무슨 일이 일어나기를 바라는 것은 아니었지만 아버지에게 충격을 느낄 만한, 내가 느낀 수치심을 능가하는 기분을 맛보게 해주고 싶었다. 기회를 엿보던 나는 드디어 결단을 내렸다. 아버지에게 정면으로 부딪쳐보기로.

아버지는 오래간만에 드라마를 보고 있었다. 아내 몰래 다른 여자를 만나던 남자가 결국 꼬리를 잡히는 장면이었다. 남편의 외도를 목격한 여자 주인공은 의외로 담담하고 침착했다.

"너무 기가 막히면 저럴 수 있지. 화가 안 나."

아버지는 여자 주인공 심정을 100퍼센트 이해한다는 표정이었다. 이쯤에서 나는 용기를 내서 입을 열었다.

"질문이 있는데요."

"질문?"

"네."

"수학이냐, 영어냐?"

"엄마에 관한 문젠데요."

"엄마? 네 엄마? 심용순 씨 말이냐?"

"넷."

"어디, 질문해봐. 심용순 씨에 대해서는 내가 전공이지. 뭐여? 알고 싶은 게."

아버지는 그 문제라면 자신 있다는 듯 자세를 바로 하고 앉았다.

"엄마는 왜 안 입던 꽃무늬 티셔츠를 입어요?"

"그게 지금 네가 나한테 하는 질문이냐?"

"네."

"그야, 입고 싶으니까 입겠지."

"그럼, 엄마는 왜 빨간 립스틱을 칠해요?"

아버지가 '지금 애비하고 말장난하자는 겨?' 하는 표정으로 나를 한동안 빤히 쳐다봤다.

"것두 하고 싶으니까 하겠지."

"머리 물들이고 스프레이까지 뿌리고……."

"것두 지 맴이지."

내 말이 끝나기도 전에 아버지가 대답을 했다.

"또 있냐?"

아버지는 '얘가 진짜 애비를 갖고 노는구나' 하는 얼굴이었다. 나는 고개를 저었다. 진도를 더 나가다가는 내가 오히려 역습을 당할 것 같았다. 아버지가 잠시 텔레비전을 뚫어져라 바라봤다. 드라마 속 여자와 남자는 마지막 이별 여행을 하고 있었다. 두 사람을 태운 승용차가 고속도로를 달렸다. 차가 바닷가에 이르렀다. 멀리서 파도 소리가 들렸다. 차 문이 열리고 남자가 내렸다. 여자가 막 내리려는 순간 아버지가 입을 열었다.

"어쩌지. 애비는 심용순 씨허구 저런 여행 갈 생각은 눈곱만큼도 읎는데."

완전 케이오패였다. 아버지는 내 속을 훤히 꿰뚫고 있었다. 혹을 떼려다가 더 큰 혹을 붙인 꼴이었다. 참패를 인정하고 그 자리에서 깨끗이 물러 나왔지만, 풀리지 않는 의혹들이 꼬리에 꼬리를 물고 떠올랐다. 그렇다면 아버지는 엄마를 끔찍이 사랑한다는 말인가. 얼마나 사랑이 깊으면 헤어질 생각이 눈곱만큼도 없을까. 믿기 어려웠지만 엄연한 현실이었다. 꽃무늬 티셔츠와 빨간 립스틱과 꽃향기 스프레이 사이에는 나만큼 마음이 넓은 아버지가 떡하니 버티고 있었다. 내가 딸기우유와 크림빵 사이에서 한없이 너그러워졌던 것처럼.

10

하루하루가 지루하고 길게 흘러갔다. 나는 옥상 위를 서성이다가 노란 물탱크 주변을 맴돌고 맴돌았다. 초등학교 마지막 겨울 방학이 노랗게 맴돌며 달아나고 있었다. 온 세상이 물탱크처럼 노랗게 맴돌며 멀어졌다. 멀리 보이는 고층 건물도 길 건너 어딘가에 있는 아트비전도 새로 생긴 오락실도 노랗게 맴돌며 멀어졌다. 다들 바삐 갈 곳이 있는 듯 수선스럽고 부산했다. 지루하고 더딘 건 청운연립뿐이었다. 그리고 그 꼭대기에는 하릴없이 서성이는 열세 살, 230밀리미터 해리 포터 운동화 속의 내 발바닥이 있었다. 노랗게 맴돌며 멀어지는 세상은 내 발바닥의 비애를 알지 못했다. 길게 이어지는 지루함의 고통을 알 리 없었다. 저희끼리 깔깔대며 몰려갔다. 저들은 새로운 지구를 건설하기 위해 부산을 떠나는지도 모른다. 저들이 서 있는 땅보다 더 비옥하고 기름진 곳을 찾아가는 중인지도.

은하계에 조만간 대혁명이 일어날 수도 있겠다. 화성과 목성 사이 혹은 목성과 토성 사이쯤에 새로운 지구가 생겨날지도 모른다. 새로운 지구에 이미 지나온 숱한 일들이 뻔뻔스럽게 새 일처럼 등장할지도 모른다. 만유인력을 발견한 그 누군가는 운 좋게 뉴턴이 되고, 악법도 법이라고 외친 그 누군가는 추앙받는 소크라테스가 되고, 전쟁을 일으킨 누군가는 재수 없게도 김일성이 될 것이다. 그러나 아무도 알지 못했다. 있던 것이 없어지고 새로 생겨나면 그뿐, 그것이 전과 다를 바 없거나 그보다 못할 수도 있음을 의심하는 이는 아무도 없었다. 폭발의 조짐을 눈치챈 것은 아닐까. 이곳이 분화구임을 알아차린 그 누군가가 앞장서서 새로운 지구의 건설을 선동했는지도 모를 일이었다. 명백한 사실은 그 자리에, 바보처럼 서 있는 것은 청운연립뿐이라는 거였다.

물탱크 주변을 맴돌던 나는 주저앉아서 신발을 벗었다. 하도 서성였더니 발바닥이 얼얼했다. 발바닥을 주먹으로 쳤다. 왜 하필이면 청운연립이야. 나도 저들과 같이 깔깔대며 몰려다니고 싶었다. 발바닥을 점점 더 세게 내리쳤다. 그래도 발바닥은 반응이 없었다. 오히려 주먹 쥔 손이 아려왔다. 다시 신발을 신었다.

발길이 어느새 약수터로 향했다. 오랜만에 판잣집을 찾았다. 안에서 색소폰 소리가 흘러나왔다. 마음이 좀 가라앉았다. 내가 문을 열고 안으로 들어설 때까지도 전인슈타인은 알아채지 못했다. 예전 같지 않게 색소폰 소리가 자꾸 끊겼다. 마침내 전인슈타인이 색소폰을 내려놓았다.

"이제 힘들어서 이 짓도 못 하겠어."

숨찬 목소리로 전인슈타인이 말했다.

"한때는 정말 날 따라올 사람이 없었는데."

될 수 있으면 어른들의 과거를 믿지 말자는 원칙을 세워놓고 있었지만, 전인슈타인의 과거는 어쩐지 믿고 싶었다.

"하루에 몇 군데를 뛰었는지 몰라. 내 색소폰 연주를 듣고 싶어서 밤새 기차를 타고 부산에서 올라오는 사람들도 있었는데."

전인슈타인이 눈을 지그시 감고 옛날을 회상했다. 그 모습은 아버지가 64빌딩 도면을 들여다볼 때와 닮았다. 왠지 쓸쓸한 기운이 감돌았다.

"근데, 그놈은 다시 만났니?"

"누구요?"

"누구긴 누구야, 여우 말이지."

"아뇨."

"어허, 거 참 이상한 일이구나. 나두 요전에 여우를 봤는데."

귀가 번쩍 뜨였다.

"정말이에요? 진짜로 여우를 봤어요?"

"그럼, 한 이 정도 크기였지, 아마."

전인슈타인이 두 손을 벌려 여우 크기를 가늠해 보였다.

"맞아요. 그놈이에요. 우리 집 옥상에 나타난 그놈이 맞아요."

나는 몹시 흥분된 목소리로 떠들었다.

"털이 희고 탐스러웠지. 그렇게 희고 풍성한 털을 가진 여우는 처음 봤으니까. 새벽이었어. 늙으면 잠이 없어지거든. 잠이 안 오기에 바람이나 쐴까 하고 밖으로 나왔지."

"그런데요?"

"아, 그런데 지붕 위에서 허연 물체가 상수리나무 가지 위로 휙 날아가는 거야. 처음에는 박쥐나 하늘다람쥐로 생각했지. 그런데 자세히 보니 덩치가 아주 크더라고. 그때 네 생각이 났어. 여우를 봤다던. 그래, 유심히 살폈지. 여우였어."

내 눈빛은 색소폰 연주를 들을 때보다 더 진지하게 빛났다.

"어디로 갔는데요?"

"상수리나무에서 소나무로, 소나무에서 후박나무로, 후박나무에서 떡갈나무로 눈 깜짝할 새에 사라졌어. 아따 그놈 귀신처럼 빠르더군."

"그치요? 정말 빠르지요?"

내 경험을 공유할 사람이 생긴다는 건 대단한 사건이었다. 그것도 다른 사람이 아닌 전인슈타인이라니. 여우를 다시 만난 것처럼 설레고 흥분되었다. 비밀을 공유한다는 건 동지가 됐다는 증거였다. 친구 열 명을 얻은 것보다 기뻤다.

"여우는 잘 살고 있으니까 걱정 말아라."

전인슈타인이 다시 색소폰 연주를 시작했다. 가끔 색소폰을 내려놓고 거친 숨을 몰아쉬었다. 이마에는 전에 없던 땀방울이 맺혔다. 눈을 감았다. 은빛 여우가 상수리나무 위에서 우리를 내려다봤다. 여우는 여전히 쓸쓸해 보였다. 색소폰 연주가 끝날 때까지 눈을 뜨지 않았다. 색소폰 소리가 뚝 그쳤다. 그래도 눈을 뜰 수 없었다. 눈을 뜨는 순간 상수리나무 위에 있는 여우가 홀쩍 사라져버릴 것만 같았다. 여우는 정말 잘 살고 있을까.

하루가 멀다 하고 전인슈타인을 찾아갔다. 성적 관리가 마음에 걸렸지만 색소폰 소리를 듣고 있으면 곧 잊었다. 전에는 우울하게 들리던 색소폰 소리가 아름답게 들렸다. 여우 효과였다. 이 세상에 전인슈타인과 나, 이렇게 둘이서만 여우를 본 것이다. 전인슈타인과 여우를 공유하고부터 야릇한 친밀감이 생겼다. 하늘호 사람들과 다른 차원의 친밀감. 그것은 말이나 글로도 설명할 수 없는, 일종의 벅차오름이었다. 노란 물탱크 뒤에서 소연이를 지켜볼 때 느끼던 설렘보다 훨씬 고차원적인 감정이었다.

전인슈타인은 예전과 달리 색소폰 부는 것을 힘겨워했다. 전보다 자주 색소폰을 내려놓고 숨을 골랐다. 그동안 나는 색소폰을 만지작거렸다. 전인슈타인이 가르쳐준 대로 숨을 내쉬어봤지만 바람 새는 소리만 났다. 전인슈타인이 색소폰에 광을 내는 동안 나는 소연이의 출렁이는 가슴 이야기도 했고, 그 아이가 생리를 한다는 이야기도 했다. 아버지의 64빌딩 도면 이야기도 했고, 요즘에는 꼬치 때문에 장롱 밑에 처박혀 있다는 이야기도 했다. 샛별문구 여자의 혹에 대해서도 이야기했고, '어느 선'을 넘은 그날의 사건에 대해서도 이야기했다. 모호면이 주꾸미를 그냥 꿀꺽 삼킨 이야기도 했고, 엄마의 꽃무늬 티셔츠 이야기도 했다. 전인슈타인은 내 말 중간중간에 "그래? 그래서?" 하고 추임새를 넣으며 껄껄 웃었다. 그러나 어쩐지 분화구에 대한 이야기는 쉽게 꺼내지 못했다. 아직은 때가 아닌 것 같았다.

이번에는 내가 색소폰을 닦을 차례였다. 색소폰을 광내는 일은 지루하고 재미없는 일이었다.

"이걸 뭣 하러 이렇게 닦고 또 닦아요?"

"넌 뭣 하러 존슨즈 뭔지 하는 로션을 열심히 바르고 다니니?"

"그야 뭐, 잘 보이려고 그러죠."

"나도 잘 보이려고 그래. 그놈한테 잘 보여야 날 버리지 않을 거 아냐."

전인슈타인이 색소폰을 턱으로 가리켰다.

"내가 먼저 잘해야지, 지놈도 나한테 잘할 거 아냐. 난 죽을 때까지 색소폰을 불고 싶거든. 그게 내 소원이야."

이해가 안 되는 말이었지만, 나는 고개를 끄덕였다. 그래야만 될 것 같았다. 그것이 전인슈타인을 위해 내가 할 수 있는 가장 좋은 추임새였다.

"근데 말이야. 세상에는 내 의지대로 할 수 없는 일들이 종종 있어."

전인슈타인이 고개를 떨어뜨리고 바닥에다가 손가락으로 뭔가를 썼다가 지우기를 반복했다. 그러면서 간간이 어깨를 들썩이며 기침을 했다. 눈을 크게 뜨고 그의 손가락을 열심히 좇았지만 무슨 글자를 쓰는지 감도 잡을 수 없었다. 나는 분화구 이야기를 할까 하다가 그만두었다.

"만약에 나한테 무슨 일이 생기면 이건 네가 잘 간수해."

전인슈타인이 색소폰을 들어 보였다.

"그게 무슨 말이에요?"

"혹시 무슨 일이 있으면 잠깐 보관하고 있으라구. 다시 찾으러 올 테니까."

오늘 전인슈타인은 예전 같지 않았다. 조만간 그에게 분화구 이 야기를 들려줘야겠다.

12

전인슈타인이 사라진 것은 그 후 얼마 안 있어서였다. 밀린 성 적 관리를 몰아서 하느라고 며칠 동안 약수터에 못 갔다. 약수터 는 핑계였고 내 목적은 색소폰에 있었다. 색소폰 소리가 듣고 싶 었다. 나는 한달음에 달려 판잣집에 도착했다.

"색소폰 할아버지!"

문을 잡아당기자 털컥 열렸다. 안에는 전인슈타인이 없었다.

"할아버지!"

집 주변을 둘러가며 살폈다. 어디에도 전인슈타인 모습은 보이지 않았다. 가까운 곳에 볼일이라도 보러 가셨나? 방문턱에 걸터 앉아서 전인슈타인이 돌아오기를 기다렸다. 잔뜩 흐린 하늘을 올려다보면서 숫자를 셌다. 열, 스물, 오십, 백, 오백까지 세도록 전인슈타인은 돌아오지 않았다. 방 안을 찬찬히 둘러보았다. 방구석에 비스듬히 놓여 있는 색소폰이 눈에 들어왔다. 색소폰이 유난히 빛나 보였다. 신발을 벗고 천천히 방으로 들어갔다. 색소폰을 들어 올렸다. 입에 대고 힘껏 소리를 냈다. 뿌우. 전인슈타인은 끝내 돌아오지 않았다.

요즘 하늘호의 최대 관심은 색소폰이었다. 전인슈타인이 두고 간 색소폰을 집으로 가지고 온 것이다. 처음에는 판잣집에 두고 왔다. 그다음 날 가보니 전인슈타인은 보이지 않고 색소폰도 그 자리에 그대로 있었다. 그다음 날, 그다음 날도 색소폰은 그 자리에 그대로 있었다. 판잣집이 등산로 정비 공사로 곧 헐린다는 소문이 돌았다. 그러나 전인슈타인이 어디로 갔는지에 대해 이야기하는 사람은 아무도 없었다. 사람들은 색소폰도 그새 잊어버렸다. 언제 그곳에서 색소폰 소리가 들려왔느냐는 듯 사람들의 관심은 오로지 새로 생기는 등산로에 쏠렸다. 혹시 전인슈타인에 대해서 귀동냥할 게 없을까 하고 약수터를 기웃거렸지만 매번 허사였다. 전에 전인슈타인이 한 말이 떠올랐다. 하는 수 없이 색소폰을 집으로 가져왔다.

"그게 뭐냐?"

아버지와 엄마가 색소폰을 보고 보인 반응이었다.

"색소폰."

"색소폰?"

"네. 색소폰이요."

"근데 색소폰이 어디서 났니?"

아버지가 조심스럽게 물었다.

"어떤 할아버지가 이사 가면서 선물로 주셨어요."

"할아버지?"

엄마가 고개를 갸웃했다. 아버지와 엄마는 무슨 폭발물이라도 대하는 것처럼 조심조심 색소폰을 살폈다.

"그거 참 신기하게 생겼네."

아버지 얼굴이 환해졌다. 아버지는 색소폰이 썩 마음에 드는 눈치였다. 황금빛이 찬란한 색소폰은 어디를 가도 빛이 났다. 색소폰 덕분에 집 안이 다 환해진 것 같았다. 꺅꺅 소리를 질러대는 모호면이나 군침을 흘리는 아버지나 아직 탐색 중인 엄마나 모두들 하나같이 경계 대상이었다. 이참에 확실하게 해둘 필요가 있었다. 그러지 않고는 색소폰을 있는 그대로 보존하기도 힘들 듯했다.

"다들 잘 들으세요. 이건 내 보물 1호예요. 내 허락 없이 만졌다가는 큰일 날 줄 알아요! 가만두지 않을 거예요. 알았죠?"

나는 목소리에 힘을 주어 말했다.

"알았어. 알았다구."

아버지가 내 어깨를 토닥거렸다. 색소폰을 가지고 방으로 들어왔다. 아버지가 방문까지 따라와 고개를 빼고 들여다봤다. 내 허리를 훌쩍 넘는 색소폰을 둘 곳이 마땅치 않았다. 궁리 끝에 책상 밑에 세워두었다. 언제 왔는지 엄마도 아버지 옆에서 고개를 빼고 방 안을 들여다봤다. 색소폰의 위력은 빛나는 황금빛에 있었다. 만약 색소폰이 황금빛이 아니고 그냥 쇠붙이 빛깔이었다면, 아마도 색소폰을 보자마자 무슨 고물을 집 안으로 들이냐며 당장 갖다 버리라고 했을 것이다. 황금빛, 게다가 반짝반짝 광이 나는 색소폰. 다들 금송아지라도 들어온 것처럼 신기하고 흡족한 표정이었다.

잠이 올 리 없었다. 일어나 앉았다. 희미한 어둠 속에 색소폰이 빛났다. 책상 밑에 세워둔 색소폰을 꺼냈다. 손으로 색소폰을 더듬었다. 차갑고 매끈한 감촉이 느껴졌다. 어디선가 전인슈타인이 연주해주던 색소폰 소리가 들려오는 것 같았다. 전인슈타인은 어디로 갔을까. 왜 색소폰을 두고 갔을까. 아무 말도 없이 왜 몰래 떠났을까. 무엇보다 분화구 이야기를 들려주지 못한 게 마음에 걸렸다. 분명히 색소폰을 내려놓고 귀를 기울였을 것이다. 그랬으면 떠나지 않았을지도 모른다. 마치 내가 분화구 이야기를 안 해줘서 떠난 것처럼 여겨졌다. 속이 상했다. 수많은 사연을 색소폰은 알고 있었다. 내복 앞자락을 끌어당겨 색소폰을 닦기 시작했다. 너는 알고 있지, 너는 알고 있지. 밤이 깊어갔다.

아침에 일어나자마자 색소폰을 들고 마당으로 나왔다. 배에 힘을 주고 색소폰을 불었다. 뿌우우. 색소폰 소리가 사방으로 퍼졌다. 밤새도록 정박해 있던 배가 먼 길을 떠나는 뱃고동 소리 같았다. 어딘가에서 전인슈타인이 이 소리를 듣고 쓸쓸히 미소 지을지도 모른다. 볼때기가 미어터지도록 다시 색소폰을 불었다. 뿌우 뿌우. 배가 아팠다. 쿠우쿡 한 번씩 쑤셨다간 물러나고 또 꾸우 쿡 찔러댔다. 내 배 속에도 회충이 사나 보다. 나는 대나무 대신 색소폰을 불어댔다. 노란 물탱크에 썼다. '전인슈타인은 가고 없고 색소폰만 남았다.'

13

밤새 전인슈타인이 돌아왔을지도 모른다. 불현듯 그런 생각이 떠올랐다. 나는 꼬치를 끼우다가, 문제집을 풀다가, 세수를 하다가 후다닥 약수터로 향하곤 했다. 아침밥을 먹는데 또 그 생각이 났다. 오늘은 꼭 돌아왔을 것만 같았다. 숨이 턱까지 차오르도록 단숨에 달려갔다. 판잣집은 어제 그대로 비어 있었다.

문턱에 걸터앉아 하늘을 올려다봤다. 상수리나무가 나를 내려다보고 있었다.

"너도 알고 있지?"

바람에 나뭇가지가 흔들렸다. 자리를 털고 일어나 판잣집 주변을 어슬렁댔다. 아무런 말도 없이 사라져버린 전인슈타인이 원망스러웠다. 무슨 사연이 있었겠지. 애써 마음을 좋게 먹으려 했지만 자꾸 눈물이 나왔다. 일부러 몰래 떠난 건지 아니면 어디가 아프기라도 한 건지. 판잣집을 한 바퀴 돌아 다시 상수리나무 앞에 섰다. 여우가 사라졌다던 상수리나무 뒤 숲이 바람에 우우우 소리를 냈다. 색소폰 소리가 메아리쳐 들려오는 듯했다. 그 소리 어디쯤 전인슈타인이 들려준 물방개 바스러지는 소리가 섞여 있었다. 후우후우 하고 불어대던 대나무 피리 소리도 들려왔다. 상수리나무에 어둠이 내려앉도록 판잣집을 떠나지 못했다. 다음 날도 다음 날도 나는 상수리나무를 올려다보았다.

내가 판잣집을 찾을 때 아버지는 내 방을 기웃거렸다. 가슴에 바람 소리만 가득 안고 집으로 돌아왔다. 집 안으로 들어서는데 아버지가 내 방에서 후다닥 나왔다. 손을 탁탁 털면서 마루를 왔다 갔다 했다. 나는 방으로 들어가 색소폰을 살폈다. 색소폰은 그 자리에 그대로 있었다. 색소폰을 들고 나왔다. 아버지에게 색소폰을 디밀었다.

"한번 불어보세요."

전인슈타인도 아버지가 색소폰 부는 것을 싫어하지 않을 것이다. 한없이 넓은 마음으로 아버지를 쳐다봤다.

"아니다. 그냥, 한번 구경하고 싶어서."

아버지는 색소폰을 힐끔 쳐다보고 방으로 들어갔다. 나는 색소폰을 다시 책상 밑에 놓아두었다. 보이지 않게 가방으로 가려 놓았다. 색소폰을 보면 자꾸 전인슈타인이 떠올랐고 뭔지 모르게 마음이 이상했다. 아픈 것도 같고 아린 것도 같은 게 울렁거리기도 했다. 색소폰을 잊으려 노력했다. 전인슈타인을 내 마음에서 떠나보내려고 애썼다. 일부러 색소폰이 있는 책상 쪽은 아예 쳐다보지도 않았다. 그러자 한동안 잊히는 듯했다. 색소폰이, 전인슈타인이 내 기억 속에서 지워지는 듯했다.

아버지는 여전히 내 방을 기웃거렸다. 그리고 무슨 말을 할 것처럼 내 얼굴을 빤히 쳐다보곤 했다. 나는 제발 아버지가 색소폰 이야기만은 꺼내지 않기를 바랐다. 아버지는 내 기대를 저버렸다.

"색소폰 갖다 버렸냐?"

아, 정말이지, 색소폰을 갖다 버리고 싶었다. 애써 쌓아온 공든 탑이 무너지는 순간이었다. 그동안 머릿속에서 잊혀가던 기억들을 아버지가 한순간에 재생시켰다. 아버지를 말없이 뚫어져라 쳐다봤다. 아니, 쏘아봤다. 한 번만 더 색소폰의 '색'자를 꺼내기만 해봐라.

"왜 그렇게 쳐다보냐? 난 아무 짓도 안 했다."

아버지가 헛기침을 하며 슬그머니 자리를 피했다. 그 뒤부터 아버지는 색소폰을 기웃거리지도, 내 비위를 건드리지도 않았다.

오히려 내 눈치를 봤다. 당장 눈앞에서 색소폰이 사라지는 듯했다. 그러나 그건 사라지는 게 아니었다. 마음속에 더 크고 견고한 기억들이 쌓여갔다. 어쩌면 아버지는 그걸 가르쳐주고 싶었던 것이 아닐까. 오래간만에 꺼내본 색소폰은 더 윤이 났다.

세상은 지금 해체 중이다

1

이른 아침부터 밖이 시끄러웠다. 누군가가 문을 두드렸다. 엄마가 일어나 문을 열었다. 아래층 여자가 엄마를 아래위로 훑어보았다. 그 뒤로 대여섯 명의 여자와 남자가 금세라도 밀고 들어올 기세로 둘러서 있었다. 대부분 슬리퍼나 운동화를 꺾어 신고 이불 속에서 막 빠져나온 듯 부스스한 머리에 추리닝이나 파자마 비슷한 차림이었다. 다들 청운연립에 사는 이들이었다. 그들은 하나같이 못마땅한 표정을 짓고 있었다.

"무, 무슨 일이세요?"

"그걸 몰라서 물어요?"

뒤쪽에 서 있던 덩치 큰 남자가 볼멘소리로 되물었다. 소방관이라던 소연이 아버지였다.

"도대체 무슨 일인지……."

엄마가 영문을 모르겠다는 듯이 말했다. 여기저기서 술렁이기 시작했다.

"댁은 밤새 별일 없었수? 배 안 아팠냐구?"

302호 여자가 껌을 씹으며 물었다. 여자 머리는 그새 보라색에서 노란색으로 바뀌어 있었다.

"아, 아뇨. 안 아팠는데요. 근데 그게 대체 무슨 소린가요?"

"식구들 중에 화장실 들락날락한 사람 없어요?"

"글쎄요."

엄마가 뒤를 돌아봤다. 나와 모호면은 마루에 서서 현관 밖 상황을 주시하고 있었다.

"니들 어젯밤에 배 아팠냐?"

나는 고개를 가로저었다. 모호면은 멀뚱히 사람들만 쳐다봤다.

"그런 일 없다는데요. 근데 뭐가 잘못됐나요?"

"내가 이럴 줄 알았어. 그러니까 우리 생각이 맞네."

302호 여자가 씹던 껌을 퉤 하고 바닥에 뱉었다. 이에 장단을 맞추듯 누군가가 침을 뱉었다.

"이건 범죄야. 명백한 범죄라구."

다른 누군가가 흥분된 목소리를 냈다.

"고발합시다!"

또 다른 누군가가 목소리를 높였다.

"아니, 우리가 뭘 잘못했다는 겁니까?"

엄마 목소리는 차라리 애원조였다.

"이것 보세요. 아줌마. 저거 뚜껑만 열어도 법에 걸리게 돼 있어요. 그런데 거기다 약을 타? 우리한테 무슨 원한이라도 맺혔어요? 다 죽일 작정이었냐구요?"

302호 여자는 삿대질까지 해가며 열을 올렸다. 여자가 가리키는 건 노란 물탱크였다.

"그게 무슨 소리예요?"

"여기 있는 사람들 다 어젯밤에 화장실 들락날락하느라고 날밤을 새웠다구!"

"이것 봐. 어디다 반말이야. 당신들 화장실 들락날락한 거하고 우리하고 무슨 상관이 있냐구? 그리고 누가 어디다 뭘 탔다구 그래. 당신이 봤어? 봤냐구? 증거 있으면 갖구 와봐!"

엄마 얼굴이 붉으락푸르락해졌다.

"당신들이 봤냐구? 아침부터 재수 없게 어디서 지랄들이야."

"이봐요, 아줌마. 우리 말은 그게 아니라."

"아니긴 뭐가 아니야. 지금 우리더러 저기다 뭘 처넣었다는 거 아냐!"

엄마가 소리를 지르자 모여 있던 사람들이 슬금슬금 흩어졌다.

"아니 그럼, 이 집 말구 여기 또 누가 있어요?"

302호 여자가 집 안의 우리를 흘낏거렸다. 아마도 우리를 의심하는 눈초리였다.

"당신이 봤냐구. 쟤네들이 그런 짓 하는 거 눈으로 봤냐구?"

"아니, 그건 아니지만, 뻔하잖수."

"뻔하다니. 지금 말 다 했어?"

엄마는 금세라도 여자 머리채를 잡을 기세였다. 그때 안에서 아버지가 나왔다.

"그만 들어가."

"저것들이 아주 생사람을 잡네, 잡어!"

엄마가 사람들을 가리키며 악을 쓰자 멀찍이 서 있던 사람들이 하나둘 층계 아래로 내려갔다.

"아, 글쎄 들어가래두!"

아버지가 엄마 등을 안으로 떠밀고 문을 닫았다. 떠밀려 들어온 엄마는 마루에 주저앉아서 씩씩댔다. 밖에서 아버지 목소리가 작아졌다 커졌다 했다.

"지년은 만날 남의 서방 붙잡고 춤이나 추면서."

엄마가 다시 문을 열고 나갔다.

"야, 이년아!"

혼자 남은 302호 여자가 쫓기듯이 아래로 내려갔다.

어른들이 다툰 요지는 이랬다. 청운연립에 사는 사람들이 어젯밤 집단으로 배가 아팠다는 것이다. 그 원인은 물이었다. 청운

210

연립의 식수는 우리 집 마당에 있는 물탱크에서 조달됐다. 사람들은 누군가 물탱크에 이물질을 넣었다고 생각했고, 그 범인으로 우리 집을 의심했다. 단지 우리가 이곳에 살고 있다는 이유만으로. 어쩌면 그보다 더 많은 이유를 댔을지도 모르지만. 게다가 우리 집 식구 중에서도 모호면이나 나를 유력한 용의자로 지목했다. 기분이 나빴다. 나는 절대로 그런 짓을 한 적이 없었다. 단지 좀 찔리는 것이 있긴 있었다. 낙서였다. 물탱크를 빙 둘러가며 그림도 그렸다. 그것 외에는 결백했다. 물탱크는 내 키보다 훌쩍 컸다. 못 돼도 형 키만큼은 더 됐다. 그렇다면 혹시 모호면이? 나는 옆에 있는 모호면을 살폈다. 그때였다. 엄마가 우리 둘을 가리키며 물었다.

"니들, 솔직히 말해봐. 누가 물탱크 만졌어? 너야?"

엄마가 모호면 쪽으로 손가락을 돌렸다. 모호면이 멀뚱히 엄마를 쳐다봤다.

"너 안 그랬지? 그럼 너야?"

이번에는 나를 가리켰다. 나는 엄마를 똑바로 쳐다보면서 고개를 힘차게 가로저었다.

"그럼, 누구야?"

엄마가 눈을 부릅떴다. 울고 싶었다. 엄마가 나를 의심하는 것 같았다. 엄마는 내 키가 그렇게 크다고 믿는 걸까.

"당신이야?"

엄마가 아버지를 돌아봤다.

"이 여편네가 미쳤나? 누굴 의심해!"

"그런데 왜 우리 집만 아무렇지도 않냐구. 그게 이상하잖아."

"나도 배 속이 좀 안 좋긴 했어."

"그런데 그걸 왜 이제 말해!"

"아깐 미처 생각하지 못했어."

그러고 보니까 나도 자다가 살짝 배가 아팠던 것 같았다. 그러나 엄마한테 이야기하지 않았다. 아까 분명히 아니라고 했는데 이제 와서 그랬다고 하면 보나 마나 혼날 게 뻔했다.

"아니, 사람을 무시해도 유분수지. 이 인간들을 그냥!"

엄마는 주먹 쥔 손을 부르르 떨었다. 아버지도 겉으로 표현은 안 했지만 몹시 불쾌한 듯했다. 마루를 왔다 갔다 하며 연신 뭐라고 중얼거렸다. 엄마는 아직도 우리를 의심하는 눈치였다. 아버지가 현관문을 열고 나갔다. 창밖을 주시했다. 아버지가 물탱크 있는 곳으로 다가갔다. 그러곤 물탱크를 유심히 살폈다. 한참 물탱크를 둘러보던 아버지가 담배를 피워 물었다. 아버지가 범인일지도 모른다는 생각이 들었다. 아버지는 사람들과 별로 친하게 지내지 않았다. 더군다나 청운연립 사람들을 좋아하지도 않았다. 그중에서 특히 302호 여자를 싫어했다. 종일 들려오는 음악 소리 때문에 실은 나도, 엄마도 그 여자를 좋아하지 않았다. 아버지 다리에 박힌 쇠못이 아버지를 충동질했을지도. 어쩌면 내가 알지 못하는 까닭이 있을지도 모른다. 아버지가 그런 행동을 할 수밖에 없는. 살다 보면 그럴 때가 있었다. 그럴 수밖에 없는, 절박한 때. 나는 이미 아버지와 비밀을 공유한 적이 있지 않은가. 아버지를 이해하고 용서할 준비가 다 돼 있었다. 저것 봐라. 아버지는 지금 내가 그린 귀신고래를 들여다보고 있지 않은가. 우리는 역시 뭔가가 통했다.

한참 물탱크를 들여다보던 아버지가 손바닥으로 물탱크를 문질렀다. 그러고는 주먹을 불끈 쥐고 성큼성큼 걸어 들어왔다.

"상진이, 너 왜 저기다 낙서했어?"

엄마가 그러면 그렇지 하는 눈빛으로 나를 노려봤다.

"너지? 낙서한 거?"

"……."

"어서 가서 지워. 연필로 한 거니까 지우개로 지우면 지워질 거야."

"그냥 낙서만 했는데……."

"인석아, 의심받을 짓을 왜 해? 거기다 낙서를 왜 해? 빨리 가서 지워!"

지우개를 찾아 들고 밖으로 나왔다. 의심받을 짓이라니. 그냥 그림을 그렸을 뿐인데. 여우와 귀신고래는 소연이를 기다리는 주문이었다. 그 주문을 내 손으로 없앨 수는 없었다. 어른들이 뭐라고 해도, 나를 범인으로 지목한다 해도 주문을 지울 수는 없었다. 나는 아버지를 이해하는데 아버지는 나를 이해하지 못하는 것 같아서 섭섭했다. 지우개를 멀리 던져버렸다. 언젠가는 아버지가 나를 이해할 날이 올 것이다.

얼마 후 사람들이 또 옥상으로 몰려왔다. 아침에 소란을 피운 사람들이 경찰관 두 명을 앞세우고 왔다. 물탱크 주변에 사람들 접근을 막는 폴리스라인이 쳐졌다. 사람들이 폴리스라인 뒤로 한 발짝씩 물러났다. 경찰관들이 빙 둘러가며 물탱크를 살폈다. 엄마 옆에 서 있던 나는 가슴이 콩알만 해졌다. 경찰이 올 줄 알았으면 아버지 말대로 지울 걸 그랬다. 아버지는 경찰이 온다는 얘기는 왜 안 해준 거야. 후회가 됐지만 이미 때는 늦었다. 여기서 도망가면 진짜 범인으로 몰릴 것이다. 나는 의연한 척 이를 악물고 기도를 했다. 제발 그냥 넘어가기를.

"누가 여기다 낙서했습니까?"

"낙서?"

사람들이 고개를 빼고 물탱크를 살폈다. 순간 엄마가 내 팔뚝을 꼬집었다.

"아!"

나도 모르게 비명을 지르고 말았다. 이번에는 엄마의 두툼한 손이 내 입을 막았다. 사람들의 시선이 일제히 우리에게 쏠렸다.

"꼬마야, 네가 했니?"

경찰 아저씨한테 거짓말을 해서는 안 될 것 같았다. 나는 고개를 끄덕거렸다.

"너 그림 잘 그리는구나. 그런데 이게 뭐니? 늑대 같기도 하고 개 같기도 하고. 고래가 아주 멋진데. 그런데 꼬마야, 다음부터는 이런 곳에다 그림 그리면 안 돼. 알았지?"

그게 전부였다. 내가 그린 그림에 대해 경찰관은 이러쿵저러쿵 더 말하지 않았다. 게다가 칭찬까지 들었다. 섭섭하게도 여우를 개로 알아봤지만. 너무 멋있는 아저씨였다. 갑자기 이다음에 커서 경찰관이 되고 싶어졌다. 엄마도 안도의 한숨을 내쉬는 듯했다. 경찰관이 플라스틱 용기를 들고 물탱크에 연결된 사다리를 밟고 위로 올라갔다. 꼭대기까지 올라간 경찰관은 다리를 벌리고 서서 뚜껑을 돌렸다. 거대한 뚜껑은 쉽게 열리지 않았다. 드디어 뚜껑이 열렸다. 경찰관이 몸을 숙여 준비해 간 플라스틱 용기에 물을 담았다. 뚜껑이 닫히고 봉인 표시가 있는 종이가 붙었다. 경찰관이 물이 든 플라스틱 용기를 들고 내려왔다.

"검사 결과가 나올 때까지 집 안에서 수돗물 사용을 금지해주십시오. 여러분들의 안전을 위해섭니다."

경찰관이 옥상 주위를 한 바퀴 둘러보다가 우리 집 앞에서 기웃거렸다.

"계십니까?"

"거긴 왜요?"

엄마가 얼른 사람들 사이를 비집고 앞으로 나섰다.

"여기 사십니까?"

"네. 그런데요?"

"평소에 옥상에 올라오는 사람을 본 적이 있습니까?"

"난 몰라요. 종일 밖에 있다가 오밤중에야 들어와요."

"아, 그러세요. 그럼 아저씨는 안 계신가요?"

"이 집 양반은 종일 집에 있는 것 같던데."

누군가가 비아냥거리는 투로 중얼거렸다. 그때 마침 아버지가 문을 열고 절룩거리며 나왔다. 아버지는 평소보다 다리를 더 절었다. 사람들 시선이 모두 아버지 다리로 쏠렸다. 여기저기서 쑤군대는 소리가 들렸다.

"여기 사시나 보죠?"

경찰관이 아버지를 아래위로 쓰윽 훑어봤다.

"그렇소."

"옥상 위에 다른 사람이 드나드는 걸 본 적 있습니까?"

"없소."

"그럼 아저씨는 하루 종일 이곳에 계신가요?"

경찰관은 계속 아버지 다리를 힐끔거렸다.

"그래요."

아버지가 고개를 끄덕였다. 갑자기 마음이 또 바뀌었다. 경찰관이 하기 싫어졌다. 경찰관도 어쩐지 아버지를 의심하는 눈치였다. 속으로 아버지를 의심하면서도 다른 사람이 아버지를 의심하는 것은 싫었다.

"몇 가지 여쭤볼 게 있는데, 서까지 가주셔야겠습니다."

"아니, 내가 왜 거길 가야 됩니까? 난 저거하고 아무 상관이 없소!"

흥분한 아버지가 손가락으로 물탱크를 가리키며 고함쳤다.

"신고가 들어왔습니다. 그런 이상 저희도 어쩔 수 없습니다."

"지금 내가 범인이라고 어느 놈이 신고를 했다는 겁니까?"

아버지가 어이없는 표정을 지었다. 엄마도, 나도 충격이었다.

"조사를 해봐야 알겠지만 일단은 서까지 동행하셔야겠습니다."

"대체 그게 누구요?"

"여기서 말씀드릴 수는 없습니다."

"어디, 가봅시다."

사람들이 아버지와 경찰관을 앞세우고 우르르 아래로 내려갔다. 아버지는 뒤에 내려오는 사람들을 의식했는지 허둥대다 자꾸 발을 헛짚었다. 사람들은 뒤에서 아버지의 춤추는 듯한 걸음걸이를 천천히 쫓아갔다. 아버지를 태운 경찰차가 골목을 빠져나갔다. 엄마와 나는 경찰차가 안 보일 때까지 서 있었다. 나는 처음 보는 폴리스라인에 바싹 붙어 서서 한참 동안 물탱크를 올려다보다가 들어왔다. 얼마 후 청운연립 앞에 소방차가 왔다. 엄마는 멍하니 앉아 있었다. 나는 엄마와 문을 번갈아가며 쳐다봤다. 물을 받긴 받아야 할 텐데. 엄마가 힘없이 일어섰다.

"가서 저거 들고 따라와."

엄마와 모호면은 플라스틱 통을 들고 나는 양손에 페트병을 들고 소방차가 있는 곳으로 갔다. 청운연립 사람들은 벌써 물을 길어 나르고 있었다. 소연이 아버지가 물이 뿜어져 나오는 굵은 소방 호스를 들고 있었다. 우리는 각자 들고 온 빈 통에 물을 받았다. 나는 페트병 두 개에 물을 채웠다. 페트병을 양손에 들고 옥상까지 오르는 일은 생각처럼 쉽지 않았다. 엄마와 모호면은 나보다 더 큰 통을 들고도 단숨에 집까지 올라갔다. 내가 2층쯤에서 쉬고 있을 때 모호면이 빈 통을 들고 내려왔다. 나는 한 번을 더 쉬고 나서야 집에 닿았다. 아버지는 소방차가 철수하고 다 저녁이 되어서 돌아왔다. 아버지한테서 술 냄새가 났다.

"개새끼들! 다 폭파해버릴 테다!"

아버지는 주머니에 넣고 온 소주를 밤늦도록 마셨다.

오후 내내 아버지는 아무것도 하지 않고 방에만 있었다. 토리노 동계 올림픽도 보지 않고 누웠다가 앉았다가 어쩔 줄 몰라 했다. 가끔 "망할 놈의 새끼들!" 하고 소리를 질렀다. 나는 꼬치를 끼우다가, 영어 단어를 외우다가 깜짝깜짝 놀랐다. 저녁 밥상 앞에서도 구겨진 아버지 인상은 펴질 줄 몰랐다. 정말 아버지가 그랬을지도 모른다는 생각이 점점 강하게 들었다. 만약에 아버지가 범인이라면. 아버지는 어떻게 될까. 나머지 우리 가족은 어떻게 되고. 콩나물무침을 집어 먹었다. 오늘 콩나물무침은 너무 짰다.

모호면이 소리 나게 국물을 마셨다. 혹시 모호면이 아닐까. 저 천연덕스러움 뒤에 무서움이 숨어 있는 것을 종종 목격했다. 이 세상에 무서울 게 없는 모호면이야말로 그런 엄청난 짓을 저지르고도 저렇게 태연할 수 있지 않을까. 밥을 다 먹은 후 모호면에게 다가갔다.

"어제 옥상에서 오줌 쌌지?"

모호면이 고개를 끄덕였다.

"어디다 쌌는데?"

"저기."

모호면이 창밖으로 보이는 옥상을 가리켰다.

"저기 어디? 물탱크?"

또 고개를 끄덕였다. 진짜 모호면인가. 흥분된 목소리로 다시 물었다.

"어떻게 올라갔는데?"

아무리 힘이 좋은 모호면이지만 맨손으로 물탱크 꼭대기까지 올라간다는 건 불가능했다.

"몰라."

모호면이 벌떡 일어나 방을 나가버렸다. 나는 머릿속으로 생각을 정리했다. 만약 모호면이 그랬다면 이유가 뭘까. 노란 물탱크가 진짜 탱크로 보였을 리는 없고. 그냥 한번 올라가보고 싶었다? 그리고 그냥 한번 뚜껑을 열어보고 싶었다? 뚜껑이 열렸다. 마침 그때 오줌이 마려웠다? 그래서 그 속에 대고 오줌을 갈겼다? 아니, 아니. 나는 도리질을 했다. 이건 평소에 내가 마음속에 품고 있던 생각이었다. 해서는 안 되는 나쁜 생각이라는 걸 알면서도, 가끔 우리 집 마당에 우뚝 서 있는 노란 물탱크를 보면 문득 그런 생각이 나곤 했다. 그 둥근 주둥이에 두 발을 디밀고 그 속으로 미끄러져 들어가보고 싶은 충동이 일었다. 밤이면 어둠 속에서 더 노랗게 빛나는 도시의 작은 탑. 그 속에 들어가 앉아 있으면 밤새 여우가 다녀가는 소리도, 귀신고래가 지구 반 바퀴를 돌아오는 물결 소리도 다 들을 수 있을 것 같았다. 그리고 담배를 피우는 아버지의 쓸쓸한 얼굴도, 목욕 갔다 오는 소연이의 젖은 머리칼도 마음대로 엿볼 수 있을 것 같았다.

모호면도 아버지도 유력한 용의자는 못 된다는 것이 내가 내린 최종 결론이었다. 물탱크 물 성분에 대한 정확한 결과가 나오기까지 꼬박 하루가 걸렸다. 물탱크 물을 분석해본 결과 물에서 인체에 해로운 이물질이 검출되었다. 약간의 설사와 복통을 수반하는 미미한 정도지만, 식수에서 검출돼서는 안 되는 물질이었다. 다행히 청운연립 물탱크 물만 이상이 있던 게 아니었다. 우리 동네 전체 가구에 공급되는 수돗물에 문제가 있던 것으로 밝혀졌다. 폴리스라인은 치워지고 수돗물이 다시 공급되었다.

"이럴 줄 알았어. 이 개새끼들! 누굴 감히 의심해?"

아버지는 밤늦도록 마루를 서성였다. 겉으로 내색은 안 했지만 잠시나마 아버지를 의심한 마음이 부끄럽고 미안했다. 그건 모호면에게도 마찬가지였다. 누군가를 의심하는 것은 비열한 짓이다.

2

종일 창만 내다봤다. 창밖으로 흐린 하늘이 보였다. 아버지와 엄마는 오늘도 말이 없었다. 말이 없는데도 집 안에는 무수한 말들이 떠다녔다. 제멋대로 마구 날아다니는 말들이 문제집을 푸는 뒤통수를, 밥을 먹는 손등을 시시때때로 강타했다. 알파벳이 자꾸 틀렸고, 국 국물이 자꾸 쏟아졌다.

오늘따라 노란 물탱크가 낯설게 느껴졌다. 마음속으로 여우를 불렀다. 여우야, 여우야, 뭐 하니? 여우는 대답이 없다. 죽었니? 살았니? 여전히 대답이 없다. 며칠 동안 시끄럽던 옥상은 언제 그랬냐는 듯 고요했다. 책상 밑에서 색소폰을 꺼냈다. 수건으로 색소폰을 닦았다. 전인슈타인이 들려주던 색소폰 소리가 듣고 싶었다. 색소폰을 입에 대고 힘껏 불었다. 뿌우. 색소폰 소리가 길게 울렸다.

저녁을 먹고 옥상으로 나왔다. 지천으로 널린 불빛들 속에서 아버지가 담배를 피우고 있었다. 아버지의 시선은 멀리 반짝이는 불빛에 닿았다. 하늘을 올려다봤다. 별빛도 없는 밤, 아버지는 누구를 기다릴까. 아버지도 여우를 기다리는 건 아닐까. 아버지에게 여우 이야기를 해주고 싶었다. 그날의 황홀한 기억을 아버지에게도 나누어주고 싶었다. 지금도 여우는 이 어디쯤을 배회하고 있을 거라고. 언젠가 여우가 다시 나타날 거라고. 그러니까 너무 쓸쓸해하지 말라고.

밤늦도록 눈은 내리지 않았다.

3

아버지는 아침부터 줄곧 64빌딩 도면을 들여다보고 있었다. 방 한가득 펼쳐놓은 도면 위에 자를 대고 줄을 긋기도 하고 빨간 볼펜으로 점을 찍기도 했다. 도면은 처음 봤을 때보다 더 복잡해 졌고 너덜거렸다. 아버지는 진짜 64빌딩을 발파 해체하려는 것일 까. 아버지는 한동안 64빌딩 도면을 들여다보지 않았다. 꼬깃꼬 깃 접힌 채 장롱 밑 깊숙이 처박혀 있던 64빌딩 도면이 다시 햇빛 을 본 것은 물탱크 사건 이후였다.

그 일이 있은 지 여러 날이 지나도록 아버지의 분은 풀리지 않 았다. 풀리기는커녕 쇠못을 박은 다리를 더 심하게 절었다. 아버 지 심기가 안 좋을 때 나타나는 징후였다. 아버지는 쭈그리고 앉 아 꼬치를 끼우지도 않았고, 대퇴부로 리모컨을 누르고 있지도 않았다. 당장이라도 무슨 일을 낼 사람처럼 씩씩거렸다. 엄마는 어김없이 포장마차로 출근했고 밤늦게 들어와 돈주머니를 방구 석에 끌러놓고 잠이 들었다.

인기척에 잠이 깼다. 여느 때처럼 '진지'와 '행복'과 '쓸쓸함'이 공존하는 풍경을 구경하기 위해 마루로 나왔다. 역시 아버지는 내복 바람으로 희미한 불빛 아래 등을 구부리고 앉아 무엇인가를 열심히 들여다보고 있었다. 당연히 돈을 세겠지 하고 가까이 다가갔다. 아버지가 들여다보고 있는 것은 돈이 아니고 낯익은 도면이었다.

다음 날 아침 안방을 들여다봤다. 아버지는 어젯밤 그 자세 그 모양으로 앉아서 역시 도면을 들여다보고 있었다. 장소가 마루에서 방으로 바뀌었을 뿐이었다. 아버지는 밤새도록 도면을 들여다보고 앉아 있었는지도 모른다.

"한동안 잠잠한가 했더니, 또 도졌구먼."

엄마는 못 볼 것을 본 듯 혀를 찼다.

"저눔의 거, 확 찢어버렸어야 했는데."

엄마는 진작 도면을 없애버리지 못한 것을 통탄했다. 아버지는 다시 우리가 알지 못하는 세계로 돌아갔다. 모눈종이 위에 그려진 기하학적 도형의 세계. 우주선을 만들어 이 지구를 떠나려는 사람처럼 아버지는 밤낮으로 그 미로 같은 세계를 헤매고 다녔다. 도면을 들여다보는 아버지의 눈빛은 멀고 먼 바다를 거슬러 온 귀신고래의 그것과 닮아 있었다. 평소의 아버지와 다른 눈빛이었다. 무엇이 아버지를 예전으로 돌아가게 했을까.

아버지에게 생긴 변화는 그것만이 아니었다. 생전 외출을 모르던 아버지가 외출을 했다. 아버지는 요 앞 제일슈퍼에서 가끔 담배를 사 오는 일 말고는 청운연립을 벗어나는 일이 없었다. 아버지는 아침 식사를 마치자마자 외출 준비를 했다. 집에서 늘 입던 무릎 나온 군청색 추리닝 바지를 벗고 오랫동안 벽에 걸려 있던 회색 정장바지로 갈아입었다. 그 위에 역시 오랫동안 벽에 걸려 있던 야전잠바를 걸쳤다. 잠바 왼쪽 가슴에는 노란색으로 'SH토건'이라고 새겨져 있었다. 집을 나서려던 아버지가 뒤를 돌아봤다.

"상진아, 너 공부 열심히 해라. 그거밖에 없다. 알았지?"

"네."

얼떨결에 대답은 했지만 무슨 말인지 파악이 안 됐다. 생전 공부하라고 말하는 법이 없던 아버지가 오랜만에 외출을 하면서 "공부 열심히 해라"라니. 이상했다. 아버지는 내 어깨를 두어 번 두드리고 집을 나섰다. 폭이 좁고 가파른 층계를 위태롭게 내려갔다. 아슬아슬하지만 아버지는 한 발 한 발 천천히 정확하게 디디려고 노력했다. 층계를 다 내려간 아버지가 골목을 따라 걸었다. 아버지의 걸음은 느리고 더뎠다. 한 발짝 옮길 때마다 몸 전체가 심하게 흐느적거렸다. 마치 장단에 맞추어 춤을 추는 듯했다. 아버지의 뒷모습이 골목 끝으로 사라질 때까지 나는 노란 물탱크에 얼굴을 대고 서 있었다. 하늘에서 눈발이 날리기 시작했다.

방으로 들어온 나는 아버지 말대로 열심히 공부를 했다. 문제집을 다섯 장이나 풀고 앞에서 못 푼 문제까지 해결했다. 공부하는 것은 재미가 없었지만 그렇게 싫지만도 않았다. 우리 집의 기둥이고 희망인 내가 이마저도 안 할 수는 없었다. 시계를 봤다. 그새 시간이 훌쩍 지났다. 화장실에 가기 위해 마루로 나왔다. 꼬치를 끼고 있어야 할 모호면이 보이지 않았다. 얼른 창밖을 쳐다봤다. 창밖에는 함박눈이 내리고 있었다. 현관문을 열고 밖으로 나왔다.

옥상에는 어느새 눈이 하얗게 쌓였다. 예상대로 모호면은 눈 위에 주저앉아 눈을 퍼먹고 있었다.

"형!"

모호면을 향해 달려갔다. 뽀드득. 눈 밟히는 소리가 났다.

"이거 먹으면 배 아파!"

모호면이 입에 막 넣으려던 눈을 손으로 쳐서 떨어뜨렸다. 모호면의 손은 빨갛게 얼었다. 눈이 쏟아지자 모호면은 손으로 다시 눈을 떴다.

"배 아프대두. 그만 먹어!"

모호면 손을 또 쳤다.

"에잇, 씨."

모호면이 노려봤다. 나는 움찔 한 발짝 물러났다. 저러다가 진짜 화가 날 수도 있었다. 그럼 나는 뼈도 못 추린다. 다시 부드러운 낯으로 타일렀다.

"엄마한테 혼나. 이거 자꾸 먹으면."

이 세상에서 모호면이 가장 무서워하는 것은 거미다. 거미만
보면 괴성을 지르며 도망갔다. 그다음이 바로 엄마다. 나는 곧잘
그 약점을 이용했다. 그런데 오늘은 그 처방도 소용이 없었다. 모
호면은 계속 눈을 입 안에 퍼 넣었다. 저러다 배탈이라도 나면 엄
마한테 나만 혼난다는 사실을 나는 너무나 잘 알고 있었다. 마침
오줌이 마려웠다. 문득 기막힌 생각이 떠올랐다. 회심의 미소를
지었다. 최후의 수단을 쓰기로 했다.

모호면 앞으로 슬슬 다가갔다. 그리고 바지춤을 내리고 고추
를 꺼냈다. 찬 바람이 고추에 스쳤다. 한 손으로 고추를 잡고 오줌
을 누기 시작했다. 오줌발이 포물선을 그리며 눈 위에 떨어졌다.
고추를 이리저리 흔들어댔다. 오줌발이 따라 흔들리면서 눈 위에
노란 흔적들이 생겨났다. 모호면이 눈 먹기를 멈추고 쳐다봤다.

"왜 안 먹어? 더 먹어보시지?"

모호면이 갑자기 벌떡 일어났다. 바지를 종아리까지 내리고 팬
티를 훌렁 내렸다. 새까만 털 속에서 고추를 꺼내 잡고 오줌을 누
었다. 굵고 센 오줌발이 지그재그로 흔들렸다. 우리는 서로 마주
보고 고추를 흔들어댔다. 하얀 눈 위에 노란 선들이 제멋대로 그
어졌다. 그 위로 김이 모락모락 났다. 눈이 금세 녹아 사라졌다. 오
줌을 누는 모호면의 표정은 진지했다. 무슨 퍼포먼스를 하는 것
같았다. 나는 그만 참고 있던 웃음을 터뜨렸다. 대성공이었다. 모
호면은 눈 먹을 생각을 더 이상 하지 않았다. 한 가지 걱정되는 점

이 있었다. 이제 눈이 오면 퍼먹는 대신 고추를 꺼내 흔들어대면 어떡하지. 모호면이 오줌도 나오지 않는 고추를 계속 흔들어댔다.

"이제 그만해."

모호면의 팬티와 바지를 올려주고 지퍼도 채워주었다. 모호면은 말 잘 듣는 어린애처럼 가만히 있었다.

"들어가자."

모호면 손을 잡고 안으로 들어왔다. 배가 고팠다. 싱크대를 뒤져 라면 하나를 찾아냈다. 내가 라면을 끓일 동안 모호면은 텔레비전을 봤다. 다 끓인 라면을 들고 왔을 때 모호면은 방바닥에 엎어져 자고 있었다. 혼자서 라면을 먹었다. 텔레비전에서는 축구 경기가 한창이었다. 우리 팀이 1 대 0으로 지고 있었다. 골은 자꾸 빗나갔다. 지고 있는 경기는 재미가 없었다. 채널을 돌리기 위해 리모컨을 찾았다. 리모컨을 집어 들다가 그 아래 놓인 종이가 눈에 들어왔다. 차곡차곡 접힌 그것은 64빌딩 도면이었다. 그제야 아버지가 외출했다는 사실을 떠올렸다. 그리고 아직까지 돌아오지 않았다는 점도 깨달았다. 남은 라면을 한꺼번에 입에 넣고 우물거렸다. 길이 미끄러울 텐데. 냄비째 들고 국물을 마셨다. 하필이면 이럴 때 눈이 올 게 뭐야.

날은 벌써 어둑해지고 있었다. 눈이 온 마을은 그림 같았다. 모두들 작고 낮게 엎드려 숨을 쉬는 듯했다. 골목은 내게 그리움을 가르쳐줬다. 골목을 바라보고 있으면 나도 모르게 누군가가 그리

위졌다. 골목이 시작되는 곳에 눈을 박고 한참을 서 있었다. 사람들이 주머니에 손을 집어넣고 종종걸음으로 걸어왔다. 그 속에는 소연이도 있었다. 처음 보는 분홍색 목도리를 목에 감고 있었다. 소연이 역시 종종걸음으로 다가와 청운연립 안으로 사라졌다. 택시 한 대가 헤드라이트를 번쩍이며 골목으로 들어왔다. 택시는 청운연립 앞에서 섰다. 택시 안에서 노란색 모범운전사 완장을 찬 대머리 사내가 내렸다. 기다렸다는 듯이 청운연립 안에서 302호 여자가 나왔다. 여자와 사내는 팔짱을 끼고 건물 안으로 들어갔다. 302호에서 설운도의 〈다 함께 차차차〉가 흘러나왔다. 눈 온 날은 어둠마저 종종걸음으로 왔다. 가로등에 불이 들어왔다. 골목 저 너머 엄마의 포장마차에도 불이 켜질 것이다. 어디선가 고양이 울음소리가 들렸다. 시린 손을 호호 불었다. 설운도의 〈다 함께 차차차〉가 다섯 번도 넘게 들려왔는데, 아버지는 끝내 모습을 드러내지 않았다. 나는 거의 울 지경이 되었다.

아버지가 돌아온 것은 9시 뉴스가 막 시작될 무렵이었다. 현관문이 벌컥 열렸다. 나는 반사적으로 뛰어나갔다. 천장까지 닿을 듯 긴 그림자가 현관을 막아섰다. 아버지였다. 아버지가 그렇게 반가운 적이 없었다. 신발이며 옷이 온통 젖었고 바짓단은 흙투성이였다. 손에는 검은 비닐봉지가 들려 있었다. 아버지는 절룩거리며 마루로 들어섰다.

"밥 먹었냐?"

"으응."

"이 닦고 자라."

아버지는 문을 닫고 방으로 들어갔다. 나는 아버지에게 골목 이야기를 해주고 싶었다. 종종걸음으로 걸어오던 사람들, 머리가 벗겨진 모범운전사 이야기며 소연이의 분홍색 목도리, 들고양이 울음까지 쫑알쫑알 쏟아내고 싶었다. 내가 얼마나 아버지를 기다 렸는지를 말해주고 싶었다. 그러나 아버지는 너무 피곤해 보였다.

아무튼 아버지가 돌아온 것은 다행이었다. 이를 닦고 자리에 누웠다. 그런데 비닐봉지 안에는 뭐가 들었을까. 도대체 아버지는 어디를 갔다 왔을까. 비탈길에서 미끄러지지는 않았을까. 잠이 오 지 않았다.

4

모호면이 수상해졌다. 밥만 먹으면 슬그머니 밖으로 나갔다. 엄마와 함께 시장에도 안 갔고, 포장마차에도 가지 않았다. 낮 동 안 보이지 않다가 저녁때가 다 돼서 들어왔다. 집에 들어와서는 밥도 먹지 않고 그대로 고꾸라졌다. 정신없이 자고 일어나면 물부 터 들이켰다.

"아니, 시장 가야 하는데 얘가 어디 갔어?"

엄마는 아직 형의 수상한 행동을 눈치채지 못한 모양이었다.

"저기, 형영이……."

"형이 뭐?"

"아, 아니에요."

형의 수상한 행동을 엄마에게 말하려다가 그만두었다. 아직 확실한 단서도 없었고 고작 이런 일로 고자질하는 것은 사나이가 할 짓이 못 된다는 판단이 들었다. 엄마는 하는 수 없이 또 나를 데리고 시장에 갔다. 장보기는 신속하게 진행되었다. 지난번과 달리 엄마는 옷 가게 앞을 빠른 걸음으로 지나쳤다. 아직도 포장마차에 그 남자가 오는지, '살짝'과 '세게' 사이에서 갈등하고 있는지 궁금했다. 엄마와 단둘이 있을 때 물어보는 게 나을 듯싶었다. 눈치를 보며 어렵게 입을 뗐다.

"그 아저씨, 점 보는 사람이야?"

"누구?"

엄마가 무슨 소리냐는 듯 쳐다봤다.

"그때 그 아저씨."

"그때 그 아저씨라니? 아저씨가 한둘이야?"

"있잖아, 내 손금 봐준 아저씨."

"으응, 아니."

"그럼, 뭐 하는 아저씨야?"

230

"인석아, 그걸 내가 어떻게 알아?"

"왜 몰라?"

"얼씨구?"

엄마가 눈을 흘겼다.

"아니, 그냥. 궁금해서."

"궁금하긴 뭐가? 여자 복? 이다음에 커서 어떤 여자 만나나?"

"그게 아니구."

"아니긴 뭐가 아냐."

어른들은 우리를 무시해도 너무 무시했다. 어른들이 생각하는 것처럼 우리는 단순하지 않았다. 내가 보기에는 우리보다 어른들이 훨씬 단순하고 차원이 낮았다. 어른들은 우리의 깊은 속내를 헤아릴 꿈조차 꾸지 않을 때가 많았다.

엄마는 샛길로 접어들 때까지 말이 없었다. 큰길을 놔두고 하필이면 샛길로 올 게 뭐람. 나는 엄마 뒤에서 멀찌감치 떨어져서 걸었다. 샛별문구 앞을 지나치는 게 신경 쓰였다. 오늘은 문이 열려 있었다. 엄마가 있잖아. 마음을 다부지게 먹고 발걸음을 옮겼다. 열린 문으로 안이 보였다. 샛별문구 여자가 곰 인형 눈을 붙이고 있었다. 얼른 시선을 돌렸다. 그런데 뭔가가 이상했다. 여자 옆에 누군가가 있는 듯했다. 다시 문 안쪽을 살폈다. 어둑한 실내에 두 사람이 나란히 앉아서 일을 하고 있었다. 여자 옆에 앉아 있는 사람은 바로 모호면이었다. 하마터면 들고 있던 보따리를 떨어뜨릴 뻔했다. 내가 하던 일을 모호면이 똑같이 하고 있었다. 미쳤어. 저기가 어디라고. 당장이라도 들어가 모호면을 끌고 나오고 싶었지만 용기가 없었다.

"빨리 오지 않고 뭐 해?"

벌써 저만큼 앞서간 엄마가 뒤를 돌아봤다. 빠른 걸음으로 엄마를 뒤쫓아 가면서 자꾸 뒤를 돌아다봤다. 그동안 잊고 지내던 지난 일들이 한꺼번에 살아났다. 공룡알 같던 여자의 혹을 만지던 느낌과 고추를 움켜잡던 여자의 우악스러운 힘이 떠올랐다. 코끝에서 본드 냄새가 나는 것도 같았다.

모호면은 저녁때가 다 돼서 돌아왔다. 옥상에서 모호면이 올라오기를 기다렸다. 모호면이 옥상에 모습을 드러냈다. 모호면에게 달려갔다.

"어디 갔다 오는데?"

모호면에게서 본드 냄새가 났다. 모호면은 나를 밀치고 집 안으로 들어갔다. 물을 마시고 그대로 방바닥에 드러누웠다. 모호면이 잠들기를 기다렸다. 금방 코 고는 소리가 났다. 호주머니를 뒤지기 시작했다. 호주머니에는 사탕도 동전도 없었다.

다음 날 밥을 먹은 모호면이 현관문을 열고 나갔다. 얼른 모호면을 따라 나갔다. 층계를 내려가는 모호면을 막아섰다.

"가지 마."

"……."

"거기 괴물 있어. 무서운 데야. 가지 마."

"비켜."

모호면이 나를 밀쳐냈다. 나는 바닥으로 자빠졌다. 모호면은 진지한 표정으로 층계를 내려갔다. 손을 털고 일어나 따라갔지만 모호면은 벌써 사라졌다. 모호면이 돌아올 때까지 옥상을 서성였다. 바보 같은 모호면이 무슨 일을 당할지 모른다. 그러나 샛별문 구까지 가보고 싶지는 않았다. 옥상을 서성이다가 들어왔다가 또 밖으로 나갔다. 길고 지루한 시간이 흘렀다. 마침내 골목 끝에 모호면이 보였다. 모호면의 발걸음이 춤을 추듯 흔들렸다. 모호면도 지금 하늘을 날고 있는 기분일까. 모호면을 향해 달려갔다.

"뭐 했어?"

"사탕!"

모호면이 사탕을 내밀었다. 모호면 손을 내리쳤다. 사탕이 떨어졌다. 모호면이 사탕을 주웠다.

"이런 거 먹지 마!"

모호면 손에 들린 사탕을 빼앗아 냅다 던졌다. 사탕 때문이었다. 내가 처음 샛별문구에 가게 된 결정적인 동기도 바로 사탕 때문이었다. 그곳에 가면 달콤한 사탕이 공짜로 생겼다. 모호면 역시 사탕의 유혹을 물리치지 못하고 그곳에 발을 들여놓은 게 분명했다. 호주머니를 뒤지려 하자 모호면이 화를 냈다.

"안 돼."

모호면이 호주머니를 움켜잡았다.

"거기서 뭐 했어?"

춤추듯 흔들리는 모호면 걸음을 쫓아가며 물었다.

"몰라."

모호면은 사탕을 또 하나 까서 입에 넣었다. 모호면 고추 있는 곳을 내려다봤다. 혹시 샛별문구 여자가 나한테 한 것처럼 그런 짓을 하지는 않았을까.

집에 돌아온 모호면은 잠을 잤다. 자는 모호면 호주머니를 뒤졌다. 호주머니에는 사탕이 한 주먹 들어 있었다. 그중에 다섯 개를 꺼내 먹었다. 사탕은 달고 맛있었다. 사탕을 먹는 동안은 아무 생각이 나지 않았다. 샛별문구 여자도, 곰 인형도, 그리고 여자의 혹도 잊어버렸다.

모호면은 매일 샛별문구에 갔고, 호주머니에 사탕이 떨어지지 않았다. 나는 그 사탕을 몰래 꺼내 먹었다. 모호면에게 여자의 혹에 대해서 물어봤지만 바보같이 웃기만 했다. 모호면 덕분에 매일 사탕을 먹는 것도 그리 나쁘지는 않았다. 나는 모르는 척 눈감아주었다. 모호면이 이상한 짓만 하지 않았다면 영원히 눈감아줄 수도 있었다. 내 마음이 흔들린 것은 밤마다 잠자리에서 이상한 짓을 하는 모호면을 목격하고부터였다.

불을 끄고 잠자리에 누웠을 때였다. 갑자기 모호면이 벌떡 일어났다. 바지를 발목까지 내렸다. 다음엔 팬티를 엉덩이 밑으로 내렸다. 희미한 어둠 속에 모호면의 고추가 대롱거렸다. 모호면이 손으로 고추를 만지기 시작했다. 고추가 점점 커졌다. 나는 누워서 이 모든 것을 지켜보고 있었다. 모호면의 고추가 커지는 것과 동시에 내 눈도 커졌다. 모호면의 고추가 탱탱 부풀었다. 마치 내 고추가 부푼 것 같은 느낌이 들었다. 나도 모르게 손으로 고추를 더듬었다. 모호면이 이상한 소리를 내면서 고추를 마구 흔들어댔다. 정신이 퍼뜩 들었다. 나는 얼른 고추에서 손을 뗐다. 모호면이 제정신이 아닌 것 같았다. 소리는 차츰 괴이해졌고 손놀림도 더 격렬해졌다.

"야, 뭐 하는 거야?"

나는 일어나 베개를 집어 들었다. 모호면 뒤통수를 세게 내리쳤다. 모호면이 이불 위로 고꾸라졌다. 모호면의 엉덩이가 어둠 속에 부옇게 떴다. 다음 날도 그다음 날도 모호면의 이상한 행동은 이어졌다. 어느 때는 모호면이 사방에 야릇한 액체를 뿜어대기도 했다. 그것은 내 팬티에 묻어 있던 것같이 비릿하고 미끈거렸다. 이상하게도 모호면이 그 짓을 할 때는 바보처럼 보이지 않았다. 진지하고 행복해 보였으며 그 일을 다 끝냈을 때의 모습은 쓸쓸해 보이기까지 했다. 나는 차츰 모호면을 동경하기 시작했다.

모호면이 또 바지를 벗고 그 짓을 했다. 고추가 사정없이 늘어났다. 나는 슬그머니 바지를 내렸다. 모호면이 하는 것처럼 따라 했다. 내 것도 사정없이 커졌다. 나는 진지하고 행복하려 했으나

235

쓸쓸해지기만 했다. 모호면에게 행복하냐고 물어보고 싶었다. 그리고 더 이상 따라 하지 않았다.

모호면의 이상한 행동은 계속 이어졌다. 나는 고민에 빠졌다. 매일 밤 그 짓을 보는 것도 이제는 싫증이 났다. 그리고 그 짓을 보고 있으면 나마저도 야릇한 충동이 일었다. 몇 번 따라 해봤지만 기분만 더 야릇해졌다. 눈앞에서 버젓이 일어나는 일을, 속에서 불같이 일어나는 충동을 자제하는 것도 한계가 있었다. 저러다 모호면 고추가 어떻게 되는 건 아닐까 걱정도 되었다. 엄마나 아버지에게 이를까? 그것도 생각해보지 않은 것은 아니었다. 하지만 그 방법은 왠지 꺼림칙했다. 그러다가 내 과거까지 들통나면 큰일이었다. 아직까지 내가 샛별문구 여자에게 당한 사실을 아는 사람은 한 명도 없었다. 나는 이 일을 직접 해결하기로 마음먹었다.

5

모호면이 샛별문구에 들어간 지 두 시간이 지났다. 안을 기웃거렸다. 여자는 여전히 긴 머리에 검은 스웨터 차림이었다. 여자의 눈빛이 몽롱하게 풀렸다. 곰 인형 눈을 붙이던 여자가 일어났다. 모호면에게 사탕을 한 움큼 집어 주었다. 사탕을 받아 든 모호면이 해죽 웃으며 여자를 따라 일어났다. 둘은 커튼을 들치고 안으로 사라졌다. 발소리를 죽이고 안으로 들어갔다. 지독한 본드 냄새 때문에 눈까지 따가웠다. 귀를 기울였다. 한동안 잠잠하던 커튼 뒤에서 여자 말소리가 들려왔다.

"제일 좋아하는 게 뭐야?"

"사탕!"

"무슨 맛 사탕?"

"오렌지 맛!"

"그럼, 제일 싫어하는 건 뭐야?"

"계피 맛!"

여자가 재미있다는 듯 깔깔댔다. 저런 머저리 같으니라구. 당장 커튼을 젖히고 모호면을 끌어내고 싶었다.

"이 세상에서 제일 무서운 게 뭐야?"

"엄마!"

모호면이 어린애처럼 큰 소리로 외쳤다. 여자는 더 큰 소리로 깔깔거렸다. 나는 커튼 틈새로 안을 엿보기 시작했다. 좁고 어두운 방 안에 모호면과 여자가 보였다. 여자가 먼저 옷을 벗었다. 불룩한 혹이 드러났다. 커튼 틈새에 눈을 바싹 들이댔다. 혹은 그때보다 더 자란 듯했다. 여자가 검은색 브래지어까지 벗어 던졌다. 작은 혹 두 개가 대롱거렸다. 여자가 모호면 손을 자기 가슴에 댔다. 모호면이 여자 가슴을 움켜잡았다. 여자가 모호면 바지를 벗겼다. 모호면은 말 잘 듣는 어린아이처럼 고분고분했다. 여자가 옷을 벗기는 동안 모호면은 움켜잡은 여자 가슴을 놓지 않았다. 여자는 위를 벗고 모호면은 아래를 벗었다. 여자가 모호면 고추를 움켜쥐었다. 순간 나는 손으로 내 것을 가렸다. 여자가 내 것을 움켜쥔 것처럼 다리가 저릿했다. 모호면이 밤에 하는 짓을 여자가 했다. 모호면은 진지해 보이지도 행복해 보이지도 쓸쓸해 보이지도 않았다. 희미한 어둠 속에 여자의 혹이 심하게 요동쳤다. 여자는 더 웃지 않았고, 모호면 입에서 야릇한 신음이 새 나왔다. 두 마리의 짐승이 소리 없이 울부짖었다.

침을 삼키기조차 힘들었다. 눈을 부릅뜨고 그들의 짓거리를 지켜봤다. 여자와 눈이 마주쳤다. 몽롱한 여자의 눈이 반짝 빛났다. 무서운 생각이 들었다. 전의 그 일이 떠올랐다. 이번에 잡히면 모호면처럼 바지가 홀딱 벗겨질지도 모른다. 생각만 해도 끔찍했다. 후다닥 그곳을 뛰쳐나왔다. 있는 힘을 다해 달렸다. 마음 같아서는 모호면도 구해 오고 싶었지만 겨를이 없었다. 모호면은 가로등에 불이 켜질 때까지 돌아오지 않았다. 모호면이 돌아올 때까지 골목을 어슬렁댔다. 모호면 대신 어둠이 먼저 밀려왔다. 한참 만에 모호면이 사탕을 우물거리며 나타났다.

"괜찮아?"

모호면을 빙 둘러가며 살폈다. 모호면이 사탕을 내밀었다. 모호면 손을 탁 쳐서 사탕을 떨어뜨렸다. 떨어진 사탕을 모호면이 주우려 했다. 나는 재빨리 발끝으로 사탕을 짓이겼다. 사탕이 형체도 없이 부서졌다.

"거기 다시는 가지 마? 알았지?"

모호면은 부서진 사탕만 쳐다봤다.

"이 벼엉신아, 거기 또 갈 거야?"

"……."

"거기 또 가면 엄마한테 이를 거야!"

"싫어!"

"엄마가 알면 형 죽어!"

엄마가 알면 모호면보다도 내가 먼저 죽을 것이다. 그리고 샛별문구 여자도 죽을 것이다.

"또 갈 거야, 안 갈 거야?"

"몰라."

"그 여자가 형 고추에다가 거미 집어넣는단 말야."

겁을 잔뜩 주면서 모호면 고추를 툭 쳤다. 모호면이 움찔 물러났다. 모호면은 거미를 무서워했다. 모호면이 잠든 새 호주머니를 뒤져 사탕을 전부 꺼냈다. 사탕을 들고 옥상으로 나왔다. 샛별문구 있는 쪽을 향해 사탕을 던졌다. 모호면이 달콤한 유혹을 뿌리칠 수 있기를. 악마 같은 샛별문구 여자가 밤새 사라져버리기를. 그곳에 가지 않고도 맛난 사탕을 실컷 먹을 수 있기를. 훗날 아주 맛난 사탕을 보고도 절대로 샛별문구를 떠올리지 않게 되기를.

239

아니, 아예 사탕에 대한 모든 추억과 동경이 거짓말처럼 사라져버리기를. 내가 던진 사탕은 분화구 곳곳에 떨어졌다. 오랜 시간이 흐른 후 그곳을 지나는 그 누군가의 발끝에 구멍 숭숭 뚫린 돌멩이가 채일지도 모른다. 한때 사탕으로 군림한 적 있는 돌멩이가. 더 힘껏 사탕을 던졌다. 붉은 십자가가 그런 내 모습을 내려다보고 있었다.

모호면이 달라졌다. 거미의 위력일까 아니면 사탕을 집어 던진 때문일까. 모호면은 더 이상 그곳에 가지 않았다. 그리고 밤마다 그 짓도 하지 않았다. 색소폰을 부는 내 모습을 바보 같은 표정으로 지켜보곤 했다. 뿌우. 언제나 변함없는 내 색소폰 연주를 신기한 듯 바라보는 그 얼굴은 정말 바보 같았다.

6

오늘은 중학교 배정 발표가 있는 날이었다. 개학 날이기도 했다. 오래간만에 학교에 갔다. 저마다 떠들어대는 아이들은 별반 달라진 게 없었다. 그게 그거 같은 이야기들을 자랑하듯 떠들었다. 요즘 뜨는 게임이 뭐라는 둥, 학원을 어디로 옮겼다는 둥, 학교 앞에 새로 생긴 게임장에 몇 번 갔다는 둥. 언제 어디서나 들는 소재와 주제였다. 다른 아이들의 겨울 방학도 별 볼 일 없기는 마찬가지인 것 같았다. 그러나 아이들은 열을 다해 진지하게 떠들어댔다. 마치 대단한 경험이라도 하고 온 것처럼 말이다.

화장실을 가다가 복도에서 소연이와 마주쳤다. 소연이는 나를 보고 아는 척이라도 할 것처럼 다가왔다. 가슴이 뛰었다. 드디어 소연이와 말을 하게 되는구나. 뛰는 가슴을 가다듬고 용기를 내 먼저 눈인사를 건넸다. 내 예상은 빗나갔다. 옆으로 바싹 다가온 소연이가 속삭였다.

"너 사람 처음 보니? 옥상에서 그렇게 내려다보지 말라구. 기분 나빠!"

말을 마친 소연이가 도망치듯 멀어졌다. 둔기로 머리를 얻어맞은 기분이 들었다. 멍하니 서서 사라지는 소연이의 뒷모습을 쳐다봤다. 저 애는 내가 옥상에서 지켜보는 것을 다 알고 있었단 말인가. 혹시 수학 문제집에 들어찬 그 많은 젖가슴에 얽힌 사연도 알고 있는 건 아니겠지. 얼굴이 확확 달아올랐다. 그동안 소연이를 위해 내가 투자한 시간과 정성이 얼마인가. 일종의 배신감과 수치심이 들었다. 볼일을 보고 돌아와 자리에 조용히 앉았다. 몇몇 아이들이 말을 걸어왔지만 나는 반응을 보이지 않았다. 무겁고 차가운 청동 투구를 푹 뒤집어쓰고 있는 것처럼 모든 소리가 윙윙거리는 소음으로 들렸다.

학교 배정표를 받았다. 길 건너 마주 보이는 P중학교였다. 같은 동네에 사는 대부분의 아이들도 P중학교로 배정받았다. 아마도 같은 청운연립에 사는 소연이도 같은 중학교일 것이다. 속으로 소연이와 다른 중학교이기를 바랐다. 내 마음을 나도 모르겠다. 갑자기 왜 마음이 바뀌었는지. 배신감 때문인지, 수치심 때문인지. 그것을 정확히 구분 짓기 어려웠다. 당장에 소연이가 싫어진 것은 아니었다. 그래서 더 우울했다.

집에 돌아왔다. 아무도 내게 어느 중학교에 배정받았냐고 묻지 않았다. 아버지는 방에서 지난번 사 온 건축 잡지를 뒤적이고 있었고, 엄마는 부엌에서 닭발을 다듬었다.

"왜 그렇게 기운이 없어? 사내자식이."

"P중학교야."

"뻔하지, 뭐. 이 동넨 다 거기잖아."

엄마는 뭐 새삼스러울 게 있냐는 투로 심드렁하게 말했다. 그래도 오늘은 엄마가 다르게 대해줄 줄 알았는데. 예를 들면 "우리 상진이가 중학생이 되었네"라든가 "이제 중학생이니까 좀 더 의젓해져야지" 등 무엇인가 초등학생과 다르게 대접하는 투의 말을 듣고 싶었다. 중학생이 된다는 것은 나한테 굉장히 흥분되는 일이고 사건이지만, 나 이외의 사람들에게는 별 대수롭지 않은 일이었다. 적어도 하늘호 사람들에게는 말이다.

그 후로 옥상에 나가 소연이를 바라보거나 기다리는 일을 하지 않았다. 어쩌다가 나가더라도 아예 골목 쪽을 쳐다보지 않았다.

물탱크에 여우나 귀신고래를 그리지도 않았다. 쭈그리고 앉아 햇볕을 쬐다 들어오곤 했다. 책상 위에 있는 존슨즈베이비로션에도 먼지가 쌓였다.

이틀 후 졸업식이 있었다. 졸업식도 내게 특별하지 않기는 마찬가지였다. 다른 친구들이 가족들에게 둘러싸여 알록달록한 꽃다발을 들고 사진을 찍는 동안 나는 슬그머니 운동장을 빠져나왔다. 교문을 나서기 전에 뒤를 돌아보았다. 혼자서 걸어나가야 하는 이 길이 두려웠다. 돌아서서 뛰기 시작했다. 조금씩 슬픔이 밀려왔다.

7

졸업식이 끝나고 다시 방학이 이어졌다. 입학식이 있는 3월까지는 2주도 더 남았다. 물탱크 사건이 잠잠해졌지만 아버지의 화는 좀처럼 풀리지 않았다. 아버지는 끙끙 앓는 소리를 내며 벽을 보고 누워 있다가 갑자기 벌떡 일어나 앉았다. 대퇴부로 리모컨을 꾹 눌렀다. 새로운 드라마를 봤다. 오래전에 엄마가 빠뜨리지 않고 보던 드라마를 리메이크한 거였다. 아버지는 드라마를 그냥 봤다. 전처럼 드라마 속 주인공들과 친하게 지내지도 않았고, 삼각관계에 빠지지도 않았다. 눈은 텔레비전을 보고 있지만 머릿속은 다른 생각을 하고 있는 것 같았다. 그야말로 '그냥' 봤다. 아무튼 우리는 이제 토리노 동계 올림픽을 볼 수 없었다.

아버지는 텔레비전을 안 볼 때 64빌딩 도면을 펼쳐놓고 들여다봤다. 텔레비전 보듯 '그냥'이 아니라 '진지하게 열과 성을 다해' 들여다봤다. 내가 원의 넓이를 구할 때보다 더 심각한 표정이었다. 아버지의 64빌딩 도면은 갈수록 복잡해졌다. 색색의 볼펜으로 선이 겹쳐 그려지고 면이 덧그려지면서 기하학적 도형이 생겨났다. 과학 잡지에서 본 이중 나선형 구조보다도 훨씬 복잡했다. 아버지 인생의 밑그림도 저것처럼 치밀하고 빈틈이 없었을까. 아버지는 이제 단세포 동물이 아니었다. 아버지는 진화하고 있었다. 아버지의 세포는 하루하루 분열하고 무한하게 증식했다. 아버지를 진화하게 하는 힘을 나는 꿈이라고 생각했다. 아버지의 꿈이 아직도 생생하게 살아 있어서 다행이었다. 꿈이 있다는 것은 귀신고래의 눈물을 볼 수 있다는 사실과 통하기 때문이었다. 아버지는 언젠가 반드시 64빌딩을 안전하게 발파해서 해체할 것이다. 그런데 그날이 언제일까. 그건 아무래도 상관없다. 꿈은 어차피 꾸기 위해 있는 것이라고 언젠가 아버지가 말했다. 꿈을 꾸고 있을 때 아버지는 조금 행복해 보였다.

이제 막 일어난 엄마가 세수하는 소리가 들렸다. 요 며칠 새 엄마는 힘이 쭉 빠져 있었다. 며칠 전까지만 해도 포장마차는 잘 굴

244

러갔다. 엄마는 새로운 메뉴를 또 개발했다. 이번에는 주꾸미와 국수가 만났다. 살짝 데친 주꾸미를 가늘게 썰어 매콤한 양념장을 넣고 조몰락거린 후 꼬들꼬들하게 삶아 건진 국숫발 위에 얹어 먹는 일명 '주꾸미 국수'였다. 새로운 주꾸미 요리는 신기한 맛이었다. 물론 엄마가 "맛있어?"라고 물었을 때 모호면과 나는 어김없이 고개를 '끄덕'했다. 엄마는 진분홍색 립스틱을 하나 더 장만했다.

그런데 그 진분홍색 립스틱을 몇 번 써보기도 전에 엄마 기운을 빼는 일이 생겼다. 우리 집뿐만 아니라 청운연립 전체에 관련된 문제였다. 청운연립이 통째로 다른 사람한테 넘어갔다. 건물 주인의 부도 때문이었다. 이곳에 사는 여섯 가구는 모두 세 들어 사는 사람들이었다. 우리 집을 제외한 다른 집들은 그나마 법적으로 최소한의 보호는 받을 수 있었다. 문제는 우리 집 하늘호였다. 옥상에 무허가로 지은 우리 집은 아무런 보호도 받을 수 없다는 것이다. 나는 처음으로 우리 집이 무허가라는 것을 알았다. 무허가. 뭔가 불안하고 찜찜한 말이었다. 그 말을 듣고부터 집 안에 누워 있기가 멋쩍었다. 어딘지 모르게 마음이 안 놓였다. 절룩거리는 아버지의 다리처럼 위태롭고 아슬아슬했다. 그 둘은 묘하게 맞닿아 있었다. 어느 땐 아버지의 다리 때문에 우리 집이 무허가가 된 것 같은 착각이 들기도 했다. 엄마가 이곳저곳으로 알아보러 다녔지만 속 시원한 대답을 듣지 못했다. 하늘호의 운명이 엄마와 우리 식구들의 기운을 뺐다. 엄마와 아버지는 밤늦도록 머리를 맞대고 앉아 있었다.

8

영어 단어가 눈에 들어오지 않았다. 엄마 말대로라면 우리는 이곳을 떠나야만 한다. 무허가. 내 머릿속은 온통 무허가로 가득 찼다. 갑자기 하루아침에 내 주변의 모든 것이 무허가로 변한 듯했다. 집뿐만 아니라 밤늦도록 머리를 맞대고 앉아 있는 엄마와 아버지까지도 무허가처럼 보였다. 침을 흘리고 자고 있는 모호면도, 영어 단어를 외우는 나 자신도 모두 무허가 같았다. 무허가, 허가를 받지 않은 그 무엇. 그러자 모든 게 불안전하게 느껴졌다. 앉아 있을 수가 없었다. 옥상으로 나왔다. 청운연립 앞에 포장이사 차가 서 있었다. 똑같은 제복을 입은 사람들이 이삿짐을 차에 실었다. 옆에서 302호 여자가 뭐라고 지시를 했다. 이제 대머리 모범운전사는 이곳을 찾아오지 않을 것이다. 여자 집에서 항상 들려오던 트로트 음악도 오늘로써 마지막이다. 벌써 두 집이 이사를 갔다. 엄마는 장사를 나갔다. 손 놓고 앉아 있는다고 뾰족한 수가 생기냐며 한숨을 쉬었다. 아버지도 불안하게 방 안을 서

246

성거렸다. 방바닥에 펼쳐져 있는 64빌딩 도면 위를 절뚝거리며 왔다 갔다 했다.

옥상을 천천히 둘러봤다. 교회 첨탑에 비둘기가 한 마리 앉았다. 어디선가 또 한 마리가 날아왔다. 둘은 사이좋게 부리를 맞대고 구구거리다가 여우가 사라진 십자가 저 너머로 날아갔다. 노란 물탱크 앞에 쭈그리고 앉았다. 내가 그린 그림들을 들여다봤다. 수십 마리의 여우와 귀신고래가 강강술래를 하고 있었다. 그 아래에다가 '나는 이곳을 떠나고 싶지 않다'라고 썼다. 노란 물탱크가 있어서 외롭지 않았다. 노란 물탱크가 우리 집 마당에 우뚝 버티고 서 있어서 밤에도 무섭지 않았다. 이제 우리는 어디로 가서 또 다른 물탱크를 만날까. 맨 아래층에 사는 소연이도 이곳을 떠날 것이다. 여우가 보고 싶었다. 첫눈이 오던 날 새벽에 이곳에 서서 하늘을 올려다보던 그 은빛 여우가 간절하게 떠올랐다. 이곳을 떠나면 그 여우도 다시는 볼 수 없을 것 같았다. 사방을 둘러봤다. 들고양이 한 마리 보이지 않았다. 비둘기가 날아간 하늘에 먹구름이 몰려왔다.

포근해진 날씨 탓인지 저녁때부터 비가 내렸다. 지붕에 빗방울 떨어지는 소리가 요란했다. 저녁을 먹고 모호면과 나는 텔레비전 앞으로 다가앉았다. 동계 올림픽이 나오고 있었다. 쇼트트랙 경기를 마친 우리나라 여자 선수들이 환호하는 교민들에게 웃으면서 손을 흔드는 장면이 비쳤다. 아버지는 눈을 감은 채 비스듬히 누워 있었다. 지난번처럼 목소리를 높이지도 열광하지도 않았다. 나는 아버지 눈치를 보며 볼륨을 줄였다.

"그냥 둬라. 안 잔다."

아버지가 몸을 바로 눕혔다.

"상진아, 너 귀신고래가 왜 자꾸 줄어드는 줄 아니?"

아버지가 뜬금없이 물었다.

"아뇨."

"밥 먹으러 갔다가 길을 잃은 거야."

"밥을 먹으러 어디로 가는데요?"

"귀신고래는 바닷속 저 아래 개펄에 사는 아주 작은 미생물을 먹고 살아."

그렇게 큰 덩치의 귀신고래 먹이가 겨우 개펄에 사는 미생물이라니. 나는 호기심이 일었다.

"말도 안 돼. 어떻게 그런 걸 먹고 살아요?"

그 순간 아버지가 눈을 번쩍 떴다.

"인석아. 너 이 애비 말을 못 믿는 거냐?"

아버지가 큰 소리를 냈다.

"아니, 그게 아니구……."

순간 나는 아차 싶었다. 아버지를 화나게 하는 것 중 하나가 아버지를 의심하는 행동이나 말이었다.

"개네들은 그걸 먹으러 수심 저 아래까지 내려가. 그걸 이용해서 인간들이 심해에 탐지기를 설치해. 탐지기에서 신호가 오면 그 주변에서 지키고 있다가 물밑에 시커먼 그림자가 비치면 작살을 꽂는 거야. 귀신고래가 꼬리지느러미를 하늘로 쳐들었을 땐 이미 등에서 피가 흐르지."

아버지는 마치 눈앞에서 귀신고래를 잡은 듯이 격앙된 목소리로 열을 올렸다.

"내 말은 결국엔 인간들이 다 잡아들여서 씨가 말랐다는 거야. 천하의 귀신고래도 인간은 당할 수 없는 모양이야."

아버지는 도로 눈을 감았다. 아버지가 왜 갑자기 귀신고래 이야기를 하는지 알 수 없었다. 다만 아버지 목소리가 여느 때와 다르게 심하게 떨리고 있는 것을 느낄 뿐이었다. 아버지는 밤늦도록 텔레비전을 켜둔 채 눈을 감고 누워 있었다. 빗소리를 듣고 있는 건지 귀신고래를 생각하는 건지 모를 일이었다. 한참을 누워 있던 아버지가 자리에서 일어났다. 야전잠바를 걸치고 우산을 챙겨 들었다. 아버지는 검은 우산을 쓰고 절뚝거리며 층계를 내려갔다. 아버지가 층계를 내려가는 소리가 빗소리에 섞여 들려왔다. 내 정신은 점점 맑아졌다. 시곗바늘이 12시 35분을 가리켰다. 옆에서 모호면이 코 고는 소리가 들렸다.

층계를 올라오는 발자국 소리에 눈을 떴다. 한 시간이 지나 있었다. 발자국 소리는 한 사람의 소리가 아니었다. 현관문이 열리고 아버지와 엄마가 들어왔다. 아버지가 엄마 마중을 나간 것이다. 처음 있는 일이었다. 우산을 들고 나타난 아버지를 보고 엄마는 어떤 표정을 지었을지 궁금했다. 우산을 같이 쓰고 골목을 지나오면서 아버지와 엄마는 무슨 이야기를 했을까. 이 밤이 지나고 나면 조금 밝아진 엄마 얼굴을 볼 수 있을지 모른다. 눈을 감고 잠을 재촉했다. 빗줄기가 타악기 소리처럼 귓전을 울렸다.

아침에 눈을 뜨니 빗소리가 그쳐 있었다. 엄마 얼굴부터 살폈다. 엄마 얼굴에는 여전히 먹구름이 끼었다. 어젯밤 아버지의 깜짝쇼도 엄마를 감동시키기에는 역부족이었나 보다.

"뭘 어쩌겠어? 우리가 안 나가겠다는데."

엄마는 밥상을 차리면서 중얼거렸다.

"난 절대 그냥은 못 나가. 한 푼이라도 받아야지. 흥, 무허가 좋아하시네. 눈감아줄 때는 언제고 이제 와서 무허가라고 길바닥으로 내쫓아? 나쁜 자식들!"

저러다간 엄마 손에 들린 밥그릇이 언제 어디로 날아갈지 모른다. 나는 숨을 죽이고 얌전히 앉아서 밥을 먹었다. 숟가락을 놓고 일어설 때까지 아무도 말을 하지 않았다. 우리는 모두 쓸쓸했다.

9

요란한 소방차 사이렌 소리에 잠을 깼다. 꿈을 꾸던 참이라 그 소리가 꿈결인지 현실인지 구분이 안 됐다. 돌아누워서 다시 잠을 청했다. 사이렌 소리가 점점 더 가까워졌다. 바로 근처에서 나는 듯했다. 잠이 달아났다. 자리에서 일어나 바깥으로 나왔다. 창밖이 훤했다. 사이렌 소리는 더욱 선명하고 위급하게 들렸다. 문을 열었다. 매캐한 냄새가 찬 바람과 함께 밀려 들어왔다. 신발을 구겨 신고 옥상으로 나왔다. 주위가 환하게 밝았다. 샛길 쪽에서 불기둥이 치솟았다. 난간에 바싹 붙어 섰다. 불길은 엄마 포장마차가 있는 곳에서 한참 떨어진 쪽에서 타올랐다. 거대한 괴물 혓바닥처럼 너울거리며 춤을 추었다. 금방이라도 동네 전체를 집어삼킬 듯이 어둠을 휘저었다. 소방차들이 물을 뿜어댔지만 불길은 좀처럼 잡히지 않았다. 치솟는 불길 때문에 사방이 점점 더 환해졌다. 어둠 속에 웅크리고 있는 집들이 잠깐씩 모습을 드러냈다. 마치 폭발이 일어난 듯했다. 드디어 분화구가 폭발 조짐을 보이는 걸까. 가슴이 뛰었다. 그러나 막상 너울거리는 시뻘건 불꽃을 보니 겁도 나고 무서웠다.

잠시 후 불길이 잡히면서 매캐한 냄새가 더 짙어졌다. 불길이 치솟던 자리에서 희뿌연 연기가 피어올랐다. 대충 어디쯤인지 짐작이 갔다. 그러나 정확히 어느 곳인지는 알 수 없었다. 방 안으로 들어온 나는 궁금해서 견딜 수가 없었다. 날이 밝기를 기다렸다. 어느새 나는 곯아떨어졌고 여느 때보다 두 시간 늦게 일어났다.

아침에 눈을 뜨자마자 옥상으로 나왔다. 주위를 아무리 둘러봐도 간밤에 불이 난 흔적은 찾을 수가 없었다. 아무 일도 없었다는 듯이 동네는 조용했다. 꿈을 꾼 것일까. 코를 벌름거렸다. 코끝에 매캐한 냄새가 느껴졌다. 눈을 크게 뜨고 천천히 동네를 훑었다. 제일슈퍼를 지나 백양클리닝을 거쳐 두 갈래 길까지 갔다. 어젯밤의 기억을 더듬어 샛길로 들어섰다. 분명히 불길이 치솟은 곳은 샛길 쪽이었다. 옥상에서 샛길이 훤히 내려다보이는 것은 아니었다. 대충 짐작으로 가늠할 뿐이었다. 건물들에 가려 잘 보이지 않았지만 나는 샛길을 꼼꼼히 짚어나갔다. 그리고 이상한 점을 발견했다. 4층 건물 옆으로 까맣게 드러난 흔적이 간신히 눈에 잡혔다. 그곳은 샛별문구 자리였다. 평소에 이곳에서 보면 샛별문구는 4층 건물에 가려 귀퉁이만 보였다. 그렇다면? 갑자기 다리에 힘이 빠졌다.

계단을 두 개씩 뛰어 내려갔다. 그럴 리가. 숨이 차도록 달려 샛길로 접어들었다. 샛별문구가 가까워질수록 매캐한 냄새가 짙어졌다. 온통 물로 젖은 길은 미끄러웠다. 밤새 언 모양이었다. 저 멀리 사람들이 모여 있는 게 보였다. 겁이 났다. 내 눈으로 확인하기가 무서웠다. 마침내 샛별문구가 눈에 들어왔다. 아니, 그곳에 마땅히 있어야 할 샛별문구가 보이지 않았다. 검게 그을린 간판만이 그곳이 샛별문구였음을 알려주었다.

새까맣게 탄 샛별문구는 앙상하게 골격만 남았다. 내가 여자와 함께 곰 인형 눈을 붙이던 자리도, 여자가 쉬던 방도 자취를 찾아볼 수 없었다. 타다 만 곰 인형과 필통, 공책들만이 어지럽게 흩어져 있었다.

"아이고, 어쩌다가 이렇게 됐대?"

누군가가 혀를 찼다.

"여자가 제정신이 아닌 것 같다던데."

또 다른 누군가가 거들었다. 그제야 샛별문구 여자가 떠올랐다. 여자는 어떻게 됐는지 궁금했다.

"그래도 하늘이 도왔지. 목숨은 건졌잖아."

샛별문구 여자가 죽지는 않은 모양이었다.

"그럼 뭐 해. 온몸에 붕대를 감고 있을 텐데. 아니 근데 꼽추라면서?"

"글쎄, 통 나오질 않았으니 알 수가 있어야지. 전에도 그런 소문을 들은 적이 있긴 한데."

사람들은 삼삼오오 모여서 쑤군댔다.

"여자가 제정신이 아니긴 아니었나 봐. 아니 왜 그 시간에 수제비를 끓여 먹어? 그리고 수제비가 졸아드는 것도 모르고 잠들었다는 게 말이 되냐구? 수제비를 끓이다 말고 방으로 기어들어 가긴 왜 기어들어 가. 죽고 싶어서 환장했지."

사람들 말을 종합해보면, 샛별문구 여자는 밤에 수제비를 끓이다가 가스 불을 켜둔 채 방에 들어갔고, 수제비 냄비가 과열돼 불이 난 것이다. 다행히 여자는 죽지 않았다. 사람들은 그곳에 그런 여자가 살고 있던 것조차 모르는 눈치였다. 나는 멍하니 서서 타버린 샛별문구를 바라봤다. 나와 모호면이 드나들던 곳이지만 골격만 남은 샛별문구는 낯설게 보였다. 샛별문구 여자가 저주받기를 바란 내 마음 때문이었을까. 그럴지도 모른다. 내 기도의 힘 때문일지도. 죄책감이 들었다. 샛별문구 여자의 이상한 행동을 알고 있는 사람은 아무도 없는 듯했다. 그냥, 약간 정신이 이상한 꼽추 여자가 수제비를 끓여 먹다가 불이 났다고만 입을 모았다. 나는 사람들 틈에서 빠져나왔다. 있는 힘을 다해 달렸다. '너 때문이야'라며 누군가 뒷덜미를 잡아당길 것만 같았다.

  집에 돌아온 나는 아무런 내색도 하지 않았다. 마치 나쁜 짓을 하고 들어온 것처럼 방에 조용히 틀어박혔다. 식구들은 모두 어젯밤에 일어난 일을 모르고 있었다. 엄마는 여느 때처럼 일을 나갔고, 모호면은 꼬치를 열심히 끼웠다. 아버지는 64빌딩 도면 옆에 건축 잡지를 펼쳐놓고 들여다봤다. 그리고 대퇴부 밑에 있는 리모컨을 눌러 텔레비전을 켰다. 텔레비전에서 뉴스 특보가 흘러나왔다. "오늘 새벽 3시경 여의도 64빌딩이 붕괴됐습니다. 사고가 일어난 시각이 새벽이라 다행히 인명 피해는 없었습니다. 건물 안에 있던 일부 사람들도 신속한 대피로 목숨을 구할 수 있었습니다." 화면에는 처참하게 무너져 내린 64빌딩 잔해가 비쳤다. 산산조각이 난 콘크리트 더미 사이로 비어져 나온 철근들이 산더미를 이루며 어지럽게 얽혀 있었고, 그 주위에는 먼지가 뿌옇게 시야를 가렸다. 위풍당당하게 유리를 번쩍이며 빌딩이 서 있던 하늘 위로 아침 햇살이 번졌다. 뿌연 먼지 속에서도 아침 햇살은 찬란하게 빛났다. 샛별문구의 충격이 가시기도 전에 이번에는 대형 빌딩이라니. 이제 아버지의 꿈은 어떻게 되는 건가. 저 보물 지도 같은 도면은. 나는 무너져 내린 64빌딩보다도 무너져 내린 아버지의 꿈이 더 걱정됐다. 아버지는 입을 벌린 채로 텔레비전에서 눈을 떼지 못했다.

"저게…… 진……짜냐?"

한참 만에 아버지가 더듬더듬 물었다.

"으응."

대답하기도 미안했다. 꼭 내가 64빌딩을 무너뜨리기라도 한 것처럼 목소리가 기어들어갔다.

"지인……짜……아……라구?"

"으응."

"어어……쩌다가……."

아버지는 우리 집이 무너지기라도 한 듯, 콘크리트 더미에 깔려 있기라도 한 듯 앓는 소리를 냈다.

"사람은 안 죽었다냐?"

"안 죽었대요."

"근데, 어떤 놈이 그랬다냐?"

"몰라요. 그냥 무너졌대요."

"그럴 리가. 그냥 무너지진 않지. 그 순간을 봤어야 하는데."

아버지는 무너지는 장면을 보지 못한 것이 아쉬운 듯했다. 내 눈은 텔레비전을 향하고 있었지만 머릿속에는 타버린 샛별문구가 자꾸 떠올랐다. 새벽 3시. 샛별문구에 불이 난 시각과 64빌딩이 무너진 시각이 일치했다. 샛별문구가 불타는 시간에 여의도에서는 우리나라에서 가장 높은 빌딩이 무너지고 있었다. 묘했다. 어젯밤 내가 본 불기둥이 어쩌면 64빌딩에서 치솟은 것인지도 모른다. 아버지는 바로 코앞에서 무슨 일이 일어났는지도 모르고 강 건너 빌딩 무너진 것에만 관심이 쏠렸다. 아무리 기다려도 텔레비전에서 샛별문구 소식은 들을 수 없었다.

"가서 찬물 한 컵만 가져와라."

나는 얼른 일어나 방을 나왔다. 모호면은 그때까지 꼬치를 끼우고 있었다. 물컵을 들고 방으로 들어갔다. 아버지는 텔레비전에 눈을 박은 채 물 한 컵을 다 마셨다. 엄마가 집을 비워야 한다고 이야기했을 때도 저런 얼굴까지는 아니었다. 언젠가 모호면이 여우 우리에 들어갔을 때도 저 정도는 아니었다. 저런 표정은 처음이었다. 놀라움과 실망감과 부러움이 섞인, 인간이 가질 수 있는 모든 감정과 인간이 낼 수 있는 모든 종류의 감탄사가 공존하는 표정이었다.

"물 한 컵 더 가져와라."

물 한 컵을 더 가져왔다. 아버지는 역시 텔레비전에서 시선을 떼지 않은 채 물을 다 마셨다. 컵을 내려놓고 나는 아버지와 텔레비전을 번갈아 쳐다보느라고 눈알을 바쁘게 돌렸다.

"저걸 저렇게 끝내다니. 대체 어떤 놈이야?"

아버지는 혀를 차듯 중얼거렸다.

"저건 내파공법으로 아래부터 연쇄적으로 주저앉게 해야 쌈박한데……. 아, 어느 미친놈이 저걸 무식하게 저 지경으로 만들었냐?"

아버지는 64빌딩이 왜 무너졌는지에는 별로 관심이 없었다. 오로지 아버지의 전공인 발파에만 초점을 맞추었다.

"건물을 지을 때 기초 공사가 중요하듯이 무너뜨리는 것도 아랫부분이 더 중요해. 밑에서부터 차례로 잘 꺼져줘야 하거든. 밑에서 버티고 있으면 위에 있는 것들도 제대로 주저앉질 못해. 가만있어봐."

아버지는 얼굴을 텔레비전 가까이 들이대고 무너진 잔해를 살폈다.

"쯧쯧, 저건 제대로 작업한 게 아니야. 발파공법을 썼다면 파편이 저런 식으로 튀진 않아."

아버지는 수사관처럼 진지하게 말했다.

"맨 아래층에 다이너마이트를 제일 많이 설치한 다음 위로 올라갈수록 그 수를 줄여가야지. 그리고 무엇보다 타이밍이 중요해."

아버지는 흥분했다. 마치 자기가 64빌딩을 폭파하기 위해 다이너마이트를 설치하고 도화선을 잇는 것처럼 열에 들떴다.

"자, 이제 카운트다운이 시작돼. 버튼을 누르는 일만 남았어."

아버지는 진지하고 은밀한 목소리로 카운트다운을 했다. 텐, 나인, 에잇, 세븐, 식스……. 나는 진땀이 났다. 제로에 가까워질수록 아버지의 표정은 희열로 가득 차올랐다.

"제로. 눌러!"

아버지는 엄지손가락을 허공에 대고 꾹 누르는 시늉을 했다. 동시에 나는 두 손으로 귀를 틀어막았다. 방금 폭파된 듯 텔레비전 속 무너진 64빌딩에서는 아직도 연기가 피어올랐다. 아버지의 얼굴은 환희로 가득했다. 엔도르핀이 확 돌고 있는 듯 보였다. 아버지가 정말 64빌딩을 폭파한 게 아닐까. 어쩌면 샛별문구 화재도 그 누군가가 저지른 방화일지도 모른다. 새까맣게 그을린 냄비는 언제고 그 자리에 있던 것일지도. 여자가 자주 수제비를 끓여 먹는 사실을 잘 아는 자의 소행일지도. 완벽한 알리바이를 위해 일부러 타버린 냄비를 미리 가스레인지 위에 올려놓았을지도. 나는 64빌딩이 왜 무너졌는지보다 샛별문구에 왜 불이 났을까가 더 궁금했다.

텔레비전에서는 하루 종일 무너진 64빌딩만 비춰줬다. 어느 채널을 돌려도 똑같은 그림만 반복되었다. 생김새가 다른 각 방송사의 기자들은 사상자가 없어서 다행이라는 똑같은 멘트를 되풀이했다. 아버지는 밥을 먹고도 텔레비전 앞에 앉았고, 오줌을 누고 와서도 텔레비전 앞에 앉았다. 엄마가 들어올 때까지 아버지는 텔레비전을 보고 있었다.

"저것 봐. 우리나라에서 최고로 높은 빌딩이 무너졌대."

옷을 갈아입는 엄마 등 뒤에 대고 아버지가 말했다. 엄마는 양말을 벗어 방구석으로 휙 던졌다.

"신기하게 사람은 한 사람도 안 다쳤대. 용치?"

"지금 그게 문제야? 내 코가 석 잔데."

엄마가 신경질적인 목소리로 말했다.

"아니, 이 여편네가 왜 신경질이야! 신경질은."

아버지가 목소리를 높였다.

"그럼 지금 신경질이 안 나게 됐어? 당장 길거리로 나앉게 생겼는데, 저런 게 눈에 들어오냐구?"

아버지가 끄응 돌아앉았다.

"우리 어디로 가냐구? 난 저런 거 100개가 무너져도 하나도 안 신기해!"

나도 마찬가지였다. 지금 64빌딩 무너진 게 문제가 아니었다. 불난 샛별문구가 더 궁금했다. 무너진 콘크리트 파편보다 타다남은 공책이 머릿속을 차지했다. 아버지가 대퇴부를 꾹 눌렀다.

텔레비전이 꺼졌다. 아버지는 슬그머니 방을 나갔다. 나도 아버지를 따라 방을 나왔다. 아버지는 현관문을 열고 나갔다. 창밖으로 아버지를 살폈다. 담배를 입에 문 아버지는 멀리 64빌딩이 있는 쪽을 바라봤다. 아버지는 오래 담배를 피웠다. 무너진 64빌딩 때문인가. 우리 집 때문인가. 아니면 두 가지 다일까. 아무리 생각해도 알 수 없었다. 오늘 아버지 행동으로 봐서는 64빌딩이 더 중요한 듯했다. 그동안 64빌딩 도면을 얼마나 애지중지 끼고 살았는가. 그것만 봐도 아버지가 이 추위에 밖에서 담배 피우는 이유를 짐작할 수 있었다. 아버지는 오랫동안 들어오지 않았다. 나는 자리에 누웠다. 그래도 난 엄마 편에 서고 싶었다. 64빌딩이 무너지는 일은 텔레비전에서나 볼 수 있는 일이었지만, 우리가 이곳을 떠나야 하는 일은 진짜 '우리 일'이기 때문이었다. 텔레비전에 안 나오는 일은 텔레비전에 나오는 일보다 우리와 가깝고 친숙했다. 샛별문구 일만 해도 그렇다. 나는 아버지도 엄마 편에 서 있기를 기도하면서 잠이 들었다.

10

무너진 64빌딩 잔해가 며칠째 텔레비전을 점령했다. 수북이 쌓인 콘크리트 더미를 치우는 데만도 한 달이 걸린다고 했다. 수사관과 과학적인 장비가 총동원되어 수사하고 있지만 아무런 단서도 찾지 못했다. 누군가의 소행인지 건물 자체의 결함 때문인지도 종잡을 수 없었다. 얼마 전부터 균열과 미진이 느껴졌다는 주장과 함께 누군가가 폭발물을 설치했다는 목격자의 진술이 엇갈렸다. 누군가 건물 내부에 폭발물을 설치했다는 주장은 신빙성이 없었다. 목격자를 자청한 사람은 청소부 아주머니였다. 며칠 전부터 수상한 사람이 검은 가방을 들고 32층과 33층 로비를 서성이는 것을 봤다고 했다. 단지 검은 가방을 들고 서성였다는 것만으로 그 사람을 의심할 수는 없었다. 건물이 완전히 붕괴되었기 때문에 시시티브이를 확인할 방법도 없었다. 미진을 느꼈다는 사람은 두 명뿐이었다. 한 사람은 20대 초반의 여자였고, 다른 한 사람은 50대 후반의 남자였다.

"아침이었어요. 출근을 하고 한 시간 정도 지났으니까요. 커피를 마시기 위해 로비로 나왔어요. 아 참, 저는 45층에서 근무했어요. 자판기에서 커피를 뽑아 들고 평소처럼 벽에 기대서 커피를 마셨어요. 딱 두 모금 마셨을 때였어요. 갑자기 들고 있는 커피가 흔들리는 거예요. 5초 정도? 진짜 쏟아질 것 같았어요. 처음에는 전 제 손이 흔들리는 줄 알았어요. 전날 영화를 보느라고 잠을 못 잤거든요. 근데 그게 아니더라구요. 로비 벽에 걸려 있는 그림이 살짝 떠는 거예요. 순간 무너진 삼풍백화점이 떠올랐어요. 이제 죽었구나 했지요. 근데 금방 괜찮아지더라구요. 정말 아찔했어요."

여자는 '만약 내가 저 속에 있었다면'이라고 머릿속에 떠올리는 것 같았다. 또 다른 증인인 남자는 비장한 목소리로 말문을 열었다.

"전 62층에 근무했습니다. 일식집 주방장이지요. 저녁 7시경이었어요. 손님이 한창 붐빌 때였습니다. 회를 뜨기 위해 도미 껍질을 벗겨내고 살점을 얇게 저밀 때였어요. 한 손으로 도미를 누르고 칼날을 비스듬히 살 속으로 밀어 넣는데, 갑자기 칼이 저 혼자 춤추듯 살 속을 헤집는 게 아니겠어요. 일식집 주방장 생활 30년에 회 뜨다 손가락을 베기는 처음이었습니다. 분명히 흔들렸습니다."

남자가 밴드 감은 손가락을 들어 보였다. 남자는 이만한 게 천만다행이라는 듯 안도의 한숨을 내쉬었다. 이들 말을 들어보면 건물 자체 내의 문제 때문에 붕괴된 것으로 보였다. 그러나 두 사람 말만 듣고 그렇게 단정하기에는 워낙 덩어리가 컸다. 그 시간 건물 안에는 사람이 수백 명이나 있었는데 어떻게 딱 두 사람만 미진을 감지할 수 있었는가가 첫 번째로 풀어야 할 과제였다.

아버지와 무너진 64빌딩을 놔두고 집을 나왔다. 텔레비전 속의 64빌딩 소식은 먼 나라 이야기처럼 들렸다. 내 관심은 오로지 샛별문구였다. 내 발걸음은 어느새 샛별문구로 향했다. 타버린 샛별문구는 며칠째 그 모습 그대로 있었다. 늙은 개가 돌아다니며 잿더미를 쑤셨다. 개 주둥이는 금방 숯검정투성이가 되었다. 가끔 지나가는 사람들이 멈춰 서서 안쪽을 기웃거렸다. 나는 안으로 발을 들여놓았다. 매캐한 탄내가 아직도 피어올랐다. 쓸 만한 물건들은 이미 다 가져가고 없었다. 입구에서 안쪽으로 타다 남은 곰 인형이 무더기로 쌓여 있었다. 이곳이 여자가 앉아서 늘 곰 인형 눈을 붙이던 곳이었다. 다 타버려서 어디가 어딘지 구별이 안 되었지만 새까맣게 타버린 냄비 때문에 부엌만은 쉽게 알 수 있었다. 부엌 옆방은 아무런 흔적도 찾을 수 없었다. 여자의 혹, 공룡알이 불에 익지는 않았을까.

지금 여자는 공룡을 낳고 있을지도 모른다. 뜨거운 불기운 때문에 일찍 부화된 알 표면에 수십 개의 잔금이 그어지고 있을지도 모른다. 다 타버린 이곳에는 여자가 앉을 자리도 없었다. 여자도 청운연립 사람들처럼 여기를 떠나야 할지도 모른다. 혹시 여자 스스로 불을 지른 것은 아닐까. 아무런 이유 없이, 문득 등의 혹이 너무 버겁게 느껴져서. 끝없이 붙여야 하는 곰 인형 눈이 지겨워서. 혼자 해 먹는 수제비가 맛없어서. 그냥, 그냥 그러고 싶어서. 아무런 이유 없이.

11

아버지는 여전히 64빌딩 도면을 들여다봤다. 이제는 아무 쓸 모가 없을 텐데. 아버지의 자세는 변함이 없었다. 진지하게 선을 긋고 표시를 했다. 이상한 일이었다. 64빌딩이 무너진 충격 때문에 아버지 머리에 이상이 온 것은 아닐까. 하루아침에 물거품이 돼버린 도면 때문에 정신착란을 일으킨 건 아닐까. 나는 아버지를 좀 더 주의 깊게 관찰했다.

아버지의 외출이 늘었다. 오늘도 아버지는 외출했다가 돌아왔다. 외출했다 돌아오는 아버지 손에는 종종 검은 비닐봉지가 들렸다. 그 속에는 헌책방을 뒤져 찾아낸 낡은 책도 있었고, 가늘고 굵은 전선이 한 무더기 들어 있기도 했다. 아버지는 방바닥에 낡은 책과 도면을 펼쳐놓았다. 그 책 속에는 아버지가 펼쳐놓은 도면보다도 훨씬 복잡하고 기이한 그림들이 그려져 있었다.

여러 날째 계속되는 64빌딩 붕괴에 대한 소식은 보기에도 지겨웠다. 그보다 나는 하늘호의 운명이 더 걱정되었다. 어제 또 한 집이 이사를 갔다. 노란 물탱크의 물이 점점 남아돌았다. 청운연립은 갈수록 고요해졌다. 장사를 마치고 들어오는 엄마의 어깨는 언제나 축 늘어져 있었다. 엄마는 성적 관리에 대해서 묻지도 않았고, 모호면이 옥상 아무 곳에다가 오줌을 갈겨도 뭐라 하지 않았다. 아버지에게 더 화를 내지도 않았고, 빨간 립스틱을 바르지도 않았다. 새로 산 화장품에는 먼지가 쌓였다. 엄마는 전보다 잠을 많이 잤다. 늦게 일어나 밥을 한 숟가락만 겨우 뜨고 일을 나갔다. 층계를 내려가는 엄마의 발소리는 힘이 없었다. 그러고 는 장사를 하는 둥 마는 둥 이른 시간에 터덜거리며 층계를 올라 왔다.

우리가 끼운 꼬치는 부엌에 그냥 쌓여 있곤 했다. 팔다 남은 닭 발이 냉장고에 가득했다. 저녁때 아버지는 가끔 프라이팬에 기름 을 두르고 우리가 열심히 낀 꼬치 재료를 죄다 빼서 고춧가루를 넣고 볶았다. 거기다가 닭발을 몇 개 섞어서 볶을 때도 있었다. 냄 새가 나기 시작하면 나와 모호면은 자동으로 부엌으로 기어 나 왔다. 아버지가 다 된 프라이팬을 식탁에 내려놓으면 우리는 미리 젓가락을 들고 대기하고 있다가 신속하게 집어 먹었다. 닭똥집과 닭발이 제일 먼저 없어졌다. 우리가 최선을 다해 먹고 있는 동안 아버지는 싱크대 구석에서 엄마가 마시던 참이슬을 꺼내 왔다.

"상호야, 한 잔 따라봐라."

모호면은 자기를 부르는지도 모르고 닭발을 뜯느라고 정신이 없었다.

"혀엉."

발로 모호면의 다리를 툭툭 쳤다. 모호면이 쳐다봤다.

"이거 여기다 따르래."

손짓으로 술잔을 가리켰다. 옆에 있던 아버지가 모호면 손에

265

술병을 쥐여주고 잔을 들었다.

"여기다가 가만히 따라봐."

모호면이 술병을 기울여 술잔에 술을 따랐다.

"옳지, 그만."

아버지가 재빨리 기울어진 술병을 바로 했다. 아버지는 찰랑거리는 술잔에 입을 대고 후루룩 빨았다. 그리고 프라이팬에서 김치 조각을 집어 먹었다. 모호면과 나는 젓가락으로 프라이팬을 뒤적거려 닭똥집과 닭발을 샅샅이 수색했다. 아버지는 김치 조각을 오래 씹었다. 남은 술을 단번에 털어 넣고 또 김치 조각을 집어 먹었다. 이번에도 오래 씹었다. 내가 닭똥집을 씹는 것보다도 오래 씹었다.

"걱정 말아라."

아버지가 잔을 채웠다.

"다 길이 있는 법이다."

김치를 씹듯이 천천히 말했다. 술잔은 금세 비워졌다. 아버지 얼굴은 벌겋게 달아올랐다.

"이번엔 상진이가 한 잔 따라봐."

아버지가 술을 그만 마셨으면 좋겠다.

"어서."

술병을 기울여 잔을 채웠다. 김치 조각도 이제 몇 개 안 남았다.

"너, 64빌딩이 왜 무너졌는지 아니?"

나는 고개를 가로저었다.

"귀신고래들이 습격을 한 거야."

아버지가 술이 많이 취한 모양이었다.

"걔네들이 참다못해 폭발한 거지. 인간들 하는 짓이 눈꼴셔서 더는 못 봐주겠던 거야."

모호면이 남은 김치 조각을 마저 다 골라 먹었다. 아버지는 이제 술을 그만 마시겠지. 나는 오줌이 마려웠다. 하필이면 이럴 때 귀신고래 이야기를 할 게 뭐람. 어쩐지 귀신고래 이야기에는 귀가 솔깃했다. 자리에서 일어나고 싶은 걸 꾹 참았다.

"너 알지? 이따만한 귀신고래."

아버지는 양손을 있는 대로 벌렸다.

"이거 한 열 배도 더 될걸. 그 무지막지한 놈들이 떼로 몰려와 무시무시한 대가리로 들입다 박은 거야. 야, 이놈들아, 어디 맛 좀 봐라 하구 말이야."

내 머릿속에 순식간에 귀신고래 떼가 출몰했다. 바다를 지나 새까맣게 한강을 거슬러 올라왔다. 그리고 어둠 속에서 일제히 튀어 올랐다. 번쩍, 귀신고래의 젖은 등이 달빛에 빛났다. 쿵, 검붉은 피가 귀신고래 머리에서 흘렀다. 귀신고래 떼들은 피를 흘리며 다시 바다로 돌아갔다.

"상호야, 상진아, 너희들 이 애비가 뭐로 보이냐?"

나는 하마터면 "귀신고래요"라고 말할 뻔했다. 아버지는 김치 조각도 없는데 술을 또 마셨다.

"너무 걱정들 말어."

아버지는 아까처럼 천천히 말했다. 더는 오줌을 참기 어려웠다. 후다닥 일어나서 화장실로 뛰어갔다.

"다 잘될 거야. *끄윽*."

뒤에서 아버지 트림 소리가 들려왔다.

12

깨끗이 치워진 샛별문구 터는 생각보다 작았다. 어떻게 이런 공간에 그 많은 물건들이 쌓여 있었는지 의문이었다. 불이 난 흔적도 사라졌다. 네모반듯한 땅만 남았다. 곧 새로운 건물이 지어질 것이다. 땅 주인은 이곳에 2층으로 된 중국집을 개업할 예정이라고 했다.

샛별문구 여자는 이제 돌아오지 않을 것이다. 사람들도 밝고 환한 중국집에서 자장면을 먹으며 예전에 이곳이 문구점이었다는 사실을 차츰 잊어갈 것이다. 젓가락으로 자장면을 비비며 이곳에서 꼽추가 하루 종일 곰 인형 눈을 붙이다가 잠들던 사연을 이야기하는 사람은 하나도 없을 터였다. 그 사람들이 차를 타고 여의도를 지날 때면 64빌딩이 서 있던 자리를 한 번씩은 올려다볼 것이다. 그리고 무너져 내린 휘황찬란한 꿈을 진심으로 안타까워할 것이다. 그러나 남은 단무지를 노냥 집어 먹으면서도 오래되지 않은 과거, 꼽추 여자의 수제비와 몽롱한 눈을 기억해내는 이는 아무도 없을 것이다.

주위를 둘러보았다. 아무도 없는 틈을 타 바지 속에서 고추를 꺼냈다. 여자가 풀어진 눈으로 등의 혹을 까 보이던 그 자리쯤에 대고 오줌을 갈겼다. 여자에 대한 그날의 기억을 영원히 지워버리고 싶었다. 나도 여느 사람들처럼 새로 지어진 중국집에서 자장면을 먹으며 여자의 우악스러운 손을 떠올리지 않기를. 공룡알처럼 신기하고 무서운 그 살덩이를 더는 기억하지 않기를. 모호면과 이상한 자세로 얽혀 있던 장면을 떠올리지 않고도 자장면을 끝까지 남기지 않고 다 먹을 수 있기를. 입에 묻은 자장을 닦으면서 이 모든 일을 추억하지 않기를. 오줌은 오랫동안 나의 기도를 들어주었다. 모두 안녕.

269

차 안에 여우가 타고 있어요

1

토리노 동계 올림픽도 끝났다. 텔레비전 채널은 다시 드라마에 고정되었다. 그새 두 집이 청운연립을 떠났고, 이제 남은 집은 맨 아래층의 소연이네와 맨 꼭대기의 우리 집뿐이었다. 오늘은 소연이가 이사를 가지 않나 아침이면 옥상에서 건물 아래를 기웃거렸다. 소연이는 며칠째 보이지 않았다. 소연이 엄마가 쓰레기 봉지를 들고 나왔다. 아직 이사를 가지 않은 것이 분명했다. 나는 안도의 한숨을 내쉬었다. 소연이네마저 가버리면 청운연립이 텅텅 빈다. 우리 집만 남을 것을 생각하니 두려웠다. 속이 빈 달팽이나 소라게는 쉽게 부서진다. 이처럼 껍데기만 남은 청운연립이 어느 날 밤 갑자기 64빌딩처럼 폭 꺼져버린다면……. 잠들지 않으려고 눈을 부릅뜨고 버텼다. 그러다 나도 모르게 잠이 들었고, 아침에 눈을 떠보면 밤새 청운연립은 무사했다.

그렇고 그런 날들이 지나갔다. 아버지도 엄마도 모호면도 모두 그렇고 그런 날들의 주연으로 나서지 않았다. 그 누구도 자신이 무대 한가운데 서는 것을 꺼렸다. 우리는 다들 무대 뒤로 숨고 싶었다. 우리는 말없이 밥을 먹고 둘러앉아서 텔레비전을 봤다. 텔레비전 속에는 늘 우리 집과 다른 세상이 우리를 조롱했다. 그러나 우리는 기꺼이 조롱당하는 것을 즐겼다. 그 이상으로 우리를 자극할 수 있는 것은 없었다. 무너진 64빌딩 잔해는 하나의 거대한 고분이었다. 흉물스러운 철근 구조물과 콘크리트 더미를 치우는 일은 마치 오래된 고분을 발굴하는 작업 같았다. 그 속에서는 틀만 남은 고화질 벽걸이 텔레비전도, 껍데기만 있는 최성능 컴퓨터도, 악어 가죽 명품 핸드백도, 아쿠아리움에 있던 인공 부화기도, 부러진 돌고래 이빨도, 그리고 도미의 눈물도 나왔다.

"진작 저기나 한번 가볼걸."

눈치 없는 아버지가 한숨을 쉬었다. 아버지는 아직도 우리가 조롱당하고 있다는 사실을 모르고 있었다.

"별의별 게 다 있었다지, 아마."

이번에는 엄마가 아버지가 쉰 것보다 좀 더 거칠게 한숨을 몰아쉬었다.

"있으면 뭐 해. 그림의 떡인데."

271

"그래도 구경이라도 할걸."

엄마가 아버지를 쳐다봤다.

"나는 저것보다 당신이 더 신기하네!"

엄마가 아버지를 조롱했다. 아버지 대퇴부에 깔린 리모컨도 못 빼내던 엄마가 감히 아버지를 우롱했다. 아버지는 들은 척 만 척 텔레비전만 뚫어져라 쳐다봤다. 그 속에 금괴라도 묻힌 양 잠시도 눈을 떼지 못했다. 엄마가 벌떡 일어나 나갔다. 나는 엄마를 따라 나왔다. 엄마는 층계를 바삐 내려갔다. 골목 끝으로 사라지는 엄마를, 엄마의 뒷모습을 오랜만에 바라봤다.

그렇고 그런 날들이 차라리 좋을 때가 있었다. 나는 매번 무엇인가 새로운 일이 일어나기를 기대하면서 살았다. 그렇고 그런 날들, 오늘이 어제 같고 내일이 오늘 같은 날들은 별로 재미가 없었다. 그러나 요즘은 그렇고 그런, 변화 없는 날들이 오히려 다행스럽고 고마웠다. 멀어지는 엄마 뒷모습도 그렇게 말하는 듯했다. 그렇고 그런 날들이 오히려 다행스럽다고.

2

새벽에 눈을 떴다. 야릇한 기운이 느껴졌다. 얼른 일어나 창가

272

로 달려갔다. 밖은 희부옇게 어둠이 걷히고 있었다. 아직 꺼지지 않은 십자가 불빛들이 공중에 떠 있었다. 물탱크를 올려다봤다. 여우가 노란 물탱크 위에서 나를 내려다봤다. 꼬리를 하늘로 치켜든 채 은빛 털을 바람결에 날리고 있었다. 그때 그 여우였다. 가슴이 뛰었다. 여우와 눈이 마주쳤다. 오래전부터 알고 지낸 사이처럼 느껴졌다. 어디선가 본 듯한 낯설지 않은 눈빛을 한참 바라봤다. 다음에는 네가 먼저 말을 걸어봐. 전인슈타인의 말이 떠올랐다. 여우야, 어디 갔다 왔니? 여우에게 말을 걸었다. 여우는 아련한 눈빛으로 이야기를 시작했다.

이 세상이 처음 생겨나기 전 우주 공간을 유영하던 티끌과 어느 생명체에 대해, 그 불가사의에 대해, 그 불가사의를 연구하던 어느 과학자에 대해, 그 과학자의 인내와 사랑에 대해, 그 인내와 사랑의 실패에 대해, 실패를 두려워하지 않은 그 자손에 대해, 그 자손의 장밋빛 인생에 대해, 오만과 불손에 대해, 마침내 사라져버린 어느 푸른 별의 비애에 대해, 그 슬프고 아름다운 역사에 대해, 또다시 분자 구조도 알 수 없는 티끌에 대해 길고 긴 이야기를 했다. 찬 바람이 뺨을 스쳤지만 춥지 않았다. 오래 서 있었지만 다리가 아프지 않았다. 여우의 이야기는 멀리서 들려오는 음악 소리처럼 잔잔하게, 때론 격한 풍랑처럼 드세게 내 마음속을 넘나들었다. 그럴 때마다 난 눈을 살짝 감았다 뜨기도 했고, 손바닥으로 가슴을 쓸어내리기도 했다. 나는 티끌이 되었다가 과학자가 되었다가 그 자손이 되었다가 마침내 사라져버렸다. 나는 슬프고 아름다운 역사가 되었다. 그리고 또다시 분자 구조도 알 수 없는 티끌이 되었다.

　길고 긴 이야기를 마친 여우가 빙긋 웃었다. 나도 따라 웃었다. 먼 데를 응시하던 여우가 교회 첨탑 위로 휙 날아올랐다. 여우가 보이지 않을 때까지 창가에 서 있었다. 여우가 들려준 긴 이야기를 다 알아들을 수는 없었지만, 자꾸 고개가 끄덕여졌다. 여우는 이제 쓸쓸하지 않다고 했다. 그리고 다시 돌아오겠노라고. 여우는 그때 그날처럼 십자가와 지붕을 딛고 사라졌다.

　문득 분화구가 궁금했다. 옷을 걸치고 소리 나지 않게 문을 열고 밖으로 나왔다. 매서운 새벽 공기가 뺨을 때렸다. 두 손으로 얼굴을 감싸고 난간 있는 곳으로 다가갔다. 크고 작은 노란 불빛들이 널려 있는 도시는 여전히 분화구 모습을 하고 있었다. 분화구 한쪽이 푹 꺼진 것 같았다. 64빌딩이 있던 쪽이었다. 그곳에서는 아직도 먼지가 피어오르는 듯했다. 저 아래 어디에선가 용암 들끓는 소리가 들렸다. 눈을 가늘게 뜨고 보면 곳곳에서 하얀 연기가 피어올랐다. 샛별문구가 있던 자리에서도 연기가 피어올랐다.

　언제나 그렇듯이 폭발은 조용히, 조금씩 진행됐다. 그것을 눈치채는 사람은 아무도 없었다. 어쩌면 멘델이 완두콩을 들여다볼 때도 지금처럼 딱 저만큼씩 폭발이 진행되고 있었는지도 모른다. 월드컵 포르투갈전에서 박지성이 골을 넣었을 때도 지금처럼 딱 저만큼씩 폭발이 진행되고 있었는지도 모른다. 딱 저만큼씩만 진행되고 있는 폭발. 나는 이 사실을 그 누군가에게 발설하고 싶었다. 그러나 아무도 나의 말을 믿어줄 것 같지 않았다. 그렇고 그런 날도 사실은 그렇고 그런 날이 아니라는 것을, 여우는 알고 있었다.

건물 아래에다 대고 길게 오줌을 누었다. 아직 잠에서 깨어나지 않은 골목이 내 오줌 소리에 놀라 눈을 떴다.

"너는 아니? 이 대단한 사실을."

골목은 대답이 없었다. 하품만 늘어지게 했다. 골목 저 너머에서 낡은 스쿠터 소리가 들려왔다. 고추를 황급히 바지 속으로 집어넣었다. 모자를 눌러쓴 남자가 자주색 스쿠터를 타고 나타났다. 남자가 스쿠터를 세우고 돌돌 만 신문을 담 너머로 집어 던졌다. 신문은 담을 맞고 그대로 떨어졌다. 남자는 떨어진 신문을 집어 다시 던졌다. 신문은 감쪽같이 담 너머로 사라졌다. 오밀조밀 붙어 있는 건물 사이로 스쿠터가 곡예를 하듯 지나다녔다. 스쿠터가 지나간 길 위를 살폈다. 그곳에서도 하얀 연기가 아지랑이처럼 피어올랐다. 어쩌면 무너진 64빌딩 자리에 그보다 훨씬 더 높은 빌딩이 들어서고, 그곳에 어마어마한 아쿠아리움이 생기고, 그 거대한 수족관에 사는 거북이 새끼를 낳고, 그 새끼가 또 새끼를 낳고 새끼의 새끼가 또 새끼를 낳을 때도 지금처럼 딱 저만큼의 연기가 피어오를지도 모를 일이다.

3

　청운연립 앞에 포장이사 차가 서 있었다. 소연이네가 이사 가는 모양이었다. 나는 옥상에 서서 소연이네 살림을 오롯이 내려다봤다. 내가 나왔을 때 소연이의 옷장이 막 건물 밖으로 모습을 드러내고 있었다. 푸른빛 옷장은 엄마 방에 있는 것보다 크기가 작았다. 서랍을 빼낸 옷장을 인부 둘이서 차에 실었다. 곧이어 다른 인부가 옷장에서 빼낸 서랍을 내왔다. 서랍 안에는 소연이의 옷들이 차곡차곡 들었다. 서랍을 다 실은 인부들이 안으로 들어갔다. 이번에는 소연이의 침대가 들려 나왔다. 그리고 피아노가 따라 나왔다.

　"조심하세요. 내가 제일 아끼는 거예요."

　소연이 엄마가 낑낑대는 인부들 옆에서 큰 소리로 거들었다. 이제 보니 피아노를 친 사람은 소연이가 아니라 소연이 엄마였다. 나는 그것도 모르고 여태껏 소연이가 피아노를 치는 줄로만 알았다. 비 오는 날 들려오던 그 음악도 소연이 엄마가 즐겨 치던 곡이었다. 잠시 당혹스러움이 스쳤다. 하지만 이제 그럴 일도 없을 것이다. 그것은 그리 중요한 일이 아니었다. 사실이 어떻든 내 기억 속에 그렇게 남아 있으면 그만이었다. 한 번도 본 적 없거나 혹은 눈에 익은 소연이 물건들이 나에게 작별 인사를 했다. 슬프지만 담담하게 답례를 했다. 잘 가. 내 작은 사랑아. 살림살이가 다 실리고 차 문이 닫혔다. 육중한 차가 골목길을 아슬아슬하게 빠져나갔다. 차가 안 보일 때까지 한참을 그대로 서 있었다.

얼마 후 층계를 밟고 아래로 내려갔다. 청운연립 현관문이 열렸다. 주위를 둘러보고 열린 문 사이로 발을 디밀었다. 분명히 청운연립에 살고 있었지만 처음 들어가보는 청운연립이었다. 소연이가 살던 102호 손잡이를 돌렸다. 문이 소리도 없이 열렸다. 집 안에는 아직 온기가 남아 있었다. 작은 거실을 중앙에 두고 방 세 개가 마주 보고 있었다. 생각보다 비좁았다. 특히 주방은 싱크대와 천장이 다른 데에 비해 낮았다. 소방관이라던 덩치 큰 소연이 아버지가 주방에 구부정하게 서서 설거지하는 우스꽝스러운 모습이 떠올랐다. 방문을 열고 들여다봤다. 벽에 아까 본 그 푸른빛 옷장만 한 크기의 자국이 나 있었다. 소연이 방이었다. 방 안으로 두 발을 들여놓았다. 방 안에는 크고 작은 자국들만 남았다. 소연이 침대가 있던 자리에도 섰다가 책상이 놓여 있던 자리에도 앉았다. 방바닥에 떨어진 단추 한 개가 눈에 들어왔다. 동전만 한 크기의, 구멍이 두 개 뚫린 빨간 플라스틱 단추였다. 단추를 집어 들었다.

모두 청운연립에 우리 집만 남은 것을 아는 눈치였다. 입 밖에 드러내놓고 이야기하는 사람은 없었다. 말이 되어 나오는 순간 청운연립이 와르르 무너져 내리기라도 할 것처럼 모두 쉬쉬했다. 그렇고 그런 날들이 결코 그렇고 그런 날들이 아니라는 것을 증명해 보이기라도 하려는 듯했다. 안 그렇고 안 그런 날들이 위태위태하게 지나갔다. 나는 엄마 눈치를 보며 함수 그래프를 그렸고, 현재분사와 동명사를 구분했다. 아버지 또한 엄마 눈치를 보며 64빌딩 도면에 붉은 표시를 했다. 엄마는 말없이 닭발을 다듬고 닭똥집을 바락바락 주물러 씻었다. 나는 노란 물탱크에다가 '그 애가 이사 갔다'라고 썼다. 그 뒤에 이어서 '이제 우리 집만 남았다'라고 썼다가 다시 연필로 새까맣게 칠해버렸다.

4

하늘호는 위태했지만 색소폰은 무사했다. 가끔 모호면이 책상 밑으로 손을 디밀어 색소폰을 만졌다. 그럴 때마다 나는 눈을 부라리며 소리를 꽥 질렀다. 모호면은 색소폰에서 얼른 손을 떼었다. 아버지와 엄마도 색소폰 따위에 신경 쓸 겨를이 없었다. 어쩌다 아버지가 우리 방을 힐끔거리는 것만 빼고 위협을 느낄 만한 수상한 행동은 없었다.

노란 물탱크에 낙서를 하거나 옥상에서 지나가는 사람들을 구경하는 것 외에 또 한 가지 놀이가 생겼다. 색소폰을 닦는 일이었다. 황금빛 색소폰을 걸레로 닦을 수는 없었다. 속옷이 있는 서랍

장을 뒤졌다. 아버지의 낡은 메리야스를 꺼냈다. 언젠가 엄마가 이런 것을 걸레 용도로 쓰는 것을 보았다. 햇볕이 따뜻한 옥상에 나와 앉아 색소폰에 광을 냈다. 전인슈타인이 했듯이 꼼꼼하게 정성껏 문질렀다. 아버지의 낡은 메리야스는 색소폰을 닦기에 더 없이 좋았다. 한참을 문지르고 나면 어깻죽지가 아팠다. 색소폰 을 입에 대고 불었다. 뿌우 소리가 났다. 뿌우뿌우. 내가 할 수 있 는 색소폰 연주는 여기까지였다. 이다음에 전인슈타인만큼 나이 를 먹으면 그때는 제대로 된 색소폰 연주를 할 수 있을 것이다. 그 때까지는 '뿌우'가 내 최상의 연주 실력이었다. 햇살이 색소폰에 부서졌다. 눈이 부셨다.

함수 그래프를 그리다가 또 낙서가 하고 싶어졌다. 소연이의 젖 가슴이 눈앞에서 아른거렸다. 하지만 이번에 또 아버지에게 들키 면 사나이 체면이 말이 아니다. 가장 좋은 절제 방법은 관심을 다 른 데로 분산시키는 일이었다. 수학 문제집을 펼쳐둔 채로 색소폰 을 꺼내 닦기 시작했다. 색소폰을 닦고 있으면 아무런 생각이 나 지 않았다. 오로지 전인슈타인이 들려주던 색소폰 가락만 귓전에 맴돌았다. 한참을 그러고 앉았는데 인기척이 들렸다. 엄마였다.

"너는 허구한 날 그거만 끼고 앉았냐! 아니, 근데 너 지금 뭐로 닦는 거야?"

재빨리 메리야스를 뒤춤에 감추었다. 그러나 이미 늦었다.

"이리 안 내놔!"

엄마가 눈을 부라렸다. 하는 수 없이 뒤춤에 감춘 메리야스를 엄마 앞에 꺼내놓았다.

"이 새끼가! 아버지 런닝구로 뭐 하는 짓이여! 이게 걸레로 보이냐?"

엄마가 메리야스로 내 머리를 후려쳤다.

"너, 안 되겠다. 그거 이리 내. 가서 엿 바꿔 먹든가 고물상에 팔아버리든가 해야지. 하라는 공부는 안 하고 만날 그것만 끼고 앉아 있어! 어서 이리 내!"

엄마가 막무가내로 색소폰을 끌어당겼다.

"잘못했어요. 다시는 안 그럴게요."

필사적으로 색소폰을 끌어안았다. 다른 건 다 가져가도 이것만은 빼앗길 수 없었다.

"이제 와서 뭘 잘못해! 빨리 안 놔!"

엄마와 나의 필사적인 혈투가 이어졌다. 조금도 양보할 수 없었다. 죽을힘을 다해 색소폰을 붙잡았다. 손바닥이 벌겋게 아려왔다. 색소폰을 놓친 엄마가 메리야스로 머리를 연달아 후려갈겼다.

"이눔 새끼, 너까지 속 썩일래? 지금 엄마 마음이 어떤지 알기나 해?"

엄마가 흐느꼈다. 나는 색소폰을 품에 꼭 안은 채 엄마가 휘두르는 메리야스 매를 고스란히 맞았다. 엄마가 아무리 울어도 색소폰을 내줄 수는 없었다. 그러나 마음이 아팠다. 엄마를 울린 것은 색소폰이 아니었다. 엄마는 색소폰이 아니어도, 아버지의 메리야스가 아니어도 울었을 것이다. 차라리 색소폰 때문이라면 이렇게까지 마음이 상하지는 않았을지도 모른다. 엄마는 바닥에 얼굴을 박고 울음을 참았다. 전인슈타인이 들려주던 우울한 색소폰 가락처럼 엄마의 울음은 깊고 암울했다.

"이게 뭐 하는 짓이야? 애 앞에서."

언제 왔는지 아버지가 엄마를 일으켜 세웠다. 엄마는 아예 엉엉 소리까지 내며 울었다. 아버지가 엄마를 품에 안았다. 엄마의 어깨가 아버지의 품 안에서 들썩거렸다. 아버지가 엄마의 등을 쓸어내리고 또 쓸어내렸다.

"알았어. 그만해."

아버지가 떨리는 목소리로 속삭였다. 나는 색소폰을 슬그머니 내려놓았다. 아버지가 색소폰을 가지고 방으로 들어가라는 눈짓을 보냈다. 나는 선뜻 일어나지 못하고 머뭇거렸다. 아버지가 다시 재촉했다. 색소폰을 들고 천천히 방으로 들어왔다.

방으로 들어온 나는 색소폰을 손에서 놓지 못하고 끌어안고 있었다. 이제 어쩌지. 색소폰 무게만큼이나 마음이 무거웠다. 엄마와 실랑이를 하느라고 색소폰에 얼룩이 졌다. 옷소매로 얼룩을 문질렀다. 얼룩이 사라지면서 내 얼굴이 비쳤다. 색소폰에 비친 얼굴을 마냥 들여다봤다. 엄마의 울음소리는 오래 이어졌다. 마침내 엄마의 울음소리가 그쳤다. 갑자기 집 안이 너무도 조용하게 느껴졌다. 싸늘한 적막이 흘렀다. 오줌이 마려웠지만 움직이지도 못하고 방 안에 꼼짝없이 앉아 이 무서운 적막이 걷히기를 기다렸다. 얼마 후 화장실에 가기 위해 마루로 나갔다. 엄마 방문이 닫혀 있었다. 방문 저 너머에서도 무시무시한 적막이 감지되었다. 나는 참고 있던 오줌을 누었다. 오줌발 소리가 그렇게 크게 들린 적은 처음이었다.

날이 저물고 있었다. 턱을 괴고 난간에 기대서서 동네를 굽어봤다. 아이들이 골목 끝에서 몰려왔다 몰려갔다. 배가 불룩한 고양이 한 마리가 어느 집 지붕 밑으로 숨어들었다.

"춥지 않니?"

아버지가 어느새 옆에 와서 섰다.

"쪼금."

아버지가 입고 있던 잠바를 벗어 내 어깨에 걸쳐주었다. 옷에서 화약 냄새가 났다. 아버지는 담배를 피웠다. 담배를 물고 먼 곳을 바라봤다. 아버지는 아무 말도 하지 않았다. 담배 연기를 길게 내뿜었다. 그 속에 가는 한숨이 섞였다.

"저기 어디서 불이 났다면서?"

"샛별문구요?"

"불난 데가 문방구였어?"

"네."

나는 아버지한테 왜 불이 났으며, 그 안에 누가 있었으며, 그 자리에 중국집이 들어설 거라는 이야기들을 떠들고 싶었다. 그러나 아버지는 64빌딩이 있던 쪽에 시선을 박은 채 담배만 피웠다. 아버지 눈치를 살피며 입을 열었다.

"색소폰……."

"괜찮아. 이다음에 배우면 되잖아. 당분간 엄마 보는 데서는 꺼내지 않는 게 좋을 거야."

"그래두……."

"엄마는 그것 때문에 화가 난 게 아니야."

아버지가 담배를 눌러 껐다. 또 가는 한숨 소리가 들려왔다.

"상진아, 너 이다음에 커서 뭐가 될래?"

어른들은 할 말이 없으면 꼭 이런 식으로 비껴갔다. 아버지도 예외는 아니었다. 벌써 똑같은 질문을 몇 번째 하는지 모르겠다.

"과학자요."

아무거나 떠오르는 것을 말해버렸다. 내 대답이 매번 달라지는 것을 아버지는 기억하지 못했다.

"과학자? 그럼, 색소폰은 언제 배울 건데?"

"과학자는 색소폰 불면 안 돼요?"

"자식두."

아버지의 찬 손이 목덜미에 닿았다. 목을 한껏 움츠렸다. 아버지는 한참을 말없이 서 있었다. 나는 아버지가 더 많은 걸 물어보기를 기다렸다. 과학자 중에서도 어떤 과학자가 되고 싶니? 뭘 발명할 건데? 존경하는 과학자는 누군데? 아버지의 질문에 대답할 만반의 준비를 하고 기다렸다. 아버지는 먼 곳을 바라보기만 했다. 내가 과학자가 되든 말든, 색소폰을 불든 말든 관심도 없어 보였다.

"춥다. 들어가자."

한참을 서 있던 아버지가 절뚝거리며 앞장섰다. 뭍으로 밀려온 거대한 귀신고래가 절뚝거리며 다시 바다로 돌아가는 것 같았다.

5

포장마차에는 남자 두 사람이 술을 마시고 있었다. 나와 모호면은 구석에 앉아 그들 앞에 놓인 꽁치구이를 힐끔거렸다. 그들이 일어나자 엄마가 국수를 말아주었다. 김 가루가 뿌려진 국수는 보기에도 먹음직스러웠다.

"뜨거워."

모호면이 젓가락으로 국수 가닥을 집어 올리자 엄마가 입으로 후후 부는 시늉을 했다. 이를 본 모호면이 따라서 국수 가닥을 후후 불었다.

"얼른 먹고 가."

나는 뜨거운 국수를 후루룩거리며 먹었다. 모호면도 열심히 국수를 먹었다. 국물까지 다 마셨는데도 양이 차지 않았다.

"왜? 더 줘?"

"으응."

엄마가 국수 한 그릇을 더 말아주었다. 내가 두 그릇째 먹는 동안 젓가락질이 서툰 모호면은 한 그릇도 다 못 먹었다. 내가 두 그릇을 다 비웠을 때 모호면은 그제야 두 번째 그릇을 먹기 시작했다. 일부러 팔꿈치로 모호면 손을 쳤다. 들고 있던 젓가락 한 짝이 바닥으로 떨어졌다. 모호면이 몸을 숙여 젓가락을 집는 사이 재빨리 국수 한 젓가락을 건져 먹었다. 엄마가 나를 째려봤다.

"더 먹고 싶으면 말하지 않고."

색소폰 사건 이후 엄마가 이상해졌다. 예전 같지 않고 뭐든지 넉넉했다. 이 시간까지 우리를 내쫓지 않는 것도 그렇고, 국수 두 그릇에 거기다 더 준다니. 그저 즐거울 따름이었다. 엄마가 김이 솔솔 나는 어묵 그릇을 우리 앞에 내려놓았다. 그때였다. 포장마차 안으로 검은 가죽 잠바를 입은 사내 여럿이 들이닥쳤다.

"어서 오세……."

파를 썰던 엄마가 무심히 인사를 하다가 칼을 내려놓았다. 사내들 손에는 굵은 각목이 하나씩 들렸다.

"어떻게들 오셨나요?"

엄마가 앞치마에 손을 닦으며 더듬거렸다.

"당신 말이야, 청운연립 꼭대기에 살지?"

사내 중 하나가 모호면과 나를 번갈아 쳐다보며 말했다. 옆에서는 또 다른 사내가 각목으로 포장마차 선반을 딱딱 내리쳤다. 그때마다 우리 앞에 놓인 어묵 그릇이 흔들렸다. 나는 두 손으로 어묵 그릇을 감싸 쥐었다.

"그런데요."

사내들은 엄마보다 훨씬 어려 보였다. 그런데 엄마는 그들에게 존댓말을 썼다.

"그런데요? 아직 감을 못 잡으신 모양인데, 야들아, 쪼께 손 좀 봐드려라."

다른 사내가 포장마차 집기들을 부수기 시작했다. 그릇이며 수저, 접시들이 바닥으로 마구 내동댕이쳐졌다. 나는 얼른 엄마 옆으로 도망갔다. 모호면은 그 자리에 그대로 앉아 있었다.

"아니, 왜들 그러신데요? 이러지들 마세요!"

엄마 얼굴이 파랗게 질렸다.

"당신 방 빼라고 한 지가 언젠데, 왜 똥배짱이야!"

"아니, 갈 데를 구해놓고 나가야지. 무턱대고 나오면 어디로 갑니까? 시간을 조금만 더 주세요."

엄마는 떨리는 목소리로 애원하다시피 말했다.

"안 되겠다. 애들아!"

사내가 눈짓을 하자 나머지 사내들이 달려들어 각목을 휘둘렀다. 냉장고의 꽁치와 주꾸미가 바닥에 내동댕이쳐지고 닭발들이 사방에 뿌려졌다. 양념통과 국물통이 뒤집혔다. 포장마차 지붕이 우지끈 내려앉았다. 주황색 비닐 천막도 사방이 찢겨 너덜거렸다. 엄마는 나를 끌어안고 울먹이며 악을 썼다.

"이놈의 자식들아, 차라리 나를 패라."

날아온 국숫발이 엄마 머리에 걸렸다. 전등이 깨지면서 순식간에 어두워졌다. 그때 모호면이 튀듯이 우리 곁으로 왔다. 번뜩임이 희미한 어둠을 갈랐다. 그와 동시에 이 모든 소란을 잠재우는 비명이 울렸다. 모두 하던 동작을 멈췄다. 어둠 속에서 사내 하나가 배를 움켜쥐고 쓰러졌다.

"시팔. 맞, 맞았어."

누군가가 속삭였다. 나머지 사내들이 각목을 집어 던지고 뒷걸음질 쳐 후다닥 포장마차를 빠져나갔다. 엄마는 나를 끌어안은 채 꼼짝도 하지 않았다. 모호면이 손에 쥐고 있던 칼을 내려놓았다. 멀리서 사이렌 소리가 들렸다.

다음 날 아침 일찍 눈을 떴다. 빈 옆자리가 눈에 들어왔다. 벌떡 몸을 일으켰다. 그제야 어젯밤 일이 떠올랐다. 방을 나온 나는 집 안 곳곳을 살폈다. 엄마가 있을 리 없었다. 어젯밤 엄마와 모호면은 경찰차를 타고 갔다. 엄마는 자꾸 나를 돌아보았다. 홀로 남겨진 나는 한참 동안 멀어지는 경찰차를 멍하니 바라봤다. 그리고 주위를 둘러봤다. 난장판이 된 포장마차는 이제 포장마차가 아니었다. 두렵고 무서웠다. 간신히 발걸음을 떼기 시작했다. 두 발자국도 못 가서 바닥에 나뒹구는 의자에 걸려 넘어질 뻔했다. 포장마차 밑에서 괴물이라도 나와 발목을 잡아당길 것 같았다. 허겁지겁 포장마차를 벗어난 나는 뒤도 돌아보지 않고 뛰었다. 눈물이 앞을 가렸다. 쉬지 않고 얼마를 달렸다. 골목 모퉁이를 돌아서는데 검은 그림자가 앞을 막아섰다. 숨이 헉 막혔다. 천천히 그림자를 올려다보았다. 아버지였다.

"아버지!"

와락 아버지 품에 안겼다. 아버지 품이 이렇게 따뜻한 걸 진작 알았더라면. 참고 있던 울음이 터졌다. 엉엉 소리를 내며 울었다. 아버지가 말없이 내 등을 토닥였다. 아버지를 쳐다봤다. 아버지가 말 안 해도 다 안다는 표정을 지었다. 아버지 손을 잡고 남은 길을 걸어 올라왔다. 집에 다 올 때까지 우리는 아무 말도 하지 않았다. 달빛이 희미한 밤, 노란 물탱크가 우리를 내려다봤다.

6

집 안을 아무리 둘러봐도 아버지가 보이지 않았다. 이른 아침부터 어디를 갔을까. 집 안에 혼자만 있다는 사실이 내 마음을 조급하게 했다. 바깥으로 나왔다. 층계를 쏜살같이 내려와 무작정 달렸다. 찬 아침 공기가 목덜미로 스몄다. 엄마와 모호면은 잘 있을까. 포장마차는 앞으로 어떻게 되는 걸까. 내 머릿속에는 수많은 물음표가 절걱거렸다. 멀리 포장마차가 보였다. 아버지가 절뚝거리며 일을 하고 있었다. 난장판이던 주변이 말끔하게 치워졌고, 대충 정리가 된 듯했다. 아버지는 내려앉은 지붕에 못질을 했다.

"추운데 뭣 하러 나왔어?"

아버지 얼굴과 손이 빨갛게 얼었다. 엄마와 모호면이 어떻게 됐는지 물어보고 싶었지만 입이 떨어지지 않았다.

"별일 없을 거다."

아버지는 내 마음속을 훤히 꿰뚫고 있는 것 같았다. 아버지 말대로 별일 없기를 기도하는 수밖에 방법이 없었다. 머릿속에 어젯밤 모호면 손에 들려 있던 칼이 떠올랐다. 엄마가 파를 썰던 칼이었다. 바보 같은 모호면이 어떻게 그런 행동을 할 수 있었는지. 무엇이 모호면을 움직였을까.

"추운데 들어가."

아버지가 손짓을 했다.

"걱정 말아. 엄마 금방 올 거야."

아버지는 그새 경찰서까지 다녀온 모양이었다. 엄마보다도 모호면이 걱정되었다. 사람을 찔렀는데 무사히 돌아올 수 있을지.

"형은?"

아버지가 못질을 중단하고 고개를 들어 하늘을 올려다봤다. 나도 아버지를 따라 하늘을 올려다봤다. 하늘에 구름이 잔뜩 끼었다.

"니 형 잘못한 거 읎어. 괜찮을 거야."

천천히 힘주어 말하는 아버지의 목소리가 부르르 떨렸다.

"언제 오는데?"

"금방 올 거야."

아버지가 다시 망치질을 시작했기 때문에 더 이상 말할 수 없었다. 아버지의 망치질 소리가 사방으로 퍼져나갔다. 하지만 곧 차 소리에 묻혀버렸다. 찢어진 포장마차 비닐이 바람에 너덜거렸다. 아버지가 아무리 열심히 망치질을 해도 찢어지고 부서진 포장마차는 예전으로 돌아가지 못할 것이다. 발길을 돌렸다. 엄마와 모호면이 아버지 말대로 금방 돌아올 것 같지는 않았다. 아버지가 포장마차를 수리하는 모습도 내게 충격이었다. 연속적인 충격에 내 머릿속은 포화 상태가 되었다. 진득한 촛농이 머릿속 가득 들어찼다.

집으로 돌아온 나는 이불을 쓰고 누웠다. 무엇에도 집중할 수 없었다. 희미한 어둠 속에서 빛나던 피 묻은 칼날이 자꾸 떠올랐다. 형이, 우리 형이 사람을 찌르다니. 내 눈으로 목격한 일인데도 믿어지지 않았다. 이불을 쓰고 있는데도 오한이 났다. 온몸이 떨렸다. 형은 잘못이 없어, 형은 잘못이 없어. 이빨을 딱딱 부딪치면서 주문을 외듯 중얼거렸다. 형이 찌른 것은 사람이 아니라 미친 개였어. 미친개가 우리를 먼저 공격한 거라구. 미친개에게 물리지 않으려면 어쩔 수 없었어. 쉬지 않고 계속 중얼거렸지만 형이 들고 있던 칼의 형상이 머릿속에서 사라지지 않았다. 시간이 지날수록 오히려 가슴속에 또렷이 박혔다. 오한은 점점 더 심해졌고 급기야 오줌이 찔끔 나오기 시작했다. 자리에서 일어섰을 땐 이미 바지가 흥건히 젖었다. 방바닥으로 오줌이 흘렀다. 젖은 바지 때문에 더 한기가 났다. 울컥울컥 속에서 울음이 넘어왔지만 소리 내서 울 수도 없었다. 이를 악물고 울먹이면서 바지를 벗었다. 그래도 그건 아니었는데. 그건 아니었는데. 끝내 울음을 터뜨리고 말았다.

혼자 있는 집은 모든 게 넓어 보이고 크게 들렸다. 평상시 그렇게 좁아 보이던 마루가 하루아침에 휑해 보였다. 네 식구가 머리를 맞대고 밥을 먹던 낡은 식탁도 커 보였다. 보통 때는 잘 들리지도 않던 시계 소리가 공장의 기계 돌아가는 소리만큼 요란하게 집 안을 울렸다. 배가 고팠다. 식탁 위에는 엊저녁 아버지가 먹다 만 밥과 찌개 그릇이 그대로 있었다. 그것을 정신없이 퍼먹었다.

밥을 다 먹고도 할 일이 없었다. 혼자 집에 있는 게 내키지 않았지만 선뜻 나갈 수도 없었다. 지금 청운연립은 텅 비었고 사람이라곤 나 혼자뿐이었다. 나마저 집을 비우면 그놈들이 이곳으로 몰려와 어제 포장마차에서 그런 것처럼 우리 집을 때려 부술지도 모른다. 두렵고 겁이 났지만 나라도 집을 지켜야 했다. 순간 머릿속에 칼이 떠올랐다. 나는 모호면처럼 용감하지도 힘이 세지도 않았다. 옥상으로 나왔다.

옥상 가장자리를 빙 둘러가며 걸었다. 벌써 다섯 바퀴째인데 골목에 아버지 모습이 보이지 않았다. 엄마도 모호면도 올 생각을 안 했다. 노란 물탱크 앞에 주저앉았다. 호주머니에서 연필을 꺼내 그림을 그리기 시작했다. 아버지를 그리고 엄마를 그렸다. 그 옆에 용감한 형도 멋지게 그렸다. 용감한 형 옆에 내 모습도 그려 넣었다. 우리는 귀신고래 등에 올라타 있었다. 내 옆에는 여우도 탔다. 우리를 태운 귀신고래가 우주를 유영했다. 다양한 빛깔의 수많은 위성이 우리를 비껴갔다. 귀신고래의 눈물이 은하수가 되어 영롱하게 빛났다.

7

엄마와 모호면은 다음 날 돌아왔다. 정당방위가 인정되었다. 결정적인 것은 모호면의 정신지체 장애 판정이었다. 그리고 다행히 상대방의 상처가 가벼워서 논란의 여지가 없었다. 두 사람은 모두 지쳐 있었고 피곤한 기색이 역력했다. 집에 돌아오자마자 자

기 시작했다. 마치 누가 더 오래 자나 내기라도 하듯 두 사람은 좀
처럼 깊은 잠에서 깨어날 줄 몰랐다. 아버지는 잠든 두 사람을 들
여다보다가 바깥으로 나갔다. 조금 있다가 들어온 아버지 손에는
두부 한 모가 들려 있었다. 오후 2시가 넘어 자기 시작한 두 사람
은 12시가 다 돼서 눈을 떴다. 엄마가 먼저 일어났다.

"오늘 며칠이야?"

엄마는 눈을 뜨자마자 날짜부터 물었다.

"25일. 그건 왜?"

"도대체 얼마큼 잔 거야?"

엄마가 눈을 비볐다.

"한 열 시간 잤어."

"그것밖에 안 잤어? 난 한 이틀은 잔 것 같은데."

아버지가 밥상을 차렸다. 엄마가 모호면을 깨웠다. 모호면은
가까스로 눈을 떴다.

"밥은 먹고 자야지."

밥이라는 말에 모호면이 벌떡 일어나 앉았다. 우리는 밤 12시
가 넘어서 저녁을 먹었다. 아버지가 날두부를 썰어 내왔다.

"감방에 갔다 온 것도 아닌데, 두부는 무슨 두부야?"

엄마가 중얼거리며 두부를 모호면 밥 위에 얹어주었다. 모호면
은 두부를 잘 먹었다. 나는 두부에 손도 대지 않았다. 군침이 돌
았지만 위대한 영웅, 형을 위해서 기꺼이 참았다. 12시의 저녁 식

사가 끝나고 두 사람은 또 잤다. 나는 감방에 갔다 오면 왜 두부를 주는지 궁금했다. 아버지는 마루에서, 나는 잠든 모호면 옆에서 밤이 지나가는 소리를 들었다. 길고 지루한 밤이 느리고 더딘 걸음으로 지나갔다.

밤이 지나가고 아침이 왔지만 우리 집은 여전히 밤이었다. 머리를 맞대고 조용히 아침을 먹고 다들 방으로 들어갔다. 그리고 잤다. 이번에는 아버지까지 합세했다. 정말 성실하게 있는 힘을 다해 잤다. 나는 잠이 오지 않았다. 어젯밤을 거의 뜬눈으로 새웠는데도 눈만 뻑뻑하니 아프고 잠이 오지 않았다. 나는 잠들고 싶었지만 잘 수가 없었다. 열심히 자고 있는 사람들이 부러웠다.

자는 모호면 얼굴을 들여다봤다. 그날 이후로 모호면이 다시 보였다. 이제 다시는 바보, 병신이라고 놀리지 않을 것이다. 모호면은 용감하고 위대했다. 모호면이 우리 형이라는 사실이 이토록 자랑스러웠던 적이 없었다. 가슴이 벅차올랐다. 모호면이 형이라는 사실이 한없이 자랑스러웠다. 모호로비치치면, 그대를 나의 형으로, 진정한 우상으로 임명하노라. 멋진 형에게 무엇인가를 주고 싶었다. 책상 서랍 속에 감추어둔 존슨즈베이비로션이 떠올랐다. 서랍 속에서 로션을 꺼내 모호면 책상 위에 올려놓았다.

점심을 먹기 위해 잠깐 일어난 식구들이 밥을 먹고 나자 자연스럽게 또 잠에 빠져들었다. 이번에는 나도 끼었다. 길고 지루한 밤이 지나가듯 깊고 긴 잠이 내 영혼을 훑고 지나갔다. 언젠가 샛별문구에서 본드 냄새를 맡았을 때처럼 나는 황홀한 비행을 했다. 찬란한 보석들이 하늘을 수놓았다. 걱정도 두려움도 떠오르지 않았다. 잠에서 깨어났을 때 나는 다시 잠들고 싶었다. 잠에 중독되고 싶었다.

식구들이 잠의 중독에서 깨어나기 시작했다. 엄마가 먼저 일어나고 다음에는 모호면, 아버지가 맨 나중에 일어났다. 집 안에 다시 텔레비전 소리가 들리고 변기에 물 내리는 소리도 들렸다. 그와 동시에 사람과 사람 사이에 무거운 침묵이 흘렀다. 그 무거운 기류가 어디서 연유하는지 모두 알고 있었지만, 애써 이를 피하려 하지 않았다. 다들 묵묵히, 혹은 기를 쓰고 그 기류를 맞았다.

엄마는 일을 나가지 않았다. 아버지와 엄마는 말없이 텔레비전을 봤다. 어느새 64빌딩 이야기는 자취를 감추었다. 마지막 축구 평가전이 열렸다. 골이 터졌다. 사람들이 환호했다. 그러나 아버지와 엄마는 박수도 한번 치지 않았다. 축구 중계가 끝나고 뉴스를 보고 가요무대를 봤다. 아버지와 엄마 엉덩이에서 뿌리가 돋지 않을까, 그래서 구들장을 뚫고 청운연립 저 아래 바닥까지 뿌리 내려 박히지 않을까 걱정이 되었다. 텔레비전을 보는 것이 목적이 아니라 구들장을 지고 이 집을 수호하는 게 본래 목표인 듯 그들의 얼굴에는 결연한 의지마저 엿보였다.

트럭이 돌아왔다. 나는 너무 기뻐서 눈물이 날 지경이었다. 나만 그런 것이 아니라 모호면도 아버지도 흥분을 감추지 못했다. 트럭을 몰고 온 엄마만이 새삼스럽게 왜 난리들이냐는 표정이었다. 나와 모호면은 잃어버린 개를 찾은 듯 트럭을 쓰다듬고 또 쓰다듬었다. 가슴에 품을 수 있으면 품고 싶을 정도였다. 나는 트럭 앞에 달린 초록색 번호판을 손바닥으로 어루만졌다. 버젓이 번호를 달고 있는 트럭이 자랑스러웠다. 우리 집에서 무허가가 아닌 것은 트럭뿐인 듯싶었다.

그동안 트럭은 더 낡아 있었다. 엄마와 모호면이 트럭을 닦았다. 아버지도 절뚝거리며 일을 도왔다. 깨끗이 닦인 트럭은 듬직했다. 어디든 못 갈 곳이 없어 보였다. 이제 꼬치를, 닭발을, 주꾸미를 먹을 수 없게 된 것은 서운하지만, 트럭을 타면 그보다 더 맛난 음식을 먹으러 어디든 다닐 수 있었다. 나는 어두워질 때까지 트럭을 내려다봤다. 그리고 노란 물탱크에 '트럭이 돌아왔다'라고 썼다. 밤늦도록 잠이 오지 않았고 꿈속에서 트럭을 타고 골목을 쏘다녔다. 한순간 집 안에 따뜻한 기류가 흘렀다.

아버지는 이른 아침부터 또 64빌딩 도면을 들여다봤다. 집 구석에 처박아두었던 연장 가방을 들고 연신 들락날락하며 층계를 오르락내리락했다. 아버지의 얼굴은 굳어 있었지만 어딘가 모르게 들떠 보였다. 아버지한테서 엷은 화약 냄새가 났다. 트럭이 온 것 빼고는 근본적으로 달라진 것이 없었다. 엄마도 부지런히 나갔다 들어왔다 했지만 별다른 소식을 전하지는 않았다. 트럭은 그냥 그렇게 청운연립 앞에 서 있었다. 나는 하늘호의 진로가 궁금했다.

"엄마, 우리 어디로 가?"

"……."

엄마가 대답을 안 했다. 순간 나는 괜한 것을 물어봤구나 하고 후회했다.

"상진아, 너는 이다음에 커서 뭐가 되고 싶니?"

뜬금없는 물음에 당황했지만, 나는 멋진 대답을 하고 싶었다.

"으음……."

"선생님?"

"아니."

"그럼, 과학자?"

"그것도 아니."

실은 한때 과학자를 꿈꾼 적이 있었다. 그러나 내가 발명하거나 발견하고 싶은 것은 이미 다 이루어졌다. 과학자가 될 생각은 자연스럽게 사라졌다.

"그럼, 뭐가 되고 싶은데?"

"꼭 뭐가 돼야 돼요?"

엄마가 한심한 눈빛으로 나를 쳐다봤다. 순간 또 잘못 말했구나 싶었다. 이건 아버지하고 이야기를 할 때 쓰는 '아버지용' 멘트였다. '엄마용' 멘트는 좀 더 실리적이고 현실적인 것이어야 했다.

"아, 아니. 내 말은⋯⋯."

"인석아, 그러니까 만날 그 모양이지."

엄마가 머리를 꽁 쥐어박았다. 사실 난 트럭 운전기사가 되고 싶었다. 좀 더 정확히 말하면 동물을 실어 나르는 차의 운전사가 되고 싶었다. 고래를, 사자를, 기린을, 코끼리를, 악어를, 여우를 태우고 엄마가 달린 고속도로를 쌩쌩 달리고 싶었다. 차 유리에 '고래가 타고 있어요'나 '여우가 타고 있어요' 또는 '기린이 타고 있어요'라는 팻말을 붙이고 엄마가 너구리를 보았다는 그 길을 굽이굽이 돌아오고 싶었다. 물론 색소폰도 싣고 말이다. 졸음이 몰려오면 나무 그늘 아래 트럭을 세워놓고 색소폰을 불 것이다. 그때쯤이면 뿌우가 아니라 좀 더 멋진 연주를 할 수 있겠지. 그러나 이것도 '엄마용' 멘트가 아니었다. 분명 "겨우 꿈이 트럭 운전사냐?" 하며 머리를 쥐어박을 게 뻔했다.

"비행사가 될래요."

나는 거짓말을 했다.

"비행사?"

엄마 목소리가 밝아졌다.

"네, 파일럿이요."

어깨를 으쓱해 보였다.

"그거 좋지. 돈도 많이 벌고."

엄마는 내 꿈에 적잖이 만족하는 눈치였다.

"너 비행사가 되려면 공부를 얼마나 많이 해야 되는 줄 알어?"

결국 엄마 속셈은 성적 관리로 판정 났다.

"어서 가서 공부해!"

엄마 말대로 비행사가 되기 위해 방으로 들어와 책을 펼쳤다. 엄마는 무슨 대책이 있는 걸까. 책이 눈에 들어오지 않았다. 지금 내 꿈을 위해서 책 따위를 들여다볼 여력이 없었다. 하늘호의 운명이 더 중요했다. 내가 걱정한다고 해서 해결될 문제가 아니지만, 그냥 마음 편히 책만 보고 있는 것도 도리가 아닌 듯했다. 여우는 알고 있을까. 우리가 이곳을 떠나야 한다는 것을. 그러나 갈 곳이 없다는 것을. 쓸쓸해진 나는 더는 쓸쓸하지 않다던 여우가 생각났다. 그날 여우가 눈빛으로 들려준 길고 긴 이야기를 떠올렸다. 그리고 다시 온다던 그 약속을 기억해냈다. 눈이 오면 여우가 나타날 것만 같았다. 창문을 열고 하늘을 바라보았다. 흐린 하늘이 손을 뻗으면 닿을 듯 낮게 드리워져 있었다. 금방이라도 눈발이 흩날릴 것처럼 사방이 어둑해졌다. 나는 옥상에다 대고 작은 소리로 속삭였다. 여우야, 여우야, 뭐 하니?

9

밥을 먹으면서 창밖을 힐끔거렸다. 눈은 좀처럼 오지 않았다. 밥을 다 먹고도, 뉴스가 다 끝날 때까지도 하늘은 잠잠했다. 졸음이 몰려왔다. 자지 않으려고 애를 썼다. 잠든 새 눈이 내리고 여우가 다녀갈지도 모른다. 저녁때부터 부쩍 바빠진 아버지가 전선을 들고 밖으로 나갔다. 문틈으로 화약 냄새가 몰려왔다. 엄마는 아까부터 주섬주섬 옷가지들을 챙겼다. 집 안 분위기가 수상했지만, 몰려오는 졸음을 피할 수 없었다. 차츰 잠 속으로 빠져들었다.

잠결에 부산한 소리가 들렸다. 눈을 떴다. 시계가 새벽 4시를 가리켰다. 집 안에 이상한 기운이 맴돌았다. 집 안 전체가 가만가만 술렁였다. 텔레비전이 마루에 나와 있었고 옷 보따리도 보였다. 밥솥과 그릇들이 든 플라스틱 통도 텔레비전 옆에 놓였다. 장롱과 냉장고가 놓여 있던 자리는 벌써 비었다. 집 안의 살림살이가 뒤죽박죽 제자리를 잃고 있었다. 내 머릿속도 뒤죽박죽이 되었다.

"너도 책 챙겨. 어서."

엄마가 작은 목소리로 재촉했다. 영문도 모르는 나는 책상 앞으로 다가갔다. 뭘 가져가야 하는지 판단이 서지 않았다. 손에 잡히는 대로 가방에 쑤셔 넣었다. 눈까풀이 무거웠다. 엄마와 아버지는 바쁘게 움직였다. 그러나 조용조용 소리를 낮추었다. 마치 남몰래 무슨 일인가를 꾸미는 사람들 같았다. 나도 덩달아 발소리를 죽였다.

"자, 가자."

아버지가 방 안을 휘 둘러보더니 바깥으로 나갔다. 절뚝거리며 옷 보따리를 들고 내려갔다. 그 뒤를 모호면이 텔레비전을 어깨에 메고 따라갔다. 엄마는 작은 보따리와 그릇이 든 플라스틱 통을 머리에 이고 문을 나섰다. 엄마는 한 번도 뒤를 돌아보지 않았다. 나는 천천히 발을 옮겼다. 잠이 덜 깬 사람처럼 문간에 서서 안을 돌아봤다. 가지고 가는 물건보다 두고 가는 물건이 더 많았다. 네 식구가 머리를 맞대고 밥을 먹던 낡은 식탁. 모호면의 책상. 쓰다 남은 알뜨랑 비누. 거울. 유리컵. 쓰레기통. 아버지의 헌 구두. 슬리퍼. 이 모든 것을 눈에 담았다. 꿈결 같았다.

"뭐 해? 빨리 오지 않고."

엄마가 목소리를 높였다. 돌아서려다 멈칫했다. 마룻바닥에 뒹구는 존슨즈베이비로션이 눈에 띄었다. 발이 떨어지지 않았다.

"서둘러!"

마지못해 발걸음을 뗐다. 발걸음이 무거웠다. 천천히 옥상으로 나온 나는 노란 물탱크를 올려다봤다. 물탱크는 그 모습 그대로 서 있었다. 드디어 이사를 간다. 오늘로 하늘호도 안녕이구나. 애써 좋게 생각하려 했지만, 기분이 자꾸 엉망이 되었다. 아버지 걸음걸이보다 더디게 층계를 내려갔다. 트럭에 짐들을 실었다. 책가방을 트럭 깊숙이 밀어 넣었다. 문득 색소폰이 떠올랐다. 그걸 두고 갈 수는 없었다. 틀림없이 찾으러 온다고 했는데. 집을 향해 돌아서는데 아버지가 어깨를 잡았다.

"저기 벌써 실었다."

아버지가 트럭 위를 가리켰다. 이불 보따리 위에 번쩍이는 물건이 보였다. 색소폰이었다. 순간 언젠가는 아버지가 색소폰을 근사하게 불 것 같은, 불길하지만 기분 나쁘지 않은 예감이 뇌리를 스쳤다.

"근데 왜 이사를 새벽에 가는 거야?"

엄마가 대답 대신 내 등을 밀었다.

"어서 올라타."

나는 조수석에 올라탔다. 모호면도 옆에 올라탔다. 모호면은 그 와중에도 종이를 찢고 있었다. 손에 들린 종이는 64빌딩 도면이었다.

"이걸 찢으면 어떡해!"

모호면 손에서 64빌딩 도면을 빼냈다. 찢어진 도면에 '청운연립'이라는 푸른 글자가 보였다. 작은 글씨도 아니고 큰 글씨로 버젓이 쓰여 있었다. 그럼 아버지가 여태껏 열심히 들여다본 게 64빌딩 도면이 아니라 청운연립 도면이었다는 말인가. 세상에. 나는 왜 한 번도 그것을 의심하지 않았을까. 모든 게 하루아침에 달라졌

302

다. 갑자기 이사를 가는 것도, 64빌딩 도면이 청운연립 도면으로 바뀐 것도 모두 하루아침에 일어난 일이었다. 엄마가 운전석에 앉았다. 아버지가 절뚝거리며 운전석으로 다가왔다.

"당신, 옆으로 옮겨 앉아봐."

"왜?"

"아, 글쎄. 저리 가래두. 너희 좀 붙어 앉아라."

아버지가 올라탔다. 엄마가 조수석으로 밀려왔다. 아버지가 운전대를 잡았다. 시동을 걸었다. 트럭이 움직이기 시작했다. 차창에 눈발이 날렸다. 어느새 푸른 여명이 주위를 감쌌다. 공중에 떠 있는 노란 불빛들이 하나둘 꺼졌다. 어쩌면 이 모든 일은 하루아침에 일어난 것이 아닐지도 모른다. 아주 오래전 우주가 최초의 폭발을 한 이래 아니, 그보다 훨씬 전에 이곳에 분화구가 생겼고 사람들은 그것이 분화구인지도 모르고 하나둘 모여들었을지도 모를 일이다. 그때부터 함께 살기 시작한 여우가 다녀간 것인지도. 오래전 이미 쓸쓸한 여우 눈에는 끊임없이 피어오르는 하얀 연기가 보였을 터였다.

두고 온 나의 사소하지만 사소하지 않은 기록들, 나는 노란 물탱크를 보기 위해 뒤를 돌아보았다. 점점 굵어지는 눈발 사이로 하얀 물체가 옥상을 가로질렀다. 그와 동시에 굉음을 내며 청운연립이 무너졌다. 아래층부터 순차적으로 가라앉고 있었다. 내파공법이었다. 노란 물탱크가 마지막으로 기우뚱 춤을 추었다. 하얀 물체가 허공에 떠 있는 십자가를 징검다리처럼 건너 여명 속으로 사라졌다. 나는 호주머니 속의 단추를 만지작거렸다. 트럭이 서서히 골목을 벗어났다. 문득 전인슈타인 말이 떠올랐다. 두고두고 생각해봐. 여우가 뭐라 했는지.

작가의 말

딸아이가 다니던 예쁜 유치원이 어느 날 문득 사라졌다. 아이와 같이 부르던 동요도 아이와 함께 접던 색종이도 홀연히 자취를 감추었다. 엄밀히 말하면 어느 날 문득은 아니지만, 좀 더 엄밀히 따지자면 그건 분명 어느 날 문득이었다.

'뉴타운'이라는 허울 좋은 이름이 살구꽃이 한창인 동네를 가만가만 들쑤셨다. 머리에 붉은 띠를 두른 사람과 그렇지 않은 사람들이 생겨났고 사람들은 고독한 짐승처럼 몰려다니거나 침묵했다. 그러는 사이 살구꽃이 지고 동네는 암울한 회색빛으로 변했다. 사람들은 말을 아꼈고 조용조용 자리를 털고 일어났다. 골목마다 빈집만이 밤새 서로의 안부를 물었다.

부서진 콘크리트 더미 속에는 엊저녁 먹다 남은 김치 조각과 숟가락이 뒹굴었다. 깨진 액자 속에서 가족이 화사하게 웃었다. 다락방 구석에 숨겨온 은밀한 낙서도 속살을 드러내고 굴러다녔다. 그 속에는 다시 만난 첫사랑을 잊지 못하는 한 남자의 고백도 있었다. 뭍에 두고 온 아내의 편지를 기다리는 항해사의 두꺼운 일기장이 빗물에 얼룩져 뒹굴었다. 아름답게 간직해야 할 그 무엇은 더 이상 남아 있지 않았다. 동네는 전운이 감도는 텔레비전 속의 먼 나라처럼 비현실적으로 멀어졌다. 아직 떠나지 못한 사람들은 이 위험하고 아슬아슬한 일상을 쉬쉬 비켜 갔다.

오랫동안 홀로 남아 있던 유치원 건물이 허물어지기 시작했다. 그 앞을 아이와 함께 버스를 타고 지나갔다. 유치원은 처참한 몰골로 버티고 있었다. 아이는 정말 신기해라고 중얼거렸다. 그리고 말을 아꼈다. 그뿐이었을까.

훗날 아이에게 유치원은 혐오스러운 괴물 형상으로 떠오를지도 모른다. 그리고 전쟁터 같은 동네를 기억해낼 것이다. 엄마와 함께 부르던 동요와 아빠와 마주 보고 하던 놀이는 잊힌 채 아이의 추억 속에서 사라질지도 모른다.

어느 날 문득 유치원이 사라졌다. 그것은 분명 어느 날 문득 일
어난 일이다. 그렇지 않고서야 정말 신기할 수 있을까.

말수가 줄어든 중학생 딸아이에게 여우 한 마리를 선물하고 싶
었다. 작품 속에 나오는 주인공처럼 꼭 그만한 나이의 딸아이에
게 세상은 그래도 살 만한 곳이라는 진부하디진부한 이야기를 물
어다 주고 싶었다. 가끔 아이를 힘들게 하는 어른들을 아주 조금
은 이해해주지 않을까 하는 이기적인 생각의 발로일 수도 있겠다.
정말 신기하다고 중얼거리던 작은딸과 말수가 줄어든 큰딸. 힘들
고 지칠 때 엄마가 보내준 은빛 여우 한 마리가 두 딸들에게 작은
힘이 된다면 더할 나위 없이 좋겠다.

부족한 작품을 세상으로 내보내주신 한겨레신문사와 여러 심
사위원님께 고개 숙여 감사드린다. 평생 잊지 못할 신문 지면을
꾸며주신 두 분의 기자님, 책을 예쁘게 만들어주신 한겨레출판의
여러 분들, 항상 건강을 해칠까 염려하시는 두 어머님, 당신들 일
처럼 기뻐해주신 슈퍼 아저씨와 아주머니께도 감사드린다.

무엇보다 내 글쓰기의 원천인, 26년 전부터 내 곁에서 인생 수
업은 물론 문장 수업까지 함께 해준 내 사랑하는 남편에게 이 모
든 영광을 돌리고 싶다. 당신이 곁에 없었다면 내가 글을 쓸 수

있었을까.

오늘 밤 몰래 짐을 꾸리는 이들이여, 살구꽃 흐드러진 풍경은
이제 볼 수 없어도 마음속 깊은 곳에 은빛 여우 한 마리씩은 품고
있기를. 뿌옇게 흐려진 저 너머에서 또 한 채의 집이 무너진다. 여
우 한 마리가 획획 먼지 속을 건너�뛴다.

사무치도록 그리운 아버지께 이 책을 바친다.

2006년 6월
북한산 아래 기자촌에서
조영아

다시 만난 상진이는 낯설고 어색했다. 상진이는 잘 살고 있을까. 무너진 청운연립 자리는 어떻게 바뀌었을까. 17년 만이다. 그동안 많은 것이 사라지고 생겨났다. 그 사라짐을 이제는 일일이 기억하지 못한다. 기억하려 하지 않는다. 사라지는 건 사라지는 게 아니다. 단지 눈앞에서 보이지 않을 뿐 내 토양 어딘가에 뿌리를 묻고 자라고 있다. 교정을 마치며, 청년이 된 상진이 하루가 궁금했다. 아직도 색소폰을 간직하고 있을까. 은빛 여우를 기다릴까. 지하철에서 강의실에서 혹은 누군가와 수다를 떨던 카페에서 한 번쯤 스쳤을지도 모를 일이다.

처음에는 수정할 생각이었다. 출간 후 마음에 안 드는 구석이 여럿 있어서 늘 찜찜했던 터라 내심 기회다 싶었다. 하지만 교정지를 펼치는 순간 내 생각이 얼마나 바보 같은지 깨달았다. 지금의 나와 그때의 나는 완전히 다른 사람이었다. 무엇보다 상진이가 원하지 않았다. 그대로 내버려두기로 했다. 그때 그 감성을 존중해주는 게 상진이 혹은 이 작품에 대한 예의라고.

둘레길을 걷다 종종 이 작품의 모티브가 되었던 동네를 만난다. 아이들 손 잡고 숱하게 다녔던 그곳이 이제 더 이상 낯익은 곳이 아니다. 동네는 근린공원으로 단장된 일부를 제외하고 나무와 풀로 덮여 있다. 우리 집 터에도 풀이 무성하다. 아이들이 나고 자란 그곳에 몇 년 후 국립한국문학관이 들어온단다. 그러니까 거대한 문학관 어느 한 곁에 우리 집 터도 포함된다는 말이다. 소설가를 꿈꾸던, 내가 살던 동네에 우리나라에서 제일 큰 규모의 문학관이 자리한다니 참 별일이다. 머지않아 문학관을 둘러볼 적마다, 여기 어디쯤 아이들이 뛰놀던 마당이었고 저기 어디쯤 내가 소설을 쓰던 곳이었는데, 오래된 시간을 불러오리라. 어쩌면 지나온 생이 통째로 박제되어 전시되고 있는 듯 야릇할 수도.

발걸음을 멈추고 풀이 무성한 우리 집 터를 내려다본다. 저기는 주방, 요기는 안방, 여기는 아이들 방. 눈짐작으로 어림해본 우리 집이 생각보다 작아 아스라이 먼 날들이 소꿉놀이만 같다. 공원에서 내려다본 동네는 아파트가 빼곡하다. 구불구불한 골목길 같은 건 찾을 수도 없다. 저기 어디쯤 샛별문구가 있었지. 보이지 않는 길을 더듬어 은빛 여우를 불러낸다. 아직도 난 쓸쓸함의 정체를 잘 알지 못한다. 어디서 와서 어디로 가는지 모른다. 다만 좀 더 자주 뒤를 돌아보곤 한다. 걸어온 발자국을 더듬다가 곧잘 아득해진다. 그럴 적마다 슬며시 그때 그 새벽을 불러온다. 눈 내린 새벽, 푸른 여명이 가시지 않은 그 어디쯤 여우와 상진이가 있었다. 이야기는 거기서부터 시작되었지만 그 이전에 분명 내 안을 가득 채운 그 무엇이 있었으리라. 17년이 흐른 지금도 나는 여전히 쓸쓸해지는 중이다.

묵은 이야기에 새집을 지어주신 한겨레출판사에 감사드린다.

2023년 6월
이말산 아래 못자리골에서
조영아

추천의 말

분명히 우리들의 삶 속에 존재하지만, 잔인한 세계 경쟁에 내몰려 우리가 잊거나 잃어버린 시공간을 여기 《여우야 여우야 뭐하니》에서 만난다. 이 작품은 가독성이 뛰어난 감성적 문체와 환상·현실이 교묘하게 배합된 미학적 문법으로 자본주의 경쟁이 폭발하고 있는 우리네 대도시의 어두운 이면을 핍진하게 재현해내고 있다. 아름답고 눈물겹고 쓸쓸하다.   —박범신(소설가)

《여우야 여우야 뭐 하니》는 초등학교를 졸업하고 이제 곧 중학교에 입학하는 남자아이의 시선으로 세상 밑바닥의 모습을 살핀다. 간결하면서도 힘 있는 단문으로 끝까지 이야기를 흩트리지 않고 밀고 나가는 작가의 힘이 돋보인다. 요소요소에 에피소드도 부족하지 않게 잘 배치했다. 무엇보다 이 작품은 한번 손에 잡으면 끝까지 책을 읽는 재미를 독자에게 선사한다.

- 이순원(소설가)

이런 좋은 소설을 읽을 때마다 다시 고쳐 생각하는 것이 있다. 궁핍하고 절망적인 상황에서, 우리 어른들이야 어떻게든 이 한 시절을 견뎌내겠지만 아이들이 너무 안쓰럽다고만 생각한다. 그런데 정작 아이들은 생각보다 훨씬 씩씩하며 오히려 어른들을 염려한다. 아이들은 우리들의 약점이 아니라 예봉(銳鋒)이다. 소설은 지나간 날의 무딘 한탄이 아니라 미래를 향해 돋아나는 날카로운 힘인 것을 이런 소설이 아니면 자주 잊어버리게 된다.

- 황현산(문학평론가)

여우야 여우야 뭐 하니

제11회 한겨레문학상 수상작
ⓒ 조영아 2023

초판 1쇄 발행 2006년 7월 12일
초판 6쇄 발행 2014년 6월 9일
개정 1판 1쇄 인쇄 2023년 6월 10일
개정 1판 1쇄 발행 2023년 6월 20일

지은이 조영아
펴낸이 이상훈
문학팀 최해경 김다인 하상민
마케팅 김한성 조재성 박신영 김효진 김애린 오민정

펴낸곳 (주)한겨레엔 www.hanibook.co.kr
등록 2006년 1월 4일 제313-2006-00003호
주소 서울시 마포구 창전로 70(신수동) 화수목빌딩 5층
전화 02)6383-1602~3 **팩스** 02)6383-1610
대표메일 munhak@hanien.co.kr

ISBN 979-11-6040-529-3 03810